ASAHI SENSHO
朝日選書
985

失われた近代を求めて 上

橋本 治

JN206875

朝日新聞出版

本書は、二〇一〇年四月、二〇一三年三月、二〇一四年十月に小社より刊行された『失われた近代を求めて』全三巻の構成を二分冊にしたものです。

失われた近代を求めて　上　目次

第五章　『平凡』という小説

第六章 《、、、》で終わる先

第二部 「自然主義」と呼ばれたもの達

第一章 「自然主義」とはなんなのか？

第三章　「秘密」を抱える男達

下巻目次

失われた近代を求めて　上

橋本 治

はじめに

この先に続けられるものは、おそらく「日本の近代文学史」のようなものである。ここで私は、「日本の近代文学ってなんだったんだろう?」と考えて、そう考えるとおそらく、この先に始まるものは「日本の近代文学史のようなもの」になると思われるからである。

私には日本の近代文学史を書こうという気などはない。なにしろ私は、「日本の近代文学ってなんだったんだ?」と考えて、その答がまだ出ていないのである。それが出てからでないと、日本の近代文学史などというものは書けない。だから、この先にあるものは当然、「日本の近代文学史のように見えたとしても違う、別のなにか」である。

第一部　言文一致体の誕生

第一章　そこへ行くために

一　「古典」という導入部から――

以前私は『これで古典がよくわかる』（ちくま文庫）という、かなり図々しいタイトルの本を書いた。元のタイトルは『ハシモト式古典入門』というもので、編集者がつけた。私に執筆を依頼した編集サイドは、「古典文学の入門書」であることを希望したので、タイトルもそのようなものになった。私はその要望を否定しなかったが、問題は誰を入門させるかである。

古典に関心のある人間は、放っておいても入門する。そういう人相手の「分かりやすい初心者本」というのはもちろんあるだろうが、私自身は、「そういうものは専門家が書けばいい」と思っている。ところがその一方で、古典に関心のない人間は、てんから古典への関心を持たない。なにしろ、古典の日本語は現代の日本語とは違うのだから、入ろうとしても簡単には入れない。入るためには学習が必要になる。「なんで古典なんか勉強しなくちゃいけないんだ」と思えば、入ろうという気はなくなる。一九八〇年代の中頃に『桃尻語訳枕草子』で『枕草子』の現代語訳を始めた私は、その作業の途中で、「今のままだと誰も古典を読めなくなってしまうぞ」と思った。

私が『枕草子』の現代語訳を始めたのは、別に「古典が読めなくなった現代人に古典を読めるようにしよう」という啓蒙的な意図ではないのだが、古典が縁遠くて縁遠いままになっている人間が増大しているのは確かだから、それを「やばい」と思う私が「古典への入門書」を書くのだったら、そのターゲットは「古典なんか関係ない」と思っている人間達——つまり「今の若い人達」になる。

現実社会に「古典を知る必要」などというものがなくなれば、学校での古典の授業の比率も減って来る。しかしそれでも、「最低限これだけは」と思われる知識の修得だけは必要と思われて残されているから、文学史というような授業もある。そこで有名な古典の名前だけマスターしておけば、知っていることになる。知っているだけで中身の検討をしないのが知識の修得で、結果、文学史というものは、「時代順に並べられた文学作品名の暗記」になる。「それでなにが分かるんだ」と私は思うけれども、「古典は読まなくても古典の作品名だけは知っている」というのは一つのとっかかりになるから、「古典の入門書を」の依頼を受けた私は、「受験生向けの分かりやすい文学史のようなもの」を考えたのである。『ハシモト式古典入門』のタイトルを文庫化に際して『これで古典がよくわかる』にしたのも、「その方が受験参考書らしくはないか？」と思ったからである。

『これで古典がよくわかる』の内容は、日本最古の書物である『古事記』から始まって、『平家物語』や『徒然草』に於ける「和漢混淆文《わかんこんこうぶん》の完成」に至るという、いたって常識的な文学史だが、「古典の入門書」を要請された私のその本は、文学史であるよりも「文体史」に近い。だから、色々な古典の文章が羅列されていて、中身よりもまず「文体の紹介」が優先されている。なぜそんなことをしたのかというと、「古典の入門書を」と言うのは簡単だが、日本には色々な古典があって、そう簡単に「これが古典だ」とは言えないからである。

一口に「日本の古典」と言って、人はなにを思い浮かべるだろうか？ 『源氏物語』か、『平家物語』か。『徒然草』か、『古今和歌集』か。『奥の細道』か、『東海道中膝栗毛』か、あるいは『古事記』か、『太平記』か。全部が「古典」で、これを一括りにまとめて分かりやすく解説するなどということが、私には出来ない。それをすれば、ほんの少しばかりの説明をつけて時代順に羅列する「受験生向きの文学史」にしかならない。作品名を暗記するだけで、それで終わりである。「古典の中に入って行こう」という気を起こさせるとは思えない。そもそも、「なんで古典を受容しなければならないのか？」という根本的な疑問に、この「文学史」は答えてくれない。このテの「文学史」には、読んだ人間を「もう知っているからいい」として、直接古典に触れることから遠ざけてしまうという、逆の効果もある。私はそう思うので、私にとっての「古典入門」は、まず「古典の紹介」なのである。

ということになって生まれるのが、「なんだって古典なんかを読まなくちゃいけないのか？」という、根本的な大疑問である。現代とは関係ない、現代の日本語とは違う文章によるものを、なんだって読まなければいけないのか？　それをしてどのような意味があるのか？　「無教養」と言われることを避けるためなら、古典のタイトルと、ついでにその作者名を知っておけば、恥をかかない――その程度のものである。

それではなぜ、古典というものを読んで、その「中身」のいかなるかを知っておかなければならないのか？　知っておく必要があるのか？　私にとってのその答は、「文学史というものがなんだかよく分からないから」である。

二　文学史はなにを辿るのか

『古事記』を「日本最古の書物」と言うのは言い過ぎかもしれないが、日本の文学史は七一二年に成立した『古事記』から始められるのが普通である。

『古事記』は「漢文ではない日本語の文体」で書かれた書物だが、漢文による日本人の著述なら『古事記』以前にもある。「六〇四年に制定された」とされる聖徳太子の十七条憲法や、成立年不明の「聖徳太子撰」とされる仏教の註釈書『三経義疏《さんぎょうぎしょ》』である。もう少し手前の六四五年――大化の改新の際には、息子の入鹿を殺された蘇我蝦夷が死を決意して、かつて聖徳太子と父馬子《うまこ》が編纂《へんさん》した「天皇記」と「国記」という歴史記録を焼こうとした。焼こうとして消滅したわけではなくて、船史恵尺《ふねのふびとえさか》という人物が火から取り出して中大兄皇子に献上したのだと、『日本書紀』には書かれている。中大兄皇子に渡されたものがその後どうなったのかは知らないが、『古事記』の登場するかなり以前から（十七条憲法の成立が六〇四年だとすると、百年以上も前から）、日本人は「中国語」である漢文を援用して、自分達の文章を書いていたことになる。十七条憲法や『三経義疏』を「文学ではない」と言ってしまえばそれまでだし、聖徳太子と蘇我馬子による「天皇記」や「国記」は消息不明だから、どのようにもカウントしがたい。がそうなると、ここからは「じゃ、文学ってなんだ？」という疑問だって浮かび上がる。

近代になると「歴史」と「文学」の間に一線が引かれて、そこから「文学とはなにか？」を考えることが出来るようにも思われるが、話はそう簡単ではない。近代に於ける「歴史」と「文学」の区別は、実のところ「史実《ファクト》と虚構《フィクション》の差」で、近代以前の古典の時代に、そのような区別があるとも思えない。『古事記』は、その成立段階で「歴史書」であったはずだが、今ではこれを「歴史書」と考える人はいないだろう。『古事記』は「躍動する物語」であって、「当時の人にとって〝歴史〟であったものを題材とする、日本最古の文学」と考えていいだろう。そしてしかし、『古事記』が「歴史書」ではなくて「文学」であるというのは、それが「神々の物語」から始められるからではなくて、『古事記』が漢文ではない「日本語の文章」によって書かれているからだろうと、私は思う。

今や『古事記』が「躍動する太古の物語」となっているのに対して、その八年後の七二〇年に成立した漢文体の『日本書紀』は、同じように「神々の物語」で始まりながら、『古事記』よりもずっと「歴史の書物」である。その理由は、『日本書紀』に書かれているのが「史実」だということではなくて、これが「古代史を解読するための史料」としての価値を持っているからである。

『古事記』の記述は推古天皇の代で終わるが、その記述は、あまりにも簡単すぎる。「小治田《おはりだ》の宮にあった推古天皇の治世は三十七年で、その御陵はどこそこにある」程度の記述以外はない。その時代に存在していた聖徳太子は登場せず、推古天皇即位前にあった「蘇我馬子による崇峻《すしゅん》天皇の暗殺」に関する記事もない。『古事記』を読む限りでは、聖徳太子のいた時代の政治状況がさっぱり分からない。「天皇の名とその宮殿の場所、在位年数と子供達の名を列挙すれば、それで十分に〝歴史〟である」という昔風の考え方に従えば、そこにあったはずの様々な人間達のエピソードを排除してしまう『古事記』の終局部は「歴史」以外の何物でもないが、そこの部分に十分なエピソードを挿入して「歴史」を語り進める『日本書紀』の方が面白いのは疑いがない。『日本書紀』の後半は、「歴史」であろうとすることを満足させようとすることによって、『古事記』よりも文学的——つまり物語的になるのである。

「神話」から始まった『古事記』が「歴史時間」に近づき、実在が確実である天皇の頃になると具体的なエピソードを欠落させ、それで腰砕けになってしまう理由が、私には分からない。「もしかしたら、〝漢文ではない日本語〟は、実際の歴史を記述しにくかったか、あるいはまた馴染まなかったか?」と考える。その証拠に、『古事記』に続きはないが、『日本書紀』には続きがある。

『古事記』は推古天皇の代で終わってしまうが、『日本書紀』はその後も続いて、大化の改新から壬申の乱を経て、持統天皇の譲位による文武天皇の即位で終わる。『日本書紀』は『日本書紀』なりにその間の歴史を漢文で活写しているのだが、それを受けて、新たに『続日本紀《しょくにほんぎ》』という漢文体の歴史書も登場する。そればかりではない、「漢文による歴史書」は、『日本後紀《にほんこうき》』『続日本後紀《しょくにほんこうき》』『日本文徳天皇実《にほんもんとくてんのうじつ》録《ろく》』『日本三代実録《にほんさんだいじつろく》』と続いて、平安時代の八八七年までを記録する。「歴史を記述するのなら漢文だ」という前提、あるいは常識が確立してしまったのだろう。ひらがなもカタカナもない時代、「漢字を使って日本語の文章を書く」という試みを実現させた『古事記』の難事業は、いともあっさりと黙殺されてしまう――「歴史を記述する」の以前に、「漢字で書かれた日本語の文章」は、登場してすぐに消えてしまうのだ。ということはつまり、「漢字で書かれた日本語の文章」が、文章として定着したのかどうかもよく分からないということである――少なくとも私には、そうとしか考えられない。

「漢字を使って日本語を日本語のままに記述する」という『古事記』の手法は、文章とは別のところで生き残る――和歌である。「日本製の和歌や歌謡を中国語に意訳して漢文で書き記す」という手法は、そもそも存在しなかったらしい。漢文で書かれた『日本書紀』でも、そこに和歌を登場させる時は、『古事記』や『万葉集』と同じ「漢字による日本語表記」になっている――《夜句茂多菟《やくもたつ》　伊弩毛夜覇《いづもやへ》餓岐《がき》　菟磨語味爾《つまごめに》　夜覇餓枳都倶盧《やへがきつくる》　贈廼夜覇餓岐廻《そのやへがきゑ》》とか。

和歌や歌謡は、まだ文字を持たない日本人が歌っていた日本語だから、その意味を捉えて漢文化しても仕方がない。その音を生かすような「漢字表記の日本語」にしなければならない。ということは、ある意味で『古事記』は、『日本書紀』よりも『万葉集』に近いということである。更に遠慮なく言ってしまえば、『古事記』の表記は、和歌や歌謡の表記の流用、転用であるかもしれないということである――別に断定はしないが、そう考えられる可能性はなきにしもあらずで、少なくとも、日本で最初の「日本語の文章」を書かなければならなかった太安万侶《おおのやすまろ》は、「和歌や歌謡の日本語」を参考にしなければ

「日本語の文章」を作れなかったはずである。

私は微妙に「言文一致体」ということを問題にしている。『古事記』が成立した八世紀の初めに、日本人がどのような喋り方をしていたのかは分からない。しかし「日本人が口にしていた言葉」は分かる――和歌や歌謡がそれである。「形式」というものが存在する和歌や歌謡なら「書き記す」ということも可能になるが、「日本語の文章」というものは、まだないのである。「漢字を使ったメモ程度の日本語の文章」はあったのかもしれないが、「漢字を使った日本語の文章」はまだない。だから、『古事記』の序文に於いて、太安万侶は「漢字だけで日本語の文章を書く困難」を述べて、自分の書いた文章の表記に註釈を加えたりもするのだ。「表記の苦労」は「日本語で文章を綴ることの困難」でもあって、そこで参考にされるのは、当時の話し言葉と和歌や歌謡だけである。太安万侶の苦労は、明治の言文一致体を創り上げようとする二葉亭《ふたばてい》四迷《しめい》達の苦労と同じようなものでもあるはずである。

漢文体で書かれた『日本書紀』の作者は、太安万侶のような苦労をしない。既に百年以上も前から日本にある中国語の文章――漢文を使えばよい。和歌や歌謡という漢文化不可能なものは、既にある「漢字の音を使って日本語の一文字一文字を記録する」という手法を用いればよい。『日本書紀』の成立は『古事記』の八年後だから、和歌や歌謡の漢字表記は『古事記』のそれを踏襲したのかなとも思えるが、全体が漢文である中に異質の「漢字による日本語表記」がいともあっさり自然に混入してしまっているのを見ると、『古事記』以前に和歌や歌謡の「漢字による記録」は起こっていて、「『古事記』の日本語はその応用である」と考えた方が自然のように思える。

それはそもそも、和歌や歌謡の「俗言」を記録するものだから、『古事記』では採用されても、その後には「日本語の文章」として用いられなくなった。だから、太安万侶の仕事は、和歌の集成である『万葉集』へと受け継がれて行く――そのようにも考えられる。

和歌集の編纂が「勅撰」という国家事業になるのは九〇五年の『古今和歌集』からで、『万葉集』はまだ「私撰」である。だから、この成立の時期が明らかにはならない。「奈良時代の末頃」であるはずだが、この時期を管轄する歴史書の『続日本紀』には、『万葉集』の語が存在しない。『万葉集』が歴史の中に存在しないことと、『古事記』の文体が消え失せてしまうことには、なんらかの連関があるとも思われるのだが、では『古事記』の文体は、『万葉集』からどこへつながって行くのか？　私は、平安時代に登場する「物語」へとつながって、それゆえにこそ『古事記』は、「物語を生み出す祖」となるのではないかと考える。


平安時代の「物語」は、和歌と深く結び付いている。「和歌は韻文、物語の文章は散文」とする近代の区分に従えば、「物語は和歌と深く結び付いている」ということは大いなる疑問になってしまうが、「物語の文章となる日本語」と「和歌や歌謡」が、「日本人の口」という出所を同じくするものであると理解してしまえば、このことは不思議でもなんでもない。

先に掲げた『日本書紀』中の和歌《夜句茂多菟　伊弩毛夜覇餓岐――》を通りのいい表記に直せば、

「八雲立つ　出雲八重垣　妻籠みに　八重垣作る　その八重垣を」である（『日本書紀』の表記は、これと微妙なところで違う）。この歌は、八岐《やまた》の大蛇《おろち》を退治した素戔嗚尊《すさのおのみこと》（須佐之男命）が、出雲に居を定めようとした時に詠んだとされる歌で、「三十一文字《みそひともじ》（和歌）の祖」とされる有名なものである。「歴史と文学」あるいは「史実と虚構」の間に境のない時代に、この歌は「日本で最も古い歌」で、「日本で最初に和歌を詠んだ人物」は、人ならぬ「神様」のスサノオノミコトなのである。だからもちろん、この歌は『古事記』にも登場する——というか、『古事記』に登場すればこそ、この歌は「和歌の祖」ともなる。

　巻が進めば和歌や歌謡を当たり前に掲出する『日本書紀』も、この巻一の素戔嗚尊の記述では、まだ和歌を本文に組み込んではいない。《或云《あるにいはく》、時武素戔嗚尊《ときにたけすさのをのみこと》、歌　之　曰《うたよみしてのたまはく》》という割註扱いでこの歌を載せる。「そういう伝承もある」ということで、本文と和歌は切り離されているが、『古事記』でのこの歌は、《この大神（須佐之男命）、初め須賀《すが》の宮を作らしし時に、そこより雲立ち騰《のぼ》りき。しかして、御歌を作《よ》みたまひき。その歌に曰ひしく》の本文に続けて、そのまま掲出される。和歌と同根の「日本語」で書かれた『古事記』と、漢文で書かれた『日本書紀』の性格の違いを表す一例だとも思われるが、だからこそ、太安万侶の創出した文体は、和歌の『万葉集』から平安時代の「かな文字で書かれた物語」へと受け継がれるのである。江戸時代の国学者本居宣長が、その関心を『源氏物語』から『古事記』へと遡《さかのぼ》らせたのも、「日本語のありようを辿って」と考えればなんの不思議もないことになる。

　というわけで、「『源氏物語』の祖は『古事記』だ」と言って言えないわけでもないが、そんなことはどうでもいい。「日本語のありよう」に従って文学史を辿れば、『古事記』→『万葉集』→『古今和歌集』→『源氏物語』というつながりが生まれて、「歴史→和歌→物語（小説）」というその所属のジャンルを超えて登場する文学史の流れは、『日本書紀』『続日本紀』以下の歴史書や、奈良時代の漢詩集『懐風藻《かいふうそう》』をいともあっさりと排除してしまうのである――そういう文学史だって、可能なのである。

三　『徒然草』の時代――あるいは、芸能化と大衆化の中で

だからと言って私は、漢文脈系の日本文学を排除しようというわけではない。日本には、日本語系の和文脈と中国語系の漢文脈の、二つの文学史が併行して存在しているというだけの話である。だからこそこの二つは、「和漢混淆文の完成」という形で一つにもなるが、「そのことによって近代以前の日本語の文体が統一された」というわけでもない。

「和漢混淆文の完成」と言えば、南北朝時代の十四世紀――「一三三〇年から一三三一年にかけて成立」という説を持つ、兼好法師の『徒然草』である。

確かに『徒然草』の文章は分かりやすい。一例を挙げてみよう――。

《多久資《おほのひさすけ》が申けるは、通憲《つうけん》入道、舞の手の中に、興《きよう》ある手どもを選びて、磯《いそ》の禅師《ぜんじ》といひける女に教へて、舞はせけり。白き水干《すいかん》にさう巻をさゝせ、烏帽子《ゑぼうし》を引き入たりければ、男舞とぞいひける。禅師が

娘、静《しづか》といひける、この芸を継ぎけり。これ、白拍子《しらびやうし》の根元なり。仏神の本縁を歌ふ。其《その》後、源光行《みなもとのみつゆき》、多く本を作れり。後鳥羽《ごとば》院の御作もあり。亀菊《かめぎく》に教へさせ給けるとぞ。》（『徒然草』第二百二十五段）

文中に登場する「静」は、源義経の愛妾として有名な静御前のことである。それだけで、この文章の語らんとすることは、なんとなく分かるだろう。「通憲入道」は、保元の乱に勝ちを得ながら平治の乱で殺された僧形の政治家、信西《しんぜい》。後鳥羽院は承久《じようきゆう》の乱の中心人物で、亀菊は「その愛妾」とされる、静と同じ白拍子の女。「多久資」や「源光行」がいかなる人物かということは「どうでもいい」の部類で、文中の難解な語は「さう巻」——刀の一種である「鞘巻《さやまき》」だけだろう。この文章の分かりやすさは、センテンスが短いことと、「余分なこと」を言っていないことである。だから、古典に縁遠い人間でも、この文章が「白拍子の舞の由来」を語るものであることは、簡単に推察出来る。

センテンスが短いのは、漢文脈の影響である。『徒然草』以前の日本語の文章——和文脈のものは、文章がだらだらと続いて意味を取りにくい。和文脈のだらだら性が整理され、漢文脈の「凝縮されすぎてなんだかよく分からなくなる」という欠陥も克服されたのが前掲の一文で、だからこそこれは「分かりやすい日本語の文章」になっているが、しかしそうなっているのは「時代の要請」なんだろうか？「センテンスが短くて分かりやすい」というのは、人に物事を説明する散文の美質だが、「時代」が兼好法師の文体を求めたかどうかは分からない。「『徒然草』に於ける和漢混淆文の完成」はいいが、だからと言って、『徒然草』が登場した後の室町時代は、「和漢混淆文による『徒然草』のような随筆文学の花盛り」というわけではないのである。事態は逆で、そこに『徒然草』だけがポツンとあって、類書というものはないのである。

室町時代は、それまでの文学が形を変える時代である。『太平記』が成立するのは室町時代だが、これを「室町時代を代表する文学」と言うと、違和感がある。室町時代は、文学の芸能化、大衆化の時代で、「書物による文学の時代」ではないと思う。

この時代には、能と狂言という新しい芸能が完成する。歌舞伎や人形浄瑠璃の登場する江戸時代へ向けて、本格的な日本の芸能――演劇の時代が始まる。『万葉集』以来の長い伝統を持つ和歌に代わって擡頭《たいとう》して来るのが、複数の人間が参加しその場で成り立たせる連歌である。これもまた「和歌の芸能化」と言えなくはない。平安時代の末には、後白河法皇の撰による歌謡の集成『梁塵秘抄《りょうじんひしょう》』が登場し、白拍子の舞も起こり、鎌倉時代には琵琶法師達が『平家物語』を語って、文学の芸能化、大衆化の端緒を開くが、これが本格化するのが室町時代なのである。

『太平記』は、劇的で華麗な文章で綴られるが、より室町時代的な文学は、プリミティヴな和文体による「お伽草子」だろう。ある意味で「お伽草子」は、「大衆文学の始まり」である。

『太平記』で有名なのは巻二の道行文――《落花の雪に踏み迷ふ、交野《かたの》の春の桜狩、紅葉の錦を着て帰る、嵐の山の秋の暮、一夜を明かすほどだにも、旅寝となればものうきに、恩愛のちぎり浅からぬ、わが故郷《ふるさと》の妻子をば、行くへも知らず思ひ置き、年久しくも住み慣れし、九重《ここのへ》の帝都をば、今を限りとかへりみて、思はぬ旅に出で給ふ、心の中ぞあはれなる。》――だが、この調子のいい美文を含んだ『太平記』は、やがて「太平記読み」という芸能者を生んで、講談の話芸へと至る。室町時代の軍記物――『義経記《ぎけいき》』と『曾我物語』は、江戸時代になって歌舞伎や人形浄瑠璃のドラマに採用されて、膨大な数の劇化作品を生む。室町時代は、そのように芸能化、大衆化へと向かう時代なのだが、だからと言って、その内容が「平易」かどうかは分からない。

「謡《うた》われる芸能」の台本でもある謡曲には、夥《おびただ》しい数の漢語が登場する。口から出て耳に届けられる謡曲は、和歌や歌謡と同根で、漢語とは馴染まないはずだが、そこに漢語が頻出《ひんしゅつ》するのは、仏教が絡んでいるからである。先に引用した『徒然草』の文章でも、平安時代末に登場した白拍子達は《仏神の本縁を歌ふ》と言われている。魂の救済を担当する仏教は、人に求められた結果、既に芸能化して、和文系の和歌、歌謡の中に入り込んでいるのである。そうなって、外来の翻訳文化である漢字だらけの仏教は、耳に馴染んだ「日本語」をもっぱらに聞いていただけの日本人に、漢語への親和力を生んだ。大衆化、芸能化というのは、高級なものが俗化して行く道ではあるけれど、これはまた一方で、俗な大衆が難解なものを受け入れて行く高度化への道でもある。

和漢混淆文が完成して行く時代というのは、難解な漢文脈の文章が平易化するのと同時に、俗であってしかるべき和文脈が漢語を取り込んで高度化して行く時代でもある。『徒然草』と並んで「和漢混淆文の代表」とも思われる『平家物語』の冒頭を見れば、それがよく分かる――。

《祇園精舎ノ鐘ノ声、諸行無常ノ響有。沙羅双樹ノ花ノ色、盛者必衰ノ理ヲ顕ス。》

あまりにも有名な部分だから、これを耳で聞かされても不思議とは思わないが、右のように漢字とカタカナで書いてしまえば、これはもう「漢文の書き下し」である。

琵琶法師によって芸能化された「語りの声」は、難解とされた漢文脈をどんどん消化して行く。うっかりすると、「和漢混淆文の登場によって難解だった古文は、分かりやすいものに変わって行く」などと誤解されてしまうが、和漢混淆文の登場によって、日本語は改めて、難解、複雑化への道をも辿るようになるのである。謡曲はその一例でもあるが、その能と同じ舞台には、平易な日常会話で成り立っている狂言も登場する。室町時代には、上昇のベクトルと下降のベクトルが同時に存在して、やがてはこれが一つになって、「漢語だらけではあるが俗なもの」という人形浄瑠璃の文章をも生む。

能の難解と狂言の平易が同時に存在するのが室町時代で、「新しい文化の担い手」となる人間達は、俗なものを高度化し、高度なものを俗化し、それ以前の文化概念からはあまり「文化」と思われなかったものを、「文化」の領域に引き上げる。室町時代は、それまでとは「文化の担い手」が変わって来るのだ。だからこそ、そういう「新しい担い手」に囲まれて孤立してしまった「古い文化」は、独特な動き方をする。芸能化と大衆化の室町時代に、それとは無縁であるような五山文学の漢詩が生まれてしまうのは、そのためである。

室町時代は禅宗文化の時代だが、この難解でもある禅宗文化は、僧達に「娯楽」を許す。禅宗文化の代表である水墨画は、実は、僧達の心を慰め癒す、エンターテインメントでもあるからだ。学問を第一とした僧達は、「心の慰め」の必要にも気づく。だから、水墨画の筆を執り、漢詩でその胸の内を述べたりもする。僧達のあり方からすれば、五山文学もまた「芸能化」ではあったりもする。兼好法師の『徒然草』は、そうした新しい時代の門口に登場するのだ。

兼好法師の和漢混淆文は、そういう新しい時代の扉を開くものなのか？　開いたかもしれない。しかし、その扉を開けて中へ入って行く人間達は少なかった。もしかしたら、いなかったのかもしれない。だから、「和漢混淆文の完成」というエポックメイキングな言葉を与えられながら、南北朝時代の『徒然草』は、「新しい随筆文学の時代」を開かないのである。その点で『徒然草』のありようは、ついに初めて「日本語の文章」を成立させながら、しばらくは行方不明になってしまう太安万侶の『古事記』と似ているのである。

「言文一致体の創造」なら、「新しい時代の幕明け」となるかもしれない。しかし、兼好法師は自分の文体——和漢混淆文の完成などということには、なにも言及していないのだ。

兼好法師は、時代を開くために自分の文体を創出しようとしたのではない。やがて始まる新しい時代から取り残されて行くことを感じ取って、自身を変えて行った。「センテンスが短く、論理展開が分かりやすい」というのは、「余分なことを言うまい」として己《おのれ》を変えて行った、その結果なのだ。その経過は、『徒然草』の中に明確に記されている。

《つれ〴〵なるまゝに日ぐらし硯に向かひて心にうつりゆくよしなしごとをそこはかとなく書き付くれ

ば、あやしうこそ物狂ほしけれ。》（『徒然草』序段）

こうして始まったものが、第七十五段ではこう変化する——。

《つれ〴〵わぶる人はいかなる心ならむ。まぎるゝ方なく、たゞひとりあるのみこそよけれ。世に従へば、心、外の塵に奪はれて惑ひやすく、人に交はれば、言葉よその聞きに従ひてさながら心にあらず。（以下略）》（『徒然草』七十五段）

《あやしうこそ物狂ほしけれ》をそのままにするように、序段の文章はだらだらと長い。どこで切れるともなくだらだらと続いて行くのが、「口から出る思い」をそのままにしてしまう和文脈の特徴である。ところが、《つれ〴〵》を放置して《あやしうこそ物狂ほしけれ》になってしまう人を戒《いまし》める七十五段では、センテンスが短くてきぱきとしている。説得することに長《た》けた彼は、もう迷わない。彼の文章の簡潔さは、「簡潔な文章を創ろう」と思った結果ではなく、《つれ〴〵なるまゝに日ぐらし硯に向かひて》《あやしうこそ物狂ほしけれ》になってしまう自分自身をもてあまし、それをなんとかしようとして変えてしまったことの帰着だとしか思えない。兼好法師に必要なのは、「新しい文体の獲得」ではなくて、時代から取り残されてふらふらしている自分自身への「戒め」なのだ。

「和漢混淆文の完成は、果して時代の要請によるものか?」と私が思うのはここで、それは、時代の要請とは無縁のところにいた兼好法師の、まったく個人的な達成であるはずなのである。『徒然草』は「隠者の文学」とも言われている。そうだろうと、私も思う。『徒然草』は、時代から距離を置かざるをえなくなった「隠者」でもあるような人物の、個人的な営みなのだ。

四　和漢混淆文と言文一致体——あるいは、文学史の断絶について

うっかりすると、「和漢混淆文の完成」というものは、「古文統一規格の完成」のように錯覚される。そして、「統一規格」が完成された古文は明治時代を迎えて「古い」と思われるようになり、新しい文章の規格が模索されて言文一致体が生まれる——というような錯覚も起こる。実は、どこにもそんな風な分かりやすい説明は存在していないのだが、うっかりすると、そんな風な錯覚に陥りがちになってしまう。どうしてそんな風になってしまうのかと言えば、「和漢混淆文の完成」以降の日本文学史が、なんだかよく分からないからである。

「和漢混淆文は完成し、その後いろいろとあったが、明治になって言文一致体が登場し、これを起点として近代文学の時代が始まる」という理解は、ある意味で正しい。能、狂言、連歌の登場する室町時代になって文学史は新しい展開を始め、江戸時代はそれを承けるのだ。

江戸時代になれば、近松門左衛門、井原西鶴、仮名草子、浮世草子、松尾芭蕉、与謝蕪村、俳諧、川柳、狂歌、『奥の細道』、『好色一代男』、上田秋成の『雨月物語』、黄表紙、洒落本、人情本、歌舞伎、

人形浄瑠璃、読本、滑稽本、戯作、国学、本居宣長といった具合で、作者名と作品名とジャンルが入り混じって存在する。作品名と作者名を結び付けて、それがどのジャンルに属するものかを当てるのが精一杯――あるいは、この漢字だらけの言葉をどう読むのかが精一杯で、江戸時代の文学史は終わってしまう。そこに深入りするよりも、「町人文化の時代」と大雑把な括り方をしてしまった方が早いし、「町人文化の時代」は江戸時代だけなのだから、これを「町人文芸の時代」と括ってしまっても、文学史的にはあまり差し障りがない。なにしろ、文明開化の明治になれば、「封建制度の江戸時代は古い」として、この全体を一蹴することも可能になるし、近代以前の江戸時代文芸は、「まだ近代に届いてはいない」という括り方も可能になるものだ。「いろいろあって、明治時代の言文一致体になる」でも、別にかまいはしない――そのことによって、実に多くのものを切り捨て、葬り去ることにもなってしまうけれど。

問題はどこにあるのか？

まず一つは、日本の文学史の「区分」の仕方である。普通、日本の文学史は、全体を「古代、中世、近世、近代」と四つに分ける。古代は前期と後期に分かれて、前期は奈良時代以前（というか『古事記』の出現を得る奈良時代そのもの）で、後期は平安時代である。かな文字の出現と定着によって、平安時代は古典文学の全盛期を迎えるのだから、「古代前期、古代後期」などというみみっちい分け方をせずに、ただ「奈良時代、平安時代」でいいんじゃないかと私は思うのだが、どうもそうではない。日本の文学史は、日本の歴史とその時代区分をシンクロさせてくれないのだ。だから、文学史で「中世の文学」は、鎌倉、南北朝、室町時代の三つの時代を統括したものになる。「中世前期、中世後期」という区分もしないから、『徒然草』がどこに存在するのかは曖昧になる。私なんかは、『徒然草』の出現を一つの分水嶺として、「ここで文学史の第一部は終わり、室町時代から江戸時代までの第二部が始まる」にした方が分かりがいいんじゃないかと思って、『これで古典がよくわかる』も、「『徒然草』に於ける和漢混淆文の完成」で終わりにしてしまったが、そういう理解はあまり一般的でもないと思う。

奈良時代の『古事記』から南北朝時代の『徒然草』まで、日本の文学史は一つの流れを辿ることが出来る。文字を持たない日本語が、中国渡来の漢字という文字と、漢文という文章論理を得て、「かな」という文字を作り出し、「日本語の文章」を完成させて行くプロセスがそれである。だからこそ、「和漢混淆文の完成」というゴールがある。そして、このプロセスは、実際の政治体制の変化とシンクロしているのである。

漢文脈と和文脈がなかなか混じり合わなかったのは、漢文が「朝廷の公式文書」として採用され、それ以外のものが必要とされなかったからである。もしも必要だったら、朝廷は「漢字だけでは不便だから、日本語を記述するための〝かな文字研究所〟を作る」というような施策を打ち出していただろう。もちろん、そんなことはしないが。それが平安時代になって、紀貫之が『古今和歌集』の仮名序で訴えるような「和歌の重要性」が理解され、国家事業としての和歌集の編纂も行われるようになる。公式文書は漢文で、朝廷に所属する官僚貴族達もその日記を漢文で書き、アカデミズムの中心にある僧達も漢文で文章を書くが、それ以外のところでは「かな文字」を中心とする和文脈の文章が広がって行く。平安時代は、漢文脈と和文脈が併行して存在するダブルスタンダードの時代だが、源平の争乱によって鎌倉幕府が出現してしまうと、これが微妙に変わる。

京都に距離を置いた鎌倉の幕府が、かな文字中心の和文脈を公式文書に採用したというわけではない。公式文書が漢文であることに変わりはないが、その公式文書を存在させる支配の機構が二つになって、「支配する・支配される」の強制力が低下したのだ。だから、文化は一方で純粋化の道を辿り、一方では混淆への道をも辿る。

純粋化の一例は、京都の朝廷の後鳥羽上皇を中心とする『新古今和歌集』の編纂である。混淆化の一例は、漢文の書き下し文をそのまま語られても平気で受け入れられてしまう、和漢混淆文の『平家物語』である。もしかすると、「漢文脈が上、和文脈が下」とするかつての文化秩序は、もうひっくり返っているのかもしれない。

公式文書の漢文は、もう鎌倉にもある。漢文の読み書きが出来た鎌倉武士がどれほどいたかは知らないが、公式文書の作成が必要なら、京都にいるそれが可能な人間を雇い入れればいい。漢文脈はどちらにもあって、鎌倉にないのは、個人の口から発される和文脈の和歌である。

既に『源氏物語』の中で、紫式部は「時代に取り残されて和歌を詠む訓練も受けていない姫君――末摘花《すえつむはな》」の悲喜劇を書き、「都から下って来た姫君に求婚しようとしてとんでもない和歌を詠む九州の土豪の喜劇」を玉鬘《たまかずら》の巻で書いている。「和歌が詠めない」ということは教養のないことで、嗤《わら》われるべきことであるというのは、もう京都の貴族達の中では定着している。鎌倉の人間で、和歌が詠める――

すなわち、日本語の表現を我が物として使いこなせる人間は、どれだけいたのか？　鎌倉の三代将軍源実朝が和歌への情熱をあらわにしたのは、明らかに、京都側の文化戦略に引っかかったのである。後鳥羽上皇の挙が敗れた承久の乱後、京都で政治生命を保っていた和歌の名手藤原定家は、鎌倉方の武士の依頼によって百首の和歌を撰出した——その伝えを持つ『小倉百人一首』は、江戸時代にカルタとなって、王朝和歌の普及に大貢献をする。兼好法師もまた、和歌の代作や恋文の代筆を請け負うことになるが、そうした「知識人」を必要とする無教養な人間達が、二つの支配体制が同居する鎌倉時代以降には、社会の上層部に現れて来るのである。

「教養」を必要とするようなものになってしまった和文脈は、芸能化して人に平気で受け入れられるようになった漢文脈よりも上位に立つ——そういう時代だからこそ「和漢混淆」は成り立つのだが、しかし、それを可能にしていた「二つの支配体制の時代」も、やがて終焉を迎えてしまう。南北朝の争乱と、その後の室町幕府の成立である。

遠い鎌倉にあった幕府は、京都にやって来る。かつての支配力を取り戻そうとした朝廷は、南北朝の争乱を経て、その支配力と文化的影響力を決定的になくす——だからこそ、室町時代には、それまでの文化文芸のジャンルからはずれたものが、次々と登場するのである。すがれ行く朝廷の下級官僚としてあった卜部《うらべ》兼好《かねよし》は、出家して兼好法師となる。『枕草子』のコピーでもあるような章段を持つ『徒然草』は、長く続いた王朝文化の末席に連なるようなもので、であればこそここで、文学史の第一部は終わるのである。平家の滅亡と王朝政治の終焉を描いた『平家物語』が鎌倉時代になって登場するように、まだ続いていた朝廷政治とその文化の終末を語る『太平記』もまた、「第一部の終わり」にふさわしい。そうして、日本の文学史は、改めて第二部に入るのである。

第二部に入って、室町時代は新しいものを登場させるが、やがて日本は戦国時代の混乱に巻き込まれて行く。それが終わって平和が訪れ、日本文学史の第二部は本格化して行くのだが、一度終わってしまったものは、そう簡単に甦らないし、順調に続いても行かない。第二部になって文学史は、改めて微妙な二重構造を抱え込むのである。ある意味で、「古典文学」と言われるようなカテゴリーは、この時になって生まれる。江戸時代になって、「文芸復興」とも言うべき、古典の翻刻出版が行われるようになるからである。

歌舞伎作者から人形浄瑠璃の作者に転向した近松門左衛門は、先行する古典に対して驚くべき該博な知識を有している。「一体これをどこで読んだのだ？」と思うのだが、町に図書館のない江戸時代には、既に出版があったのである。そのことによって、江戸時代の町人達は、『古事記』『日本書紀』から『徒然草』『太平記』までの古典に関する知識を得ることが出来る――出来るがしかし、彼等の関心は、自分達が住む江戸時代の外へ出て行かない。つまり、自分達の気に入ったおいしいところだけを摘み食いして、「古典を理解する」などという方向性を持たないのである。

たとえば、近松門左衛門の死んだ翌年に生まれ、血筋でもないのに「近松」を名乗った江戸中期の人形浄瑠璃作者、近松半二の『本朝廿四孝《ほんちょうにじゅうしこう》』は、なんと「春は曙」で始まる。『枕草子』の冒頭部分を勝手にアレンジした文章で始まるこの作品は、『枕草子』とはまったく関係のない「武田信玄と上杉謙信の抗争」を題材としたものである。題材としただけだから、これを見たって「戦国武将のドラマ」だとは思えないようなものだが、なんでも勝手にアレンジしてしまう人形浄瑠璃の作者が、なぜ冒頭に『枕草子』を持って来たのかというと、この物語が「花の御所にいる室町将軍が何者かに暗殺される」というところから始まるもので、「春は曙」で始まる『枕草子』の冒頭は、この《室町の御所こそ花の盛なれ》の「花」に掛かる序詞的なものとして用いられるだけなのである。

「なんと自由なやり方だろう」と、私なんかは羨ましく思うが、こういう彼等に古典を任せていたら、「自由な解釈」ばかりで、なにがなにやら分からなくなってしまう。だから、その一方で「古典の解釈研究」が起こって、江戸時代には国学が生まれる。国学は、明治になって「国文学」として再生する。古典が大事な彼等にしてみれば、大事な古典を勝手にいじくり回した江戸の町人文芸などというものは、「なくてもいいもの」になってしまう。江戸時代の文学史が、それ以前のものとつながっているのかいないのか、なんだか分からないゴタゴタしたものになっているのは、そのせいなんだろうと、私は勝手に思っている。

明治になって、日本文学史の第三部近代篇が始まる。その文学史は、当然のことながら、近代文学創造の過程を辿って行くものでもあるだろうが、しかし、言文一致体の創出——つまり「口語文」を誕生させることによって、それ以前を「文語文の時代」として区切ってしまうこの三部は、同時に「古典の位置付け」を明確にしようともする時代なのである。別の言い方をすれば、「古典は明治になって古典になった」である。

そうなった時、「古典」の定義は明確になる。『古事記』『日本書紀』から『徒然草』『太平記』に至るまでの、私の言う「文学史の第一部」に属するものが古典で、これに、江戸時代の初めになって他の古典と共に出版された、謡曲が加わる。連歌も加わる。江戸時代の「これは」と思われる作家達、近松門左衛門や井原西鶴、松尾芭蕉、与謝蕪村といった人物達も、これに個別に加わる。それは、「明確な古典」と「古典に準ずる価値のある、近い時代の作品」の二部構成のようなものである。

日本の文学史は、「和漢混淆文の完成」に至るまで、一筋の川となって流れて来る。その流れは室町時代になって終わり、後は「池」になる。その後の作品は、池に浮かぶ小島のようなものである。日本の文学史は、大筋でこういう考え方で出来上がっていると思うし、このような考え方をすれば、「和漢混淆文の完成」は、そのまま「言文一致体の完成」と重なる。近代文学がその先で袋小路に陥ったとして、その時、「我々はなにを見失ったか?」の答は、容易に見出しがたいだろう。

五　大僧正慈円の独白

以上のような考え方からすると、私の結論は「室町時代や江戸時代の文学のあり方を見直せ」ということになるのかもしれないが、私は別にそんなことを考えない。実は私は、「和漢混淆文てなんだ?」と考えているからである。「ここまで引っ張っておいて何事か」と思われるかもしれないが、「和漢混淆文てなんだ？」と思う私は、「和漢混淆文の完成」とは言われるけれども、それになんの意味があるのだろうと思っている。

私の考えによれば、「和漢混淆文の完成」というのは、「新たなる発展の始まり」ではない。「それまで続いて来たものの終結」である。だから、「それになんの意味があるんだ？」と、根本のところで思っている。

私の考えによれば、兼好法師の完成した和漢混淆文とは、「センテンスが短く、論理展開が分かりやすい文章」である。それは大事だが、「果して文章はそれだけでいいのか？」とも思う。また、兼好法師の『徒然草』と並んで、『平家物語』も「新時代に登場した和漢混淆文の代表」のように思われているが、私は別に、『平家物語』を「センテンスが短くて論理展開が分かりやすい」とも思わない。『源氏物語』に比べりゃ分かりやすい」とは思うが、「なんだか分からない」と思って頭を抱えることもしばしばだったので、その結果、「和漢混淆文てなんだ？」と思うようにもなってしまったのである。

「漢字とかなが同居していれば和漢混淆文」と言うのなら、『源氏物語』や『枕草子』に適宜漢字を充てはめて行けば、それで「和漢混淆文」にもなっちゃうなァと、心ある人が聞いたら卒倒するようなことも考えてしまうが、「和漢混淆文」という概念は、言文一致体が出来た後になって登場するか一般化するようなものだと思う私は、「その概念を適用することにどれほどの意味があるのか？」とも思っているのである。

『平家物語』と同時代のものと考えられる天台宗の大僧正慈円《じえん》の筆になる『愚管抄《ぐかんしょう》』には、興味深いことが書いてある。これである——。

《今、かなにて書く事たかき様《やう》なれど、世の移り行く次第とを心得《う》べきやうを書きつけ侍る意趣は、惣《そう》じて僧も俗も今の世を見るに、智解《ちげ》のむげに失せて学問と云ふことをせぬなり。》（『愚管抄』巻七）

これは明らかに和文脈の文章である。しかし、読んだだけでは、なにを言っているのか分からない。分からないのは、《書きつけ侍る意趣は》と言っておいた後に続くのが、《惣じて僧も俗も——学問と云ふことをせぬなり》だからである。この巻七は『愚管抄』の「あとがき」にも当たるような部分で、引用部は「私がこの書物を書いたのは——」で始まるような文章が、「みんな勉強をしないのだ」で始まるようなところなのである。「私がこの本を書いたのは」で始まるような文章が、「みんな勉強をしないのだ」で結ばれているのだから、なにがなんだか分からない。これが和文脈の論理の特徴だから、「もう少しなんとかしてくれないかな」とかも思うが、この文章の先をもう少し続けて読んで行けば、著者の言いたいこともなんとなく見えて来る——それもまた和文脈の特徴であるが、そんなことよりも、まずここで私が言いたいのは、この文章が「かなで書かれた文章」だということである。

『愚管抄』というと、「漢字とカタカナで書かれた文章」と見るのが一般的だが、当人はただ「かな」と言っているだけなのだから、「ひらがなでもいいだろう」と思って、カタカナをひらがなに直して掲げた（その方が理解はしやすいだろう）。

確かにこの文章は「ひらがなによる和文脈の文章」で、だからこそ分かりにくくもあるのだが、しかしこれは、ただの「かな文字の文章」ではない。《意趣》や《智解》は漢語で、こんなひらがなとは水と油の単語が入っていて、それでも当人は《今、かなにて書く事》と言っているのは、どんなものだろう。主語が省かれているから《今、かなにて書く事》を誰がしているのかよく分からないが、この主語を『愚管抄』の作者慈円とすると、あきれたことに慈円は、「私が今ここでかなの文章を書いているのはえらそうに見えるかもしれないが」として、『愚管抄』なる書物のあとがきを書き始めていることになる。

「たかき様」を「えらそう」と解釈すると、「かなで文章を書くこと」が「えらそう」になり、「智解」などという難解な学術用語が登場しても「かなの文章だ」と言っていることはまことに「えらそう」で、そういうことに対して私はびっくりしてしまうが、慈円は、「漢文」と「かな文字の文章」の二つが存在している彼の住む時代に対して、実に驚くべきことをこの後で言っていて、重要なのはそこなのである——。

第二章　新しい日本語文体の模索——二葉亭四迷と大僧正慈円

一　大僧正慈円と二つの日本語

《今、かなにて書く事たかき様《やう》なれど》と、『愚管抄』執筆の動機を書き始める慈円は、《惣《そう》じて僧も俗も》《智解《ちげ》のむげに失せて学問と云ふことをせぬなり》と続ける。

《智解》は、英文法的に言えば動名詞で、「智る＝解る」で、「物事を凝視するように考えて、その末に理解を得ること」である（と私は考える）。だから、先の文章はこう続く——。

《学問は、僧の顕密《けんみつ》をまなぶも俗の紀伝明経《みやうぎやう》をならふも、是れを学するに従ひて、智解にてその心を得ればこそ、おもしろくなりてせらるゝ事なれ。》（『愚管抄』巻七）

《顕密》は、僧侶のテリトリーである「顕教と密教」。《明経》は儒教の経典で、《紀伝》はそれ以外の中国の歴史書や詩文。紀伝道、明経道は、律令制下の官吏養成のために存在する大学の学科名で、紀伝道には「文章《もんじょう》道」の別名もある。《俗》とはすなわち、学問を得ることを必須とする官吏のことで、学問を得ようとする者は僧侶と官吏に限定され、《学問》とはすなわち、漢文体の中国のテキストを学ぶことでもあった。

日本人が漢字だらけの中国語のテキストを読んで学ぶのだから、そう簡単に分かるわけもない。だから、《是れを学するに従ひて、智解にてその心を得ればこそ、おもしろくなりてせらるゝ》になる。「どんなことでも、いきなり〝分かる〟などということは訪れない。〝ああか、こうか〟と苦吟して〝分かる能力〟が宿った後になって、学ぶことがおもしろくなって行く」である。今から八〇〇年ばかり前の慈円の言葉は、そのまま現代人に聞かせたいようなものだが、既に慈円の時代に、この「学ぶことの原則」は忘れられている。だから、《惣じて僧も俗も今の世を見るに、智解のむげに失せて学問と云ふことをせぬなり。》になる。

「今の世の学問を必須とする立場の僧侶も官吏も、〝分かる能力〟を身につけようとしなくなって学問をしない」ではあるが、これはまた「〝分かる能力〟を必須とするような学び方をしていないのだから、〝学問をしている〟ということにはならない」でもある。《智解》というものは、「学ぶに従って身に付いて行くもの」であるはずだから、学問をしない人間に《智解》が宿るはずもなく、だとすると《智解のむげに失せて学問と云ふことをせぬなり》はその順序としておかしいのだが、「〝智解を用いることが学問だ〟ということを理解しない限り、学問は起こらない」という立場に立てば、《智解のむげに失せて学問と云ふことをせぬなり》でもかまわないことになる。和文もまた和文なりに難解なのだが、それを言っていると話が先へ進まないので、『愚管抄』の記述に従って、「学問の対象となる漢文テキストの難しさ」へと進む——。

「〝分かる能力〟が宿ってこそ学問はおもしろくなるのだ」と言う慈円は、「それがないから」の意味を含ませて、《すべて末代には「犬の星をまぼる」なんど云ふやうなる事にて、え心得ぬなり。》（同前）と続ける。

《犬の星をまぼる（見守る）》は、「わけの分からないものを見つめる」だから、漢文のテキストに向かっても、ただ「漢字が並んでいる」としか思えなかったら、「星を見つめる犬」である。なんでそうなってしまうのかと言えば《智解》がないからだが、そうなっても慈円は、「情けない。智解を身につけろ！」とは言わない。「テキストの本文が難しいからだ」という方向へ行く。

慈円はただの知識人ではない。平安京を護って存在する比叡山延暦寺のトップたる「天台座主《ざす》」である。たとえて言えば、東大の学長が「今の学生には学習能力がない」と言うようなものだが、この鎌倉時代の東大の学長は、それを「東大に入って来た今時の学生のせいだ」とは言わず、「そもそも、学問のテキストが難しすぎるからだ」と言うのである。そう考えれば、慈円の言うことには文化大革命的なすごささえある。

その慈円の言う「《犬の星をまぼる》になってしまう理由」は、以下である――。

《それは又、学し、とかくする文は、梵文《ぼんもん》より起りて漢字にてあれば、この日本国の人は是れをやはらげて和詞になして心得るも猶《なほ》うるさくて、智解のいるなる。明経に十三経とて、『孝経《かうきやう》』『礼記《らいき》』より、「孔子《くじ》の春秋」とて『左伝《さでん》』『公羊《くやう》』『穀梁《こくりやう》』など云ふも、又、紀伝の三史、八代史乃至《ないし》『文選《もんぜん》』『文集《もんじふ》』『貞観政要《ぢやうぐわんせいえう》』これらを見て、心得ん人の為めには、かやうの事はをかし事にてやみぬ。》（同前）

私にとって慈円の文章は「智解の必要な難解な古典」だから、所々で分からなくなる。「インド由来の仏教は梵語（サンスクリット語）で書かれたものが漢文に訳されたものだから、我等日本人はこれを和詞（日本語）流に理解するが、それもやっぱり煩わしい」までは分かる。慈円の時代に、漢文で書かれた仏典の日本語訳が行われていたという話も聞かないから、《是れをやはらげて和詞になして心得る》は、「日本語流に理解する」か「日本語として理解する」である。訳文がないまま原文を読んで、「モゴモゴとなんとなく理解したようになる」となると、中学高校の英語の授業みたいだ――「教師に指名されて英文を読み、〝えーと、えーと〟と言いながら、英文をブッ切りにして日本語に訳す」である。文節レヴェルの意味は合っていても、英文全体が「日本語の文章」としてまともになっているかどうかは分からない。だから、「これを理解するには智解が必要なのだ」ということになる。

仏教の経典は音読を原則とするものだから、声に出して漢文の経典を読めれば、意味がロクに分からなくてもなんとかなる。読んでいる内になんとなく意味が分かって来て――つまりは「智解」が宿るから、日本語に訳すのなんかうざったいというようなことである。しかし、明経道や紀伝道の方はそうもいかない。意味が分からなければ、「読んだ」とか「読める」にはならない。漢文訓読に必要な返り点を付けて、日本語流の「書き下し文」にして読むことが必要になるのだが、それをする必要のない、漢文を漢文のままで読める人には、慈円の言うことは《をかし事にてやみぬ》になるが、――そういう話ではあるはずだが、原文を読んでこのことがすんなり理解出来るかどうかは分からない。そして、『愚管抄』の文章では、この後に「学問の家に生まれた者でさえ、漢文で書かれた書物を読まない。読めない」ということが続く。

慈円の言う「漢文の書物」は、仏典や中国製の漢籍に限らず、『日本書紀』や律令の本文まで含まれるのだが、当時の知識人――僧侶や官僚あるいは元官僚達は、こういうものを「読まない、読めない」と言うのである。それはほとんど、「大学に図書館はあっても、そこに通う学生はまずいない」というのに等しくて、にわかには信じがたい。「漢文系書物の全滅」という事態があればこそ、一番最初の《今、かなにて書く事たかき様なれど》になってしまい、この《たかき様》は、「世評が高い、人気が高い＝一般的になっている」と解されるべきものになるはずである。

慈円の言う《かなにて書く事》は、『愚管抄』がそうであるような「和漢混淆文《わかんこんこうぶん》で書く事」である。『愚管抄』の時代は、「和漢混淆文の完成形の一」とされる『平家物語』をはじめとして軍記文学の登場する時代だから、《今、かなにて書く事》は「一般的」になっているのかもしれない。だからこそ慈円も『愚管抄』を和漢混淆文で書くのだが、そうなると、「本書執筆の理由」を書く『愚管抄』巻七の冒頭の文章が、意味不明にもなって来る。

前章に掲げたが、『愚管抄』巻七の冒頭は、《今、かなにて書く事たかき様なれど、世の移り行く次第とを心得《う》べきやうを書きつけ侍る意趣は、惣じて僧も俗も今の世を見るに、智解のむげに失せて学問と云ふことをせぬなり。》で、これは別に「今の世は和漢混淆文が一般的だが、それはみんなが漢文を読む学問をしないからである」ということではない。これは、「本書を和漢混淆で書くのは流行みたいだが、そうであっても私が和漢混淆文で書くのは、みんなが漢文を読む学問をしないからである」なのだ。この後に続く引用部分もすべて、「今の人は漢文で書かれた書物をちゃんと読む学問をしない」ということばかりで、和漢混淆文がはやっているかどうかなんてことを、慈円は問題にしていない。だから、この冒頭の文章は、「今、私が和漢混淆文で書くのはえらそう（たかき様）に見えるかもしれないが」とも取れる。

「和漢混淆文で書く事」は、「えらそう」なのか？　どうも違う。なにしろ慈円はこの後で、「今の人は〝分かる能力〟を身に備えて、ちゃんと学問をするということをしない」と言っている。「サンスクリット語由来の漢文なんだから、日本語にして分かるのはうざったいよな」と、このことに一定の理解を示しながらも、やはり「ちゃんとした学問をしていない」と言っているのである。しかもその後では、自分の書いた『愚管抄』の文章を《かやうの戯言《ざれごと》》とさえも言っているのである。慈円は、和漢混淆文で書くことを「えらそうなこと」と思ってはいないのだ。

だからなんなのかを言う前にはっきりさせておきたいのは、「慈円の書く『愚管抄』の文章は分かりにくい」ということである。大雑把に読めば、慈円の言わんとすることは大体分かる。しかし、一語一語順を追って正確に意味を把握しようとすると、「なんだかよく分からない」の靄《もや》があちこちに立ち籠める。「大雑把に読んで〝大体分かる〟が訪れるなら、それでいいじゃないか。一語一語順を追うなどという面倒なことをなぜする?」と思う人もあるかもしれないが、『愚管抄』巻七のこの部分は明らかに、「論旨を通そうとする論文」なのである。であれば、「一語一語きちんと理解すれば、明晰な論旨は現れるはず」と思うのは当然だろう。それが「智解を用いる読解」だと思うのだが、慈円の文章は、どうも違う。慈円の書く和漢混淆文を読むために必要な《智解》は、どうも「焦点をぼかしながら大雑把に読む」なのである。

「漢文は外国語だから、ちゃんと読むのは難しく、面倒臭い」という趣旨のことを言っていて、しかしそれを言う慈円の「漢文ではない文章」だって、十分に難しくて面倒なのだが、それはなぜかである。面倒なことを言ってしまえば、慈円は「バイリンガル人間」なのである。天台座主である慈円は、漢文の読み書きが当たり前に出来る。一方この人は、『新古今和歌集』の時代を代表する歌人の一人である。日本人にとって漢文というものは、「意味が凝縮されてしまった単語の連なりによる文章」である。言うべきことがすべて漢字の熟語で出来上がっているようなものなのだから、《是れをやはらげて和詞になして心得る》が必要になる。漢文を日本語流の「書き下し文」にしたとしても、「外国語の文脈と単語を使って書かれたもの」なのだから、当然分かりにくい。だからと言って、三十一文字に凝縮された和歌が分かりやすいかということになると、これまた微妙である。

和歌というのは、ある意味で日本語を遊ばせることによって成り立つものでもある。「言葉の意味を無限定に流出させる」ということをしなければ、「三十一文字」という限定の中で、複雑な内容は詠めない。だから「掛け詞」という二重の意味を幻出させる技法が当たり前にある。しかも、『新古今和歌集』の時代は、和歌の技巧が行くところまで行って、「言葉が流れるように遊んで、アンリアルな真実を幻出させる」ということにまでなっているのだから、「なんとなく分かるが、しかしよく分からない」ということにもなってしまう。「和歌は苦手」という人はいくらでもいるはずだから、「日本語だから分かりやすい」ということはないのだ。

「平安時代の人間は、公式文書を漢文で書き、和歌を詠む」と思われてはいるが、もちろんこれは平安時代の人間——男の貴族に限定したとしても、すべてではない。「お前をもっと出世させてやりたいが、お前は漢文がだめだからなァ」と慨嘆されて、出世の道をあきらめた男だっている。バリバリのインテリで、「漢文ならなんでも来い」であっても、「和歌はさっぱりなので、誰か代わりに詠んでくれないか？」と言っていた人間もいる。「両方出来て当たり前」というのは、かなり高度な達成で、「片方しか出来ない人間」はいくらでもいたのだが、その中で、慈円は、両方が高度に可能な人間——つまり「バイリンガル」だったのである。

高度な漢文の理解力はある。高度な和歌の表現能力もある。しかし、これは「日常の日本語」からすれば、どちらも特殊なものである。高度な漢文の理解力があり、高度な和歌の表現能力もある人が、普段に「どんな日本語」を使って話していたのかは分からない。「論旨を明確に述べる日本語」というものがまだ存在しないのだから、普段は「面倒な話」なんかをしなかったのかもしれない。

面倒臭い話をするとなれば、意味の凝縮された漢語を使うしかない。「それだけだと分からない」と思っても、まだ「明確に論旨を通すための日本語」というのは、存在しない。日本語は、和歌的な「ニュアンスに富んだ日本語」――つまり、どこか曖昧な「論述にはふさわしくない日本語」しかないのだから、漢文脈と和文脈をくっつけて一つにしてしまったら、「難解と曖昧のドッキング」ということになってしまう。もしかしたら、意味を把握する上では、一番たちが悪い。『愚管抄』というのは「難解な書物」とも思われているが、それは「難解と曖昧がドッキングした日本語」によって書かれているからかもしれない。慈円の努力は努力としても、『愚管抄』の文体は、そうそう分かりやすいものではないのだ。

「和漢混淆文だから分かりやすい」などというのは幻想で、慈円の『愚管抄』は、「普段に流通するような日本語で面倒臭い話をする」という、当時的にはまだ存在しなかった前衛的な試みを結果的にやってしまっているものだから、「はて、この文章はなにを言っているのだ?」と、たんびたんびに頭を抱え込まなければならなかったりもする。早い話、面倒臭いことを分かりやすく言うのはとても難しく、慈円の『愚管抄』は、その先駆的な一例だったりもするのである。

二　慈円と二葉亭四迷

前章で私は、慈円が『愚管抄』の中で「驚くべきことを言っている」と書いたが、その「驚くべきこと」とは、もちろん、「漢文は難しく、和漢混淆文は分かりやすい」ということではない。「漢文を読み、漢文で書く」を知識人が本分とする時代に、天台の座主である慈円が《かなにて書く》をしたのだから、「きっと慈円は〝漢文は難しいから、もっと分かりやすい和漢混淆文で書こう〟と思ったのだろう」と考えるのが「一番素直な理解」のようにも思えるが、そうではない。慈円は、そのような単純な前提に立ってはいないし、そのように単純な理解もしていない。もっと違う前提に立っている。

『愚管抄』の内容は「漢文で書かれてしかるべきもの」で、慈円はもちろん、その本来に従って、漢文で『愚管抄』を書ける人である。にもかかわらずこの人は、それを和文脈の和漢混淆文で書いた。そういう種類の「歴史に関する書物」は、『愚管抄』が最初である。つまり、慈円の『愚管抄』は「漢文の翻訳体の創造」でもあって、だからこそ『愚管抄』の「あとがき」でもある巻七には、「翻訳の苦労」というものも書いてある。それはほとんど、言文一致体を創造し、言文一致体でロシア語の作品を翻訳している二葉亭四迷のありようと同じなのだ。

二葉亭四迷の言文一致体は、その後「日本の近代文学」を生み出す。しかし、慈円の『愚管抄』が「その後の日本語」にどういう影響を与えたかは、分からない。それでも、「こんなところにも二葉亭四迷はいたのか」と思うと、日本語の文章の厄介さ、あるいは「日本語の文章を書く」ということにまつわる根の深さ——それゆえに生じる「日本語の複雑さ」が思われて、「うーん」と唸ってしまう。

先にも言ったように、慈円は『愚管抄』の文体を《戯言》と位置付けている。これは、謙遜でも韜晦《とうかい》でもない。「漢文で書かれてしかるべきもの」が「漢文ではない文体」で書かれていたら、それは「戯言」なのだという、当時の知的常識を踏まえていて、しかも『愚管抄』には「変な日本語」が公然と用いられているからである。だからこそ、それを用いる慈円は、正々堂々と胸を張って、「これは戯言である」と言うのである。

慈円の言う「変な日本語」は、当時当たり前に使われていた副詞で、それらは《はたと》《むずと》《きと》《しやくと》《ぎよと》等だと言っている——《むげに軽々《きやうきやう》なることば共の多くて、はたと、むずと、きと、しやくと、ぎよとなど云ふ事のみ多く書きて侍る事は》(同前)。

それらは、「ちゃんとした日本語の文章」の中では使われない「俗語」だから軽薄(軽々なる)なのだが、なぜそれを使うのかも、慈円は明確にわきまえている——《はたと、むずと、きと、しやくと、ぎよとなど云ふ事のみ多く書きて侍る事は、和語の本体にては是れが侍るべきと覚ゆるなり。》(同前)である。

「そうした軽薄な俗語こそが日本語の本来形だ」として、そこから慈円の「日本語論」が始まる——。

《訓のよみなれど、心をさしつめて字訳（あるいは字尺《じしやく》）にあらはしたる事は、猶《なほ》心のひろがぬなり。真名の文字にはすぐれぬことばのむげにたゞ事なるやうなることばこそ、日本国のことばの本体なるべけれ。その故は、物を云ひつゞくるに心の多く籠りて、時の景気をあらはすことは、かやうのことばのさは〳〵としらする事にて侍るなり。》（同前）

慈円は、漢語ではない日本語本来の響きやニュアンスを大切にする。生き生きとした言葉、ニュアンスに富んだ言葉を使うことこそが「言葉による表現」だと信じている。まさしく歌人である。そして、かな文字でしか表現されない「俗語」であるような言葉が文章に導入される時、本来の勢いやニュアンスを変えて漢語に翻訳されるそのことを惧《おそ》れている。そして、《真名の文字にはすぐれぬことば《むげにたゞ事なるやうなることば》であっても、これこそが《日本国のことばの本体》であってしかるべしと信じている。それが「日本語の本来形」だというのは、《物を云ひつゞくるに心の多く籠りて、時の景気（経済ではない〝景色〟であり〝気色《けしき》〟）をあらはすことは、かやうのことばのさは〳〵と（テキパキと、明確に）しらする事》だからだと。

慈円の言うことには説得力がある。説得力はあるが、しかし、これが「日本語に関する正しい認識」かどうかは分からない。というのは、これとはまったく逆のことを二葉亭四迷が言っているからである――。

《一体、欧文は唯だ読むと何でもないが、よく味うて見ると、自ら一種の音調があつて、声を出して読むとよく抑揚が整うてゐる。即ち音楽的《ミュージカル》である。だから、人が読むのを聞いてゐても中々に面白い。実際文章の意味は、黙読した方がよく分るけれど、自分の覚束ない知識で充分に分らぬ所も、声を出して読むと面白く感ぜられる。これは確かに欧文の一特質である。

処《ところ》が、日本の文章にはこの調子がない、一体にだら〳〵して、黙読するには差支《さしつか》へないが、声を出して読むと頗《すこぶ》る単調《モノトナス》だ。啻《ただ》に抑揚などが明らかでないのみか、元来読み方が出来てゐないのだから、声を出して読むには不適当である。》（二葉亭四迷『余が翻訳の標準』傍点の類は省略した）

二葉亭四迷も慈円も、「新しい日本語表現」を創り出そうとして腐心しているところは同じである。慈円は「ともすれば漢文的になりがちな日本語」を「そうではない日本語」にしようとして、二葉亭四迷は「外国語の文章」を「日本語の文章」にしようとして――つまりは、どちらも「翻訳」について語っているのである。

二葉亭四迷が問題にするのは「言葉の意味」ではない。複数の言葉が作り出す《音調》である。欧文にはそれがあって、日本語の文章にはそれがないと言う。一方、慈円が問題にするのは「意味」である。本来的な日本語は《物を云ひつゞくるに心の多く籠りて》で、だからこそ《景気をあらはすことは、かやうのことばのさは〳〵としらする》である。慈円が問題にするのは《心》で、これは《音調》であるよりも「意味＝ニュアンス」の方だろう。一見、慈円と二葉亭四迷とでは問題にするところが違うようだが、実は、同じなのである。

　慈円は、「翻訳の対象となる言葉」である漢文や漢文的な文章よりも、自分の知っている「本来的な日本語」の方が、表現のニュアンスに富んでいると思っている。一方、二葉亭四迷は、「翻訳の対象となる欧文」は《音調》に富んでいて、しかしそれを書き記す方の日本語の文章は「だめだ」と言っている。「だめだ」と思うからこそ、彼は「だめではない日本語の文章」を創るのである。問題は、二葉亭四迷が「慈円の書いた日本語の文章」をどう思うのかではない。二葉亭四迷が「だめではない日本語の文章」を創ろうとした背景を見れば、二葉亭四迷と慈円の相似は、明瞭に浮かび上がって来る――。


《もう何年ばかりになるか知らん、余程《よツぽど》前のことだ。何か一つ書いて見たいとは思つたが、元来の文章下手で皆目方角が分らぬ。そこで、坪内《つぼうち》先生の許《ところ》へ行つて、何《ど》うしたらよからうかと話して見ると、君は円朝《あんてう》の落語《はなし》を知つてゐやう、あの円朝の落語《はなし》通りに書いて見たら何うかといふ。

で、仰《おほ》せの儘にやツて見た。所が自分は東京者であるからいふ迄もなく東京弁だ。即ち東京弁の作物《さくもの》が一つ出来た訳だ。早速、先生の許へ持つて行くと、篤《とく》と目を通して居られたが、忽《たちま》ち磕《はた》と膝を打つて、これでいゝ、この儘でいゝ、生じツか直したりなんぞせぬ方がいゝ、とかう仰有《おつしや》る。》（二葉亭四迷『余が言文一致の由来』）

　見落されがちだが、ここで重要なのは、「言文一致体は三遊亭円朝の落語をベースにして出来上がった」ではない。三遊亭円朝の落語が、二葉亭四迷の中に存在する「彼本来の日本語」——即ち、ネイティヴ言語である「東京弁」で出来上がっていたということが、重要なのである。慈円が《日本国のことばの本体》と思うような言葉を当時の俗語表現に見出したのと同じように、二葉亭四迷は、三遊亭円朝の中に「彼自身の本来」を見出したのである。ここでは、「円朝の語り口が洗練されていて、そのまま文章化出来た」ということは、問題にならない。一番の大事は、円朝と二葉亭四迷がネイティヴ言語を共有していたという、そのことである。だから、この後が続く——。

《けれども、自分には元来文章の素養がないから、動《やゝ》もすれば俗になる、突拍子もねえことを云やあがる的になる。坪内先生はも少し上品にしなくちゃいけぬといふ。徳富《とくとみ》さんは（其の頃国民之友に書いたことがあつたから）文章を言語に近づけるのもよいが、も少し言語を文章にした方がよいと云ふ。けれども自分は両先輩の説に不服であつた（後略）》（同前）

二葉亭四迷が問題にしたのは、「文章を上品にしてより文章らしくする」でもなく、「過剰な話し言葉性を改めて文章語に近づける」でもない。自分の中にある「ネイティヴ性」をより正面に押し出すことである。だから彼は、三遊亭円朝から、より「俗」である前時代の式亭三馬《しきていさんば》へと向かう——。

《「べらぼうめ、南瓜畑《かぼちゃばたけ》に落《おツ》こちた凧ぢやあるめえし、乙《おつ》うひツからんだことを云ひなさんな」とか、

「井戸の釣瓶ぢやあるめえし、上げたり下げたりして貰ふめえぜえ」とか、（中略）いかにも下品であるが、併《しか》しポヱチカルだ。俗語の精神は茲《こゝ》に存するのだと信じたので、これだけは多少便りにしたが、外には何《なん》にもない。尤も西洋の文法を取りこまふといふ気はあつたのだが、それは言葉の使ひざまとは違ふ。》（同前）

自身の中に存在する――「隠されている」ではない――ネイティヴ言語の可能性に気がついた二葉亭四迷は、それゆえにこそ「過去」へ行く。明治の現在の三遊亭円朝から江戸時代の式亭三馬へ戻るというのは、ネイティヴ言語の必然からして当然だが、それはつまり、「成長する」とは逆の方向へ行くことである。「発達の前段階」に戻るのだから、それは「子供に戻る」であって、そうなれば当然、社会性はなくなる――つまり《下品》になる。それでもかまわないと二葉亭四迷が思うのは、そこに《ポヱチカル》を発見してしまうからである。「日本語の文章にはない」と思われていた《音調》のベースは、この《ポヱチカル》なのである。

二葉亭四迷が式亭三馬の中に発見した《ポヱチカル》は、比喩の巧みさではない。吐かれる悪態の持つ躍動感だ――そう理解した時、二葉亭四迷が問題にしていたことは、そのまま慈円の言葉で説明される。つまり《物を云ひつゞくるに心の多く籠りて、時の景気をあらはすことは、かやうのことばのさは〳〵とする事にて侍るなり》である。

そうでありながら、しかし一方の慈円は、どうも俗語を使って自分がなにを表現したいのかが、よく分かっていないらしいところもある。もちろん、慈円もまた二葉亭四迷と同様に、自分の書く文章の中に「躍動感」を存在させたいから、慈円は《かやうのことば》――《はたと》《むずと》《きと》《しやくと》《ぎよと》を使う。これらは、すべて動作を際立たせるための言語で、慈円は、そういうものが漢語の中にはないという前提に立って《日本国のことばの本体》を論じているのだが、しかし、この点に於いても慈円は誤解――あるいは、うっかりしている。

たとえば、《はたと》以下の言葉を、慈円は《むげに軽々《きやうきやう》なることば》と言っているが、《軽々》は漢字の音読みである。和語で言うなら、これは「かろがろしげなる」になる。和語にすると、持って回って勢いがなくなる。だから、ここは当然《軽々なる》になる。更に言えば、その《軽々なる》を強める《むげに》も、実は漢字の音読みである。《むげ》は「無下」で、「この下は無い」である。現代語にすれば、上下が引っくり返って、「サイコーに」でもあり、またそのままに「サイテー」でもある。《むげに軽々なる》は、「サイコーに軽薄」であり、『愚管抄』巻七冒頭の《智解のむげに失せて》は、「智解がサイテーになくなって」である。平安中期の口語遣いである清少納言は、「いと（すっごく）」をやたらと多用するが、慈円のそれは「無下」である。『愚管抄』巻七には《むげ》がやたらと登場するが、《むげに軽々なる》の類を言う慈円は、自分の言葉に勢いをつけたいのである。

しかし、《智解》によって漢文を読みこなせる慈円は、自分の知る「正式な文章」の中には、そういう躍動感を表す表現が「ない」と思っている。だから、自分の知るもう一方の「俗語表現」を《日本国のことばの本体》として持ち出すのである。慈円の言うことに説得力はあるが、正しいかどうかは分からないというのはここで、慈円の日本語論は、「躍動感のある表現をしたい」という本音を曖昧にするための「方便」なのである。

　慈円としては、「今までの言葉は躍動感がなくて生硬である。だから私としては、ここで新しい日本語を創り出したい」であってしかるべきなのだが、種々の事情からそうは言えない。だから、その点では同じ願望を持つ二葉亭四迷の方が、もっと正確に状況を把えている。

　坪内逍遥《しょうよう》や徳富蘇峰《そほう》に、「言文一致もいいがもう少し文章らしいものにしろ」と言われた二葉亭四迷は、自分の言語の《本体》を求めて、より過激な式亭三馬の《ポヱチカル》に行ってしまうが、そうであっても、彼は彼なりに「文章的な表現」を考えている。「新しい文章スタイルの統一性」を考えるところが、《西洋の文法を取りこまふといふ気はあつたのだが》と言う論理性を重んじる彼で、だからこそ彼は、こういうことも考える——。

《国民語の資格を得てゐない漢語は使はない、例へば、行儀作法といふ語は、もとは漢語であつたらうが、今は日本語だ、これはいゝ。併し挙止《きよし》閑雅《かんが》といふ語は、まだ日本語の洗礼を受けてゐないから、これはいけない。磊落《らいらく》といふ語も、さツぱりしたと云ふ意味ならば、日本語だが、石が転《ころが》つてゐるといふ意味ならば日本語ではない。日本語にならぬ漢語は、すべて使はないといふのが自分の規則であつた。》

（同前）

これを《むげに軽々なる》という言葉を使う慈円に読ませたら、「なるほど」と言うだろう。「新しい文章を創る」ということは、これくらい厄介で煩瑣《はんさ》な作業を要求するものではあるのだけれど、慈円のやり方は中途半端である。だからと言って、二葉亭四迷がそれを「完璧にやりおおせた」というわけではない——二葉亭四迷は、そうした作業を「バカげたことだった」と総括もするからである。

では、どうして慈円のやり方が中途半端でうっかりしていたのかというと、話は簡単でややこしい。簡単な方で行くと、慈円には別に「新しい日本語の文章を作ろう」という気がなかったのである。

三　『愚管抄』とは、そもそもいかなる書物なのか?

慈円は、《日本国のことばの本体》で文章を書きたいと思っている。そうすれば、自分の書く文章の中に躍動感が生まれると思っている。しかし、そうでありながら慈円は、そうして書かれた文章そのものに、たいした価値を見出していないのだ。だからこれを、平気で《戯言》と言う。その不思議さを考えると、「そもそも『愚管抄』とはいかなる書物なのか?」というところから始め直さなければならない。

『愚管抄』は「歴史に関する書物」である。「歴史を記述する書」ではあるが、「歴史書」ではないし「歴史物語」でもないし「歴史論」でもない。どうしてそういうややこしいことになるのかというと、慈円がそのように設定して『愚管抄』を書いているからである。

全七巻から成る『愚管抄』は、中国風の正史のスタイルに倣って、初め二巻の「皇帝年代記」と、「別帖」と言われる巻三―巻六、それに「あとがき」でもあるような巻七で出来上がっている。「皇帝年代記」が中国正史の「本紀《ほんぎ》」で、「別帖」が「列伝《れつでん》」に当たるようなものだが、そういう形式を取るのは、慈円が「漢文で書かれたちゃんとした記録や文章を読め」と言う人だからである。つまりこれは「歴史の入門書」で、「これを読んで歴史への関心が生まれたら、ちゃんとした原典を読め」と訴える本なのである。

だから、再三引用する巻七には次のような文章も登場する。これこそが慈円の言いたい「『愚管抄』を書いた目的」なのである――。

《これこそ無下なれ、本文少しも見ばやなど思ふ人も出で来ば、いとゞ本意に侍らん。さあらん人は、この由《よし》申し立てたる内外典《ないげてん》の書籍《しょじゃく》あれば、必ずそれを御覧ずべし。》（『愚管抄』巻七）

冒頭の《これ》は『愚管抄』で、《本文》は慈円が典拠とした原典資料の漢文である。この一文の後には「読むべき典拠」が具体的に列記されている。慈円の目的は原典資料を読ませることで、そのためには「下らない（無下）」と思わせることが必要だと考えていて、しかもその「下らないもの」を読ませるためには、それが同時に「おもしろいもの」になっていなければならないと考えている。だからこそ《これこそ無下なれ》と書き、その文章に「おもしろい」と思わせる躍動感がなければならないと思って、《日本国のことばの本体》であるような「俗語」を登場させる——そして、「この軽薄な文章は、決して軽薄ではないのだぞ。これは日本語本来のあり方なのだぞ」と強調する。なぜそんな強調が必要なのかというと、「一般の知識人はこれを〝下らない〟と思うだろうが、そうではないのだ——〝下らない〟ですまさせるものか」という心理が慈円の中にあるからだ。まことに「鎌倉時代の東大の学長」にふさわしい。『愚管抄』は、「歴史に無関心になってしまった学生達の目を、ちゃんとした歴史理解に向けるための入門書」なのである。

だから、「あんた達の興味を惹くようにおもしろく書いた。しかし、いっぱし知識人の己惚れを持っているあんた達は、〝おもしろい＝下らない〟と考えるだろう——内心では〝おもしろい〟と思いながら。これはこれで下らなく書いたが、言っていることは確かなのだ。そこのところを心して読め。それで〝ちゃんと知りたい〟と思ったら原典を読め。読んで現実に立ち向かえ」と言うのが、『愚管抄』なのである。だから「本書執筆の動機」を語る巻七の部分は、次のように結ばれる——。

《愚痴無智《ぐちむち》の人にも物の道理を心の底に知らせんとて、仮名に書きつくる寸法のことには、たゞ心を得ん方の真実の要を一《ひとつ》取《と》るばかりなり。このをかし事をばたゞ一すぢに斯く心得て見るべきなり。その中に代々の移り行く道理をば、心に浮ぶばかりは申しつ。それを又おしふさねて、その心の詮《せん》を申しあはさんと思ふには、神武より承久までのこと、詮をとりつゝ心に浮ぶに従ひて書きつけ侍りぬ。》（同前）

今ここで註記すべきことは、「《詮》とは〝核心〟のことである」ということくらいで、問題となるべきことは、なぜ慈円がそんなややこしいことをしたかである。

『愚管抄』の著者が巻七で言うことは、「ちゃんと原典を読め」ということで、「なぜ読まなければならないのか」という理由はない。「読んで現実に立ち向かえ」というのは私が勝手に付け加えただけだが、慈円の真意がそこにあることだけは間違いないと思う。

慈円は「現実に立ち向かえ」と言っているのだが、それはいかなる「現実」か?

慈円が対象とする『愚管抄』の読者は、「漢文の書物を読まなければならない人間達」で、それは僧侶であり官僚であり元官僚である。『愚管抄』は「漢字が読めない人間」を読者の対象にしてはいない。「本来だったら漢文の書物を読んで、物事に対処する智力を備えているはずの人間」が、それを怠っているから困ったことになる——その「困ったこと」に対処するためには、僧侶や官僚や元官僚達に「彼自身の本来」を目覚めさせるしかない。そのように考えたからこそ慈円は、「下らないと思えても分かりやすいものを読ませて、彼等に本来性を志向させる」という態度を取る。これだけだと、慈円が困っていることは「知識人階層の学力低下」なのかということになってしまうが、そうではない。慈円が『愚管抄』を書く時期は、鎌倉幕府と京都の朝廷の間に承久の乱が起ころうとする「危機の時」なのである。

鎌倉幕府を倒そうという後鳥羽上皇のクーデター計画が露顕し、後鳥羽上皇とその子供である二人の上皇が流され、後鳥羽上皇の孫である在位の帝が「廃位」ということになる。それを契機として朝廷の力は決定的に衰微して行く――その「危機」が目の前に進行しているのが、慈円が『愚管抄』を執筆する時期なのである。

ある意味でこの「危機」は、「予見されるもの」でもある。平家を倒し、弟の義経を滅ぼした源頼朝が、鎌倉に「幕府」という独立政権を作ってしまったことが京都の朝廷の衰弱の決定的な始まりなのだから、京都政権の安定のためには、「鎌倉討つべし！」という選択肢しかない。その選択肢はあって、しかし京都の朝廷にそのための兵力があるのかというと怪しい。「危機」は潜在的にあって、これを後鳥羽上皇が顕在化させようとしたら、「危機」は決定的になる。この危機に対処するために、慈円は「歴史に目を向けろ」と言うのである。

どうして「歴史」に目を向けなければならないのかというと、「鎌倉幕府の出現」を、慈円は「乱世の中の出来事の一つ」と捉えていて、その「乱世」なるものが、「後白河天皇在位中の一一五六年に起こった保元の乱によって始まる」ということを、明確に理解しているからである。

慈円はそのように理解している。しかしそれをどれほどの人間が理解しているかは分からない。というのは、「保元の乱以後のこと」を誰も書かないからだ。そのことを、慈円は『愚管抄』の本篇とも言うべき「別帖」の始まる巻三の冒頭に書いている――。

《保元の乱出で来て後のことも又世継《よつぎ》の物がたりと申す物も書き継ぎたる人なし。少々有るとかや承はれども未だえ見侍らず。それはみな唯よき事をのみ記さんとて侍れば、保元以後のことはみな乱世にて侍れば、わろき事にてのみあらんずるを憚りて人も申し置かぬにやと、おろかに覚えて、一筋に世の移り変り、衰へにたることわり一筋に申さばやと思ひて思ひ続くれば、まことにいはれてのみ覚ゆるをかくは人の思はで、この道理にそむく心のみ有りて、いとゞ世もみだれおだしからぬ事にてのみ侍れば、是れを思ひつゞくる心をも休めんと思ひて、書きつけ侍るなり。》(『愚管抄』巻三)

《世継の物がたり》とは、かなで書かれた歴史物語『大鏡』である。『大鏡』の後には『今鏡』もあって、これは《保元以後のこと》もその記述範囲となっているが、慈円はこれを無視している——《書き継ぎたる人なし》と。『今鏡』を読んでも、《保元以後》の時代の激動なんかはさっぱり分からないから——なにしろ作者が、そちらへ目を向けようとはしないから、《書き継ぎたる人なし》で一蹴されてもかまわないようなものだ。『保元物語』『平治物語』『平家物語』という《保元以後》の時代の騒乱を題材にする軍記物語が登場するのは、『愚管抄』に前後するようなこの時代だが、慈円は《未だえ見侍らず》と言う。しかしおそらく、慈円はその軍記物語を見たとしても、「これがあるから歴史認識は大丈夫」とは思わないだろう。慈円には慈円の立場があり、それゆえの視点もあるのだ。

引用部分の後半は、例によって「なに言ってんだかよく分かんないなァ」でもあるが、慈円がもどかしがっていたことだけは分かる。《保元以後のこと》は《乱世》でもあるので、「〝ロクなことしかない〟と思って人は口を噤《つぐ》んでいるのだろう」と慈円は思っていた。しかし慈円の中には、「そうじゃないんだ、そうじゃないんだ」と思う心がある。「このことを前提にすれば、〝なぜあそこで乱世になったか。そしてその後の今があるのか〟ということが分かるはずだ。そして、今の危機的状況も回避出来るはずだ」と思うからこそ、慈円は『愚管抄』を書くのである。

ところがそうなると、また疑問が生まれる。「だったら、ストレートに《保元以後のこと》を書いて、〝歴史の正しさは、鎌倉にではなく、朝廷方の我等にあるのだ！〟というアジテーションにしてしまえばいいのに、なぜ慈円はそれをしないのか？」である。もう一つ、「《保元以後のこと》にこだわりながら、慈円が『愚管抄』で書くのが〝保元以後の歴史〟ではなくて、それ以前の〝神武天皇から始まる歴史〟であるのはなぜか？」という疑問もある。この二つの疑問は、読者に「原典を読みなさい」という慈円のあり方を重ねると氷解する。慈円は「朝廷秩序の立て直し」を考えているのである。

慈円が『愚管抄』の読者として想定するのは、「漢文を読んで学問をするのを当然とする人間達」で、これはつまり、京都の朝廷体制を支える人間達である。「僧侶と官吏がなぜ一緒になる？」という疑問はあるかもしれないが、当時の両者は共に「体制を支える人間達」だったのだ。慈円が彼等に対して、「漢文を読む学問が出来なくなったのは困ったことだ。もう一度ちゃんと読みなさい」と言うのは、彼がそうすることによって「衰微した朝廷体制は立て直せる」と思うからである。「みんな勉強しろ！そうすれば本来に戻る（はず）！」というのが、慈円のアジテーションなのである。『愚管抄』とは、そのような方向で書かれた「歴史を記述する書物」なのである。

四　「作者のあり方」と「作品のあり方」を考えさせる、日本で最初の発言

本書の初めに私が言ったことは、《この先に続けられるものは、おそらく「日本の近代文学史」のようなものである。》である。しかし、一向にそんなことにはならない。十三世紀初めの鎌倉時代の著作『愚管抄』のことばかり、あれこれと言っている。一体『愚管抄』と近代日本文学は、どう関係があるというのか？　「両者を関係付ける」などということはまずされない。だから「なんの関係もない」と思われるのだが、『愚管抄』のそっち方面での重要性は、巻七で著者自らが、「作者である自分のあり方」を明確に主張していることにある——これは、日本の歴史の中で、まず「最初のこと」と考えられてしかるべきだろう。この慈円という「日本で最初に〝著者のあり方〟を鮮明にした人物」は、実に注目すべきいろいろのことを実践しているのだ。

鎌倉時代に書かれた『愚管抄』は、「古典」である。だから「難解」と思われる。しかも、その以前の「歴史物語」や、同時代の「軍記物語」ともかなり違うから、「難解な歴史思想の書」にも思われる。しかし、巻七に書かれる「あとがき」から辿れば、『愚管抄』は、「近代以降の小説家が書く歴史小説」に近い。「私は歴史学者ではないから、少し面白く書きすぎてしまったかもしれないが、しかし、私がここに書いたものの大筋は〝事実〟である。疑われるのなら、以下の確かな典拠を当たってほしい」——慈円の言うことはほとんどこれで、これを言う人物は「近代以降の歴史小説を書く小説家」だけだ

ろう。小説家なら、「多少の事実は脚色した」と言う。慈円はそれを言わない。「すべてが事実だ」と言う。『愚管抄』本篇の中には、「私は確かにこう聞いたのだ」と言う作者自身さえも姿を現すことがある。『愚管抄』の巻三から巻六までの「別帖」と言われる部分は、ほとんど「歴史小説」である。平安時代に書かれた『大鏡』や、あるいは『栄花物語』のような「歴史物語」とは、決定的に違う――違うのは、作者の姿がはっきりしていることである。

平安時代に書かれた「物語」は、作者の姿がはっきりしない。「作者が誰だか分からない」ということもあるが、しかし「『源氏物語』の作者は紫式部」というのははっきりしていても、「紫式部は、なぜこれをこのように書いたか」という「作者のあり方」はあまり論ぜられない。論ぜられても、あまり興味を惹かれない。それよりも「『源氏物語』に書かれた登場人物のあり方」の方が、ずっと多く論じられる――というか、あれこれと語られる。「どうしてか？」ということの答の一つは、「作者の姿がはっきりしないから」だと思われる。

作者が「誰」であるかが分かったとしても、その作者は「私はこう書いた」とか、「これを書く私の立場はカクカクシカジカ」というような「あとがき」めいたものを一切書かない。だから、作者の姿はぼうっとしている。「作者は誰だか分からない」のままであっても、一向にかまわないようなものだ。

ところが一方、同じ平安時代のかな文字で書かれた文章であっても、「随筆」や「日記」の方は、その性格上「作者のあり方」がはっきりと浮かび上がる。「書かれた内容」と「作者のあり方」はイコールのようなものだ。『源氏物語』の作者である紫式部の「あり方」が、かすかであっても窺い知れるのは、彼女が『紫式部日記』というものを残しているからだ。

「物語とその作者のあり方」は、ほとんど問題にされない。問題にしても仕方がなく、しかも困難でもあろうというのは、「物語」の中に作者の姿が消えてしまっているからである。「それでかまわない」と思われている。ところがしかし、この『愚管抄』では、「作者の姿」が明確に浮かび上がる。この作者は「作者である自分のあり方」を、いささか分かりにくくはあるが、明確に語ろうとしているのである。こんな例は、その以前にない。その点で、『愚管抄』は「物語」ではなくて、「小説」なのである。その対象が「史実」というファクトであったとしても、『愚管抄』の作者は「小説にする」という努力をしている。だからこれは、「歴史」ではない「歴史小説」なのである。「これは〝正式の歴史〟でも〝分かりやすい歴史〟でもない。ただ〝歴史に関する記述〟なのである」と慈円が言っていることに関しては、もう繰り返さない。

『愚管抄』以前に、「歴史」とは漢文体で書かれるものであった。たとえ「かなで書かれた歴史物語」があったとしても、慈円の立場は「歴史とは漢文体で書かれるものである」である。だから、慈円にとって、自分の書く『愚管抄』は、どこまでも「歴史書ではないもの」なのである。「では『愚管抄』とはなにか?」と考えると、慈円の当時に「それを説明する言葉」はない。ずっと後になって、「『愚管抄』の著者慈円」というものとはまったく無関係に「歴史小説」なるものが存在してしまって、そのあり方から逆算すると、「『愚管抄』は、そのあり方として歴史小説に近い」ということになるだけである。

慈円には、「自分のやるべきこと」がはっきりと分かっている――「人の関心を歴史に向かわせること」である。そのために慈円が具体的になすべきことは、「歴史ではないが、人の関心を歴史に向かわせるもの」を書くことである。慈円は、それを実現するためになにが必要なのかも、具体的に分かっている――文体の創造である。だから、「かなで書く」ということを、慈円は選択する。

驚いたことに、慈円が「かな文字を使った和文脈で『愚管抄』を書く」という決断をしたのは、「歴史を分かりやすく書くため」ではなかったのである。「今までの〝歴史〟とは違うものを書こう(そして〝歴史〟に目を向けさせよう)」と思って、「今までの文体とは違う文体」を選んだのである――そうして慈円は、明治時代の二葉亭四迷と同じところに立つ。結果として同じところに立って、しかし慈円は、二葉亭四迷のような困難を自覚しない。なぜならば、慈円の前には、既に漢文以外の《日本国のことばの本体》があるからである。

「俗語」でもあるそれを使えば顰蹙《ひんしゅく》を買うかもしれないが、「天台座主」として漢文系知識人の頂点に立つ慈円は、また一方で「当時有数の歌人」――しかも、日本語のあり方を極めるような当時の最前衛「新古今の歌人」なのである。「俗語」でもある和文脈の日本語使いの名手である慈円にとって必要なのは、「和文脈系の日本語で歴史を記述するための言い訳」であって、「苦労」ではない。そこが二葉亭四迷との決定的な違いであって、だからこそ『愚管抄』巻七で慈円が展開する「日本語論」は、短くて、「言いたいことは分かるけど、なんだかはっきりしない」になる。慈円には、そこを「はっきり具体的にきちんと説明する必要」などないのである。

一方、二葉亭四迷には、その「必要」がある。「西の方にあなる小説といふものを我もしてみんとてするなり」で始まるのが日本近代の「小説」だが、「してみんとてするなり」と思っても、それを可能にする文体がなかった。「それがなければ始まらない」と思って、明治の青年達はその苦労を背負い込む。「近代の小説」を目指す青年達の一部に必要だったのは、まず「文体」だったのである。だから、『余が言文一致の由来』で、二葉亭四迷はそのことを正直に言う――《何か一つ書いて見たいとは思つたが、元来の文章下手で皆目方角が分らぬ。そこで、坪内先生の許へ行つて》云々である。ここでは、二葉亭四迷が「なに」を書きたかったのか分からない。そして、《何か一つ書いて見たい》と思ったら、そこに浮上した課題は「なにを書くのか?」という主題の問題ではなくて、「なにによって書くのか」という文体の問題だったということである。

坪内逍遥のサジェスチョンによって、「三遊亭円朝の落語を文体のベースにする」という方向が決まり、その文体が出来上がった。どうやらそこまでは「苦もなく」である。文体の見本が一つ出来上がったことによって、そこから二葉亭四迷の苦労が始まる――《国民語の資格を得てゐない漢語は使はない》で、その先には《侍《はべ》る的のものは已《すで》に一生涯の役目を終つたものであるから使はない。》（『余が言文一致の由来』）というのもある。慈円が当たり前に使っていた和文脈の日本語は、「過去のもの」となって、二葉亭四迷の中では「禁止」である。その結果は《さあ馬鹿な苦しみをやつた》（同前）ということにもなる。

二葉亭四迷の「新しい文体を創る」が《馬鹿な苦しみ》になってしまうのは、彼の中に「なにを書くか?」が明確ではないからである。だから、折角の言文一致体の小説『浮雲』は未完に終わってしまう。

未完の小説を書き始めた二十年後には、《もう十年早く気が附いたらとは誰しも思う所だろうが、皆判で捺したように、十年後れて気が附く。人生は斯うしたものだから、今私共を嗤《わら》う青年達も、軈《やが》ては矢張り同じ様に、後の青年達に嗤われて、残念がって穴に入る事だろうと思うと、私は何となく人間というものが、果敢《はか》ないような、味気ないような、妙な気がして、泣きたくなる……》(二葉亭四迷『平凡』)というような見事な愚痴を連ねる小説を書くことになる。

「文体の創造」を選んだ二葉亭四迷には、それをする内的必然性というものが、あったのかなかったのか?――これはとっても重要な「近代日本文学の問題」だとは思うが、それに比べての慈円である。

知識人階層のレベルの低さに対して、「もっと歴史を読みなさい」という啓蒙活動を始めた「鎌倉時代の東大学長」である慈円は、ただそれだけの目的で『愚管抄』の執筆を始めたのか? 慈円という人の背景を探ると、まったく別の理由も見えて来る。

慈円は、保元の乱を「平安時代と鎌倉時代の転換点」として位置付けた最初の人で、人が《保元以後のこと》に対して口を噤んでいた中で、「言いたいことがある」と思い続けていた人である――《一筋に世の移り変り、衰へにたることわり一筋に申さばやと思ひて思ひ続くれば》。

では、彼は保元の乱のなにに引っかかっていたのか?

保元の乱は、天皇家内部の争いに摂関家内部の争いが加わって「遂に平安京内部で武力衝突が起こってしまった」という、画期的な事件である。慈円はここからを《乱世》と言い、《武者《むさ》の世になりにける也》(『愚管抄』巻四)と言うが、実は、この争いを起こした摂関家の当主――後白河天皇の朝廷にあった関白忠通《ただみち》は、慈円の父なのである。これと対立した崇徳上皇側の前関白忠実《ただざね》は祖父に当たる。保元の乱は慈円が生まれる前の出来事だから、それほど深刻に考えなくてもいいようなものだが、重要なのは父の関白忠通のありようで、武力衝突の危機が迫っている中で、時の関白忠通は、敵方より優勢な兵力を擁しているにもかかわらず、「武力による決着」という時の必然が理解出来なくて、その決定権を、後白河法皇の側近でしかない信西に委ねてしまうのである。そのことによって、実質的な権力は摂関家から、信西という成り上がり者に移り、信西は摂関家の権力を削ぐということを明白に始める。つまり、《乱世》であり《武者の世》であるような事態——摂関家が天皇を支え、朝廷を支配して平安を確保するという体制を崩してしまったのは、慈円の父なのである。

その「始まり」があって、「現在の危機」がある。慈円としては、《保元以後のこと》に目を向けてもらいたいと思い、と同時に、「自分の父には越度《おちど》がない。悪いのは、父と対立した祖父だ」ということにもしたい。そして、その歴史の中で「摂関家の果して来た役割」ということも肯定したいのだ。だから慈円は、「元の体制に戻れるように、みんな勉強しろ」と言う。

慈円のトラウマがどれほどのものだったかは分からない。しかし、保元の乱を直視すれば「関白忠通の責任」は明白で、慈円にとっては「つらいところ」である。だから、『愚管抄』は、歴史の中に存在する政治家達のあり方をヴィヴィッドに描く。摂関家を筆頭とする過去の政治家達は、皆ヴィヴィッドに、己れの役割を果して来たのだと。そうすれば「関白忠通の責任」は薄れるのである。

慈円が躍動感を持って書きたいのは、戦闘シーンではない。そこに至る「政治家達のドラマ」なのだ。

だからこれは「軍記物語」にはならない。「華麗なる王朝政治家達の権力闘争ドラマ」なのである――その点で『愚管抄』の「別帖」は、「日本で最初の歴史小説」と言ってもいい。「そのために必要なのはなにか?」として、慈円は「書く手法」を考えたのである。その点で、二葉亭四迷よりも慈円の方が、ずっと「腕の立つ小説家」だったと言ってもいいだろう。

第三章　言文一致とはなんだったのか

一　二葉亭四迷とは「何者」か？

というわけで、二葉亭四迷である。二葉亭四迷が近代日本文学史の中でどのような位置付けを得ているのかは明確なようだが、実はよく分からない。少なくとも私の目から見れば、曖昧でぼやけている。「二葉亭四迷」と言えば「言文一致体」だが、別に二葉亭四迷は「言文一致体の創始者」でもないし「提唱者」でもない。言ってみれば彼は「言文一致体創出レースの勝者」である。そして、彼二葉亭四迷がなにによってこのレースの勝者になったのかというところから、話は微妙になる。二葉亭四迷は小説家で、彼には言文一致体の小説である『浮雲』という作品もあるから、「彼は『浮雲』によって言文一致体レースの勝者になった」と理解されてしまうが――おそらくはそのように理解されてもいるが、どうやら事態は違う。

田山花袋《たやまかたい》は『近代の小説』という文章の中でこう証言する——。

《長谷川氏（二葉亭四迷）はツルゲネフの『あひゞき』を『国民之友』の第一巻第五号に載せた。或は山田氏《やまだ》（美妙《びみよう》）の『武蔵野《むさしの》』よりも早かったかも知れなかった。そしてその翻訳が、その翻訳の言文一致が、いかに不思議な感じを当時の文学青年に与えたか？　いかに珍奇と驚異との感じをその当時の知識階級に与えたか。現に、私などもそれを見て驚愕の目を瞠《みは》ったものの一人であった。『ふむ……こういう文章も書けば書けるんだ。こういう風に細かに、綿密に！　正確に！』こう私は思わずにはいられなかった。（中略）／私達当時の文学青年は、何遍あれを繰返して読んだか知れなかった。》

大正十二年（一九二三）になっての田山花袋のこの回想には、実に興味深い事実誤認がある。『あひびき（あいびき）』が雑誌『国民之友』に発表されたのは、明治二十一年（一八八八）の七月と八月で、山田美妙の言文一致体による時代小説『武蔵野』が読売新聞の付録として発表されたのは、その前年の十一月から十二月にかけてなのだから、二葉亭四迷の『あひびき』より山田美妙の『武蔵野』の方が早い。だがしかし、その『武蔵野』よりも早いのが、二葉亭四迷の言文一致体小説の『浮雲』で、この第一篇が刊行されたのは、『武蔵野』より五カ月早い明治二十年の六月なのである。ちなみに、明治二十年の田山花袋は数えで十七歳、『あひびき』を雑誌で見たのは十八歳の年である（ただし、田山花袋が生まれたのは、それまでの太陰暦が太陽暦へと切り替わる時期で、田山花袋の生年は「明治四年」でもあり「明治五年」でもあるという、ややこしいことになっている。しかも当時の年齢計算は今と違う「新年になると全員が一斉に一歳年を取る」という「数え年」だから、この時の彼は、十七でもあり十八でもあり、実際は十六でもあったりする。年齢は大体の目安くらいに考えてほしい)。

大正十二年に五十三歳になった田山花袋は、十代の頃を思い出している。彼は二葉亭四迷の『あひびき』と出会って大きな衝撃と感動を受けたのだが、実はその以前から言文一致体の文章に関心を持っていた。だから、「『あひびき』以前にも言文一致体の作品はあったような気がする」と思う。「山田美妙の『武蔵野』もあったな」と思い、「いやいや、二葉亭はその以前だ」と思う。彼の中には「山田美妙以前の二葉亭四迷」という記憶があって、だからこそ「『あひびき』は『武蔵野』より早い」と結論付けてしまうのだが、それは『あひびき』ではなくて『浮雲』なのだ。つまり、田山花袋の中では『浮雲』の印象が薄いのだ。後の文学史は「言文一致体を確立した小説＝『浮雲』」と言いもするが、大正十二年の田山花袋の中には、その実感がないのである。田山花袋ばかりではない。昭和になると、谷崎《たにざき》潤一郎《じゅんいちろう》もまた、その実感をうっかりと語ってしまう。谷崎潤一郎には、こういう発言もあるのだ——。

《明治中期頃の小説は、口語と文章語とを交えた所謂《いわゆる》「雅俗折衷体《がぞくせっちゅう》」と云う文体であった。その後一層砕けた言文一致体を使い出したのは美妙斎であったと思う。紅葉山人のものでは「青葡萄《あおぶどう》」が初まりのように記憶する。》

ここには二葉亭四迷の名さえ登場しない。この発言の出典がなにかというと、昭和四年（一九二九）に発表された『現代口語文の欠点について』という文章が三年後に『倚松庵随筆《きしようあんずいひつ》』として単行本化された時の頭註である。如何なる箇所に付された頭註かということを挙げると、谷崎潤一郎の考え方も分かるだろう。こういう部分である――。

《口語体と云うものは明治以後の産物のように思われているけれども、必ずしもそうであるまい。源氏物語の文章なぞも矢張あの当時に於いては、一種の口語体であったであろう。嘗《かつ》て学校の教室で教わったところでは、口語と文章語とが分れて来たのは平安朝の末ごろであったように聞いている。すると鎌倉時代以後の和漢混交体を経て、明治に至って王政の復古と共に国文も亦《また》口語体の古《いにしえ》に復《かえ》ったのである。》

こういう考え方をする作家もいたのかとは思うが、しかし私には《口語と文章語とが分れて来たのは平安朝の末ごろ》という考え方がよく分からない。平安朝の末頃になると、本来なら漢文体で書かれるような随筆が、かなまじりの和文体で書かれる例も現れる。書き手はもちろん男で、それが『愚管抄』の言う《今、かなにて書く事たかき（一般的な）様《やう》なれど》になるのかとも思われるが、それは、本来的な教養である漢文の読み書きが出来ない男達が貴族社会の中に相応の座を占めてしまった結果で、かな書きの口語文が進化して文章語化して来るというのとはちょっと違ったことだとは思われるが、それはそれとしてで、谷崎潤一郎の考え方は明確でもある。

　谷崎潤一郎は、「既に日本には自在な小説表現を可能にする言語＝口語体があった」と考えているのだ。もしかしたら、谷崎潤一郎に教えた国文の教師は「『源氏物語』まではいいが、その後はだめだ」というような本居宣長亜流の考え方をしていたのかもしれないが、『源氏物語』を読んだ谷崎潤一郎は、「この文章は自在な小説表現を可能にする、当時の口語体だ」と実感したのだろう。「かつてそれはあった」と考えれば、「だったらそれを復活すればよい」になる。谷崎潤一郎にとって、言文一致体は「苦労して創り出す」というようなものではない。「その能力のある作家なら自然と使い出してしまうようなもの」でもある。《その後一層砕けた言文一致体を使い出したのは――》（傍点筆者）の部分は、そのようなことを感じさせる。彼谷崎潤一郎の中には、「外国語の文章を翻訳して、新しい日本語文体を創り出す」という必要が、実感として存在していないのだ。だから「二葉亭四迷の『あひびき』による衝撃」というものはない。ついでに「『浮雲』の価値」というものもない。谷崎潤一郎は、二葉亭四迷のことを「なにか一生懸命やってたのかもしれないが、どうもね――」と思っていたのかもしれない。「言文一致体の初め」に言及して「二葉亭四迷」の名を欠落させているのには、どうもそんな考え方が感じられる。つまり、谷崎潤一郎にとって、二葉亭四迷は「一種のセミプロのような存在」でしかなかったということにもなってしまうが、もしかしたら、そうかもしれない――私は遠回しにそういうことを言っているのかもしれない。

　二葉亭四迷の『浮雲』は、近代日本文学の「言文一致体の誕生」を語る上で欠かせない作品でもあるはずだが、田山花袋と谷崎潤一郎の二人の作家がこれを平気で忘却している。「一体それはなぜなんだ?」というところが、二葉亭四迷の微妙さなのである。

二葉亭四迷という人は、「言文一致体小説『浮雲』の作者」として記憶される必要のない人なのか? もしかしたら、そうかもしれない。なにしろ彼は、《何か一つ書いて見たいとは思つたが、元来の文章下手で皆目方角が分らぬ。》(二葉亭四迷『余が言文一致の由来』傍点筆者)と言ってしまう人なのだ。前章でも言ったが、彼の中にあるのは「なにか書いてみたい」であって、「なにを書くか」は曖昧なのである。『浮雲』は、そうした質のものである。現に『浮雲』の第一篇が刊行された十年後、三十四歳になった二葉亭四迷は《『浮雲』は詰りませんから是れから奮発をしまして、何ぞ一つかいて見たいと思ひますがね。》と、『作家苦心談』というインタビューで語ってもいる。そもそも『浮雲』は、未完の作品でもあるし――。となると二葉亭四迷は、なげやりな人間なのか?「何か一つ書いてみたい」で事に当たる彼は、いい加減な人間なのか? そうでもないだろう。そういう形で存在する「理性」というものもあるのである。

二　口語と文語――あるいは口語体と文語体、更にあるいは言文一致体の複雑

話は「言文一致体とはなんなのか?」というところへも進んでいる。我々は「言文一致体の誕生=口

語文の誕生」という、いたって分かりやすい理解の仕方をしているが、谷崎潤一郎によればそうではない。《明治中期頃の小説は、口語と文章語とを交えた所謂「雅俗折衷体」と云う文体であった。その後一層砕けた言文一致体を使い出したのは》とあるのだから、言文一致体の前に、既に「口語」はあるのである。ということになると、「口語」とはなにかということにもなる。

「口語」というのは、「書き言葉」に対する「話し言葉」である。そういう対比をされてしまうと、「口語」とは本来「話す時に口から出て使われるだけで、文章としては記録されない音声言語」ということになる。では、人の話したことをそのまま文字で記録してしまうと、それが「口語文」になるのかというと、少し違う。「口語文」というのは、普通「口語体で書かれた文章」ということになっていて、「口語体」というのは「話し言葉を基にして作られた、話し言葉に近い文体」なのである。「言文一致体」は、その口語体を完成させるプロセスに登場する一つの文体であり、と同時に「口語体そのもの」とも理解されている。分かったようで分からない——なにが問題になっているのかがよく分からないもどかしさを感じるのは、実はここに、「話し言葉はそのままでは文章にならない」という前提が隠されているからである。

「話し言葉は、そのままでは文章にならない」という前提が存在しているからこそ、「話し言葉＝音声言語」を一部取り入れたりアレンジしたりして、「口語体」という文章のスタイルを作らなければならない——明治の言文一致運動以来、我々はこのことを前提として受け入れているが、実はそうではない。だからこそ、《源氏物語の文章なぞも矢張あの当時に於いては、一種の口語体であったであろう。》という谷崎潤一郎の理解がある。

もちろん私は、『源氏物語』も『枕草子』も、当時の話し言葉を前提にした「口語文」だと思っている。「当時の」が付けば、これを「口語体」であり「口語文」であると納得する人は多いかもしれないが、なかなかそう理解する人はいなかった——少なくとも、私が『桃尻語訳枕草子』を始めた一九八〇年代前半から中頃に於いては、「『枕草子』は当時の言文一致体かもしれない」などということは、突飛でメチャクチャな考え方だと思われてもいた。もちろん、「あれは当時の口語文である」ということが理解されなかったのは、それを証明するような「当時の音源」がなかったからではない。『源氏物語』や『枕草子』が口語体の文章で書かれたものであるという理解が起こらなかったり、なかなか受け入れてもらえなかったのは、平安時代に録音機器が存在しなかったからではなくして、こうした古典の文章が「文語体」というカテゴリーで括られていたからである。

ややこしいのは、「口語」に対する「文語」という概念である。「口語」に対する「文語」は「書き言葉」である。しかし、「文語体」は「文章に使われる書き言葉による文体」なんかではない。「口語体の文章」が一般的になってしまえば、「文章＝書き言葉」なのだから、「文語体＝口語体」になってしまい、「文語体」という概念を立てる意味がなくなる。「文語体」が「口語体」に対する概念であるのは、「文語体＝古典の文体」と理解されているからである。現実には「書き言葉と話し言葉の対立」があると思われているが、実はそうではなくて、あるのは「古い言葉と新しい言葉の対立」なのである。

「文語体」というのは、『源氏物語』や『枕草子』が登場した平安時代に完成したと思われる和文体の文章を基本とする「明治になって口語文体が登場し定着する以前の和文体の総体」でもあるのだ。「口語体」が登場したから、その結果「それ以前の古い文体＝文語体」というカテゴリーも必要になったというだけの話で、「文語＝書き言葉」を前提とする「文語体＝書き言葉の文章」とは、本来的には漢文のことなのである——あまりそのようには理解されないけれど。

その本来に即して言えば、日本での「文語」とは漢文のことであり、「口語」とは和文のことである。だから、昭和四年に『現代口語文の欠点について』という文章を書く谷崎潤一郎は、その文中で「文語体」とか「文語」という言葉を慎重に排除している。『源氏物語』の文章を《あの当時に於いては、一種の口語体であったであろう。》と言う谷崎潤一郎にとっては、どこまでも日本語の中心は「口語文」であって、「現代口語文」があるのなら「平安時代口語文」や、『古事記』のような「古代口語文」もあってしかるべきなのである。『愚管抄』を書く慈円が問題にする「言文一致」も、実は「文語＝漢文、口語＝和文」であるという対立を前提にしてのことで、だからこそ私は、慈円の問題提起の方が、明治になっての言文一致運動よりも、ずっと深く本質的な問いかけを含んでいると思うのだが、その問題提起はあまりにも大きすぎて、見えなくなってしまう。和漢混淆文《わかんこんこうぶん》が一般的になってしまえば、「文語＝漢文」と「口語＝和文」の対立は解消されたようにもなるからである。その上で、新たな「口語と文語の対立」が生まれる。これはもう「書く」と「話す」の対立ではなくて、「旧と新の対立」なのである。

明治になって、新世代の青年達が登場して来る。明治という新しい時代に、欧米由来の新しい知識を吸収して育った青年達は、彼等の心情あるいは信条を、彼等が「語りたい」と思うような形で文章にしたいと思い、そのための文体として言文一致体の誕生を待ち望んだり、その創作に励んだりした——これがおそらくは「言文一致体誕生の経緯と背景」を語る一番手っ取り早い説明だろう。このような形で理解して、おそらくそこに間違いはないだろうが、この手っ取り早い説明は、そこに存在してしかるべき「具体的なディテール」をあまりにも省略しすぎてしまっている。だから、「言文一致体の誕生」からスタートする日本近代文学の「その後の問題」が見えなくなってしまう。あえて言ってしまえば、この「言文一致体誕生の経緯と背景」は、その後に袋小路に行き当たってしまう日本近代文学の抱える「問題」を隠蔽《いんぺい》してしまうことにもなるのだ。

明治になって「口語文」というものが登場する。それが「話し言葉を文章にするためには苦労が伴う」ということになるのは、「話し言葉そのままでは文章にならない」という前提が隠されているからで、それはつまり「文章らしくする」ということが必要とされるからだ。「文章にすれば通る。文章らしくすれば通る。話し言葉そのままではだめ」ということはどういうことなのかというと、「文章にすればその筆者の姿は隠れるが、話し言葉のままでは、話し手の姿が丸見えになる」ということでもある。

書き言葉は、手紙でもなければ具体的な相手を想定しない。一方、話し言葉は常に「話しかける相手」を想定している。なんでもタメ口ですませてしまう今時の人間でもなければ、人は相手によってその話し方を使い分ける。「——ですよね」と「——だよね」は、同じ相手に使われるものではないはずだ。だから、言文一致体の創出では「語尾の敬語の有無」が問題になる。

《暫らくすると、山田美妙君の言文一致が発表された。見ると、「私は……です」の敬語調だ。自分とは別派である。即ち自分は「だ」主義、山田君は「です」主義だ。後で聞いて見ると、山田君は始め敬語なしの「だ」調を試みて見たが、どうも旨く行かぬと云ふので、「です」調に定めたといふ。自分は始め、「です」調でやらうかと思つて、遂に「だ」調にした。即ち行き方が全然反対であつたのだ。》(二葉亭四迷『余が言文一致の由来』)――ここで問題にされているのは「です」に代表される丁寧の敬語がいるかどうかという問題である。話し言葉は、常に「具体的な話し相手」を想起させてしまうようなものでもあるから、「その相手に対して自分はどのようなポジションに立っているのか」という配慮が必要になって来る。だからこその「〝です〟敬語は必要か否か」の議論であり、模索なのだ。「雅俗折衷体」という言葉はこの間の事情を端的に説明していて、「上品＝雅」と「下品＝俗」の二極があるから、両者の折衷＝調整が必要となるのだ。やがて口語文が一般化してしまえば、「語尾に丁寧の敬語があるかないか」などということはどうでもよくなってしまうが、「語尾に於ける丁寧の敬語の意味」は、『浮雲』と『武蔵野』の二つの言文一致体小説が登場する明治二十年には、とても重要なことだった。それは、「この書き手はどこにいて、誰に向かって書いているか」を問題にすることだからである。

明治になって英語その他で書かれた欧米の文章を読むようになって、日本人は改めてというか初めて、「敬語」の存在を意識せざるをえなくなる。海の向こうから入って来る文章は「口語の文章」であるはずなのに、その地の文には「丁寧の敬語」がないからである。それは、いきなり語りかけて来る。しかし、日本の口語――話し言葉は、相手によってその対し方が違って来る。一般的な通りのよさを考えたら、話す時に「丁寧の敬語」がくっつくのは当たり前だ——しかも、そのくっついた「丁寧の敬語」は「話す時のニュアンス」ということも可能にする。「遠回しの丁寧」もあれば、「丁寧を装った高飛車」もある。

丁寧語が発達したのは江戸時代だが、人間関係の密度が高まることによって、江戸時代の人間達は、口語の中に「人間関係の種々相」を埋め込んでしまったのである。その点で、江戸時代の口語は、平安時代の口語と大きく違う。「尊敬の敬語」と「謙譲の敬語」の二つがあって、「丁寧の敬語」が未発達の平安時代の口語は、「地の文に丁寧の敬語がない」という点に於いて、明治時代人の読む欧米の文章と同じなのだ。だから、平安時代人の方が、口語で文章を書いて、思うことをはっきり表現出来る。「あまりはっきり言わないように」と思うそのことも、簡潔かつストレートに表現出来る。逆説的な言い方にもなるが、だからこそ、その時代の古典が、今となっては「分かりにくい」ということにもなるのである。

口語＝話し言葉を使って「丁寧の敬語」を省くと、伝わることはストレートに伝わる。しかしその一方、「伝える相手」が限定される。それは「丁寧口調を使わずにすむ仲間内」だけを相手として限定する文章にもなる。そしてもう一つ、それは「相手というものを存在させないモノローグの文章」にもなる。

そこに「丁寧の敬語」を存在させれば、文章の性質上、「その文章には必ず読者がいる」ということになるが、「丁寧の敬語」を介在させることによって、物言いがまだるっこしくなる。だから、「丁寧の敬語」を排してしまった方がいいということにもなるのだが、そのことによって、その文章は「受け入れてくれる仲間はいるはず」と思い込んだ人間のモノローグの文章にもなってしまう。その一方に「相手の存在」を前提とする「丁寧付きの口語文」が存在する以上、「丁寧抜きの口語文」は、「仲間に受け入れられると思い込んだ人間のモノローグ」になってしまう危険性をも孕《はら》んでいるのだ。

それを意識するかしないかは、「自己完結の行き止まり」に行くか行かないかの岐《わか》れ道でもある。「この書き手はどこにいて、誰に向かって書いているのか」が重要な問題になるというのは以上のようなことで、日本文学は、言文一致体の登場する近代の初めに於いて、かなり厄介な問題を背負い込んでもいるのである――この末尾を「いるのでございます」の丁寧付きにしてしまったら、私の口調はかなり「悪意を含んだもの」になるはずである。「丁寧の語尾の有無」は、そのような複雑さを抱え込んでいる。

私の話は既にグチャグチャで、「この男は一体なにを語りたいのだろうか?」というところへ行ってしまっているのかもしれないが、実は私は「言文一致体の作者二葉亭四迷と自然主義の作家田山花袋の不思議な関係」を語ろうとしているのである。

三　言文一致体は「なに」を語ったか

とりあえず必要なのは、言文一致体の現物を紹介することだろう。現物を見ずに「ああだ、こうだ」を言っても仕方がない。まずは二葉亭四迷の『浮雲』である――。

《さて其日《そのひ》も漸《やうや》く暮れるに間もない五時頃に成《な》つても叔母もお勢《せい》も更《さら》に帰宅《きたく》する光景《やうす》も見えず何時《いつ》まで待つても果てしのない事ゆゑ文三《ぶんざう》は独《ひと》り夜食《やしよく》を済《す》まして二階の椽端《えんさき》に端居《はしゐ》しながら身を丁字《ていじ》欄干《らんかん》に寄せかけて暮行《くれゆ》く空を眺めてゐる。此時日《このときひ》は既に万家《ばんか》の棟《むね》に没《ぼつ》しても尚《な》ほ余残《なごり》の影を留めて西の半天を薄紅《うすこう》梅《ばい》に染《そめ》た。顧《かへり》みて東方の半天を眺むれば淡々《あつさり》とあがつた水色諦視《ながめつめ》たら宵星《よひぼし》の一つ二つは鑿《ほぢ》り出せさうな空合《そらあひ》。幽《かす》かに聞える伝通院《でんづうゐん》の暮鐘の音《ね》に誘《さそ》ハれて塒《ねぐら》へ急ぐ夕鴉《ゆふがらす》の声が彼処此処《あちこち》に聞えて喧《やか》ましい。既にして日はパツタリ暮れる四辺《あたり》ハほの暗くなる。仰向《あふむい》て瞻《み》る蒼空《あをぞら》にハ余残《なごり》の色も何時《いつ》しか消え失せて今は一面の青海原《あをうなばら》星さへ所斑《ところまだら》に燦《きらめ》き出でヽ殆《と》んど交睫《まばたき》をするやうな真似《まね》をしてゐる。今しがたまで見えた隣家の前栽《せんざい》も蒼然《さうぜん》たる夜色《やしよく》に偸《ぬす》まれてそよ吹く小夜嵐《さよあらし》に立樹《たちき》の所在《ありか》を知るほどの闇《くら》さ。デモ土蔵《どざう》の白壁《しらかべ》は流石《さすが》に白丈《しろいだけ》に見透《みす》かせば見透《みす》かされる……サツと軒端《のきば》近くに羽音がする。回首《ふりかへ》ツて観《み》る……何も眼《まなこ》に遮《さへぎ》るものとてはなく唯最《ただも》う薄闇《うすぐら》い而已《のみ》》（『浮雲』第一篇第四回）

この引用文は非常に読みにくいはずである。まず、読点が一つもない。息継ぎが出来なくて、しかもセンテンスが異様に長い。こういうものを「読みやすいもの」に変えるためには、「適宜読点を補った」とか、「歴史的仮名遣いを現代仮名遣いに改めた」ということをするべきなのだろうが、ここではそれをしていない。「まだ〝普通の現代文〟がない時代に、作家達は、江戸時代以来の文章の形を引きずって、どのように苦闘したか」を知っておくべきであろうと思うから、読みにくいままの形にした。引用文中に時々カタカナの「ハ」が出現しているのは、江戸時代的な表記の形で、これは「漢文の書き下し文」という先祖の形を伝えるものである。ルビのありようもかなり違う。「自分の言いたいことを文章にする」というのは、「自分の言いたいことを漢字で表記するとどうなるのか」という模索を必要とすることでもあったので、《淡々》に《あつさり》のルビが振ってあったりもする。時々は「仮名遣いが間違っている」という部分だってある。なにしろ「統一された表記法や書式」などというものは、まだないのだ。だから、私なんかは「それでいいじゃないか」と思い、「作家がこういう〝模索〟を自由にしていられた時代は羨ましいな」と思ったりもする。まァ、これは愚痴の部類かもしれないが。

事のついでに言ってしまえば、本書の引用文は、現代仮名遣いと歴史的仮名遣いが入り交じっている。私にすれば、「歴史的仮名遣いで書かれたものは歴史的仮名遣いのままでもいいじゃないか」なのだが、昭和の戦後のある時期になって、「現代仮名遣い」というものが登場し、「それが日本語の表記のスタイルだ」ということになってしまった――そのことによって、当時は当たり前に書かれていた文章のあり方に「歴史的仮名遣い」という一方的な名称が与えられてしまった。「言ふ」と書くのが当たり前だった人達にとって、「それは間違いで〝言う〟と書け」と言うのも無礼な話だが、しかし今や、その歴史的仮名遣いは「読みにくい」になってしまっているから仕方がない。近代の言文一致体が「確立され、当たり前に流通している」と思えるような時期以後の作品――本書〔第一部〕に於いては、田山花袋の『蒲団』と二葉亭四迷の『平凡』が登場した明治四十年以後の文章は、現代仮名遣いに直してもそう違和感はないだろうと思って、歴史的仮名遣いを現代仮名遣いに改めた。漢字の字体だって、同様に変えられているのだが、こちらはすべて「旧字体」を「現代風の当たり前」に改めた。そうしないと、「この字はなんだ?」と思う人が出て来る。面倒で、しかしどうでもいいと言えばどうでもいいような話だから、ここのところは読み飛ばしてもらってもかまわないが、日本語というものは、そのように幾度も転変するものなのである。

というわけで、この読みにくい『浮雲』だが、しかし我慢してよく読んでみると、これは非常に美しい夕暮れの景色である。センテンスの長さは、読み手の呼吸にまかせられていて、語尾には、叙述のための「丁寧の敬語」もない。「円朝張り」だからリズムもあって、これを口に出して読むことも出来はしようが、「この文章を朗読してみろ」と言われたら大変だ。すぐに息が切れてしまうだろう。この引用部全体が、ほとんど「一続き」でもあるからだ。これがつまりは、「最初の言文一致体」なのである。

文三は主人公で、叔父の家に下宿している。お勢はその叔父の娘で、今のところは両親公認の仲になっている。文三は官吏だが、しかしクビになってしまった。だから下宿に帰って来てもボーッとしている。引用部分の情景描写は、そうした文三の心境描写でもあるのだが、しかしこれだけ長く続くと、肝腎の文三がどこかへ行ってしまって、ただ「秋の夕景」だけが記憶されてしまう。そこのところを作者も分かっているとみえて、この後には《心ない身も秋の夕暮には哀《あはれ》を知るが習《なら》ひ。》と、西行の歌を引いて「主人公の境遇」を語り始めるのだが、いくらなんでもその引用はしかねる。続いて《況《ま》して文三は糸目《いとめ》の切れた奴凧《やっこだこ》の身の上》として始められるのは、先の情景描写とほぼ同じ量の文章で、これが切れ目なしに延々と続くワンセンテンスになっているのである。

田山花袋や谷崎潤一郎が『浮雲』を記憶の中から消去してしまうような印象の薄さは、もう分かるだろう。あまりにもたっぷりと書かれすぎて、話の筋が見えなくなってしまうのである。たとえば、引用部の最初の《さて其日も漸く暮れるに間もない——暮行く空を眺めてゐる。》の後に、そのまま《心ない身も秋の夕暮には哀を知るが習ひ。》を続けてしまったらどうなるだろう? どうともならない。話の展開がすっきりとする。つまり《此時日は既に》云々から《唯最う薄闇い而已》までは不要なのである。その結果「美しい秋の夕暮の景」はなくなるが、《況して文三は糸目の切れた奴凧の身の上》以下が延々と続いても、「主人公の置かれている状況」だけは、読者にはっきり分かる。そうすれば『浮雲』という小説の語ろうとするところももっと明瞭になって「印象散漫」にはならないはずなのだが、二葉亭四迷は、それをしないのである。しないのは、彼のいた時代状況のせいではなくて、彼の性格から来るものであるはずである。というのは、『浮雲』と同じ年に発表された山田美妙の言文一致体小説『武蔵野』には、二葉亭四迷の『浮雲』のような弊がないからである——。

《はや下晡《なゝつさがり》だらう、日ハ函根《はこね》の山端《やまのは》に近寄ツて儀式どほり茜色《あかねいろ》の光線を吐《はき》始めると末野《すゑの》ハ些《すこ》しづゝ、薄樺《うすかば》の隈《くま》を加へて、遠山も、毒でも飲んだか段々《だんだん》と紫になり、原の果《はて》には夕暮の蒸発気《じょうはつき》が切《しき》りに逃水《にげみづ》をこしらへて居《ゐ》る。頃は秋。其処此処《そこゝ》我儘《わがまま》に生えて居た木も既に緑の上衣《うはぎ》を剝《は》がれて、寒いか、風に慄《ふる》へて居ると、旅帰《たびがへり》の椋鳥《むくどり》は慰顔《なぐさめかほ》にも澄まし切ツて囀《さへづ》ツて居る。処《ところ》へ大層急足《いそぎあし》で西の方から歩行《あるい》て来るのはわづ

か二人の武者で、いづれも旅行の体《てい》だ。》（山田美妙『武蔵野』上）

非常に分かりやすい。文章がてきぱきとしていて、《遠山も、毒でも飲んだか段々と紫になり》という擬人法なんかは、これが『太平記』の世界を題材にした時代小説であることを考えると、新鮮を通り越して「大胆にもモダン」である。田山花袋や谷崎潤一郎が二葉亭四迷の『浮雲』を忘却して「山田美妙」の名を挙げるのも当然と思われる。この作品には、まだ語尾に「丁寧の敬語」がなく、だからこその新鮮でもあるが、やがては《かなはぬまでもと思ふ心は今でも知盛《とももり》の胸には充《み》ちて居ますから一寸《ちよつと》帰つて主上《しゆじやう》に拝謁《はいえつ》するや否や更にまた引返しては敵に近付いて士卒《しそつ》をはげまして居ます。》（山田美妙『胡蝶』）のなまぬるさになる。

『武蔵野』の二年後に発表された『胡蝶』は「知盛」の語からも分かるように、壇ノ浦の合戦を舞台にしているが、「こんなに緊迫感がなくてもいいんだろうか」と思われるのは、語尾の「ます」という丁寧表現のせいである。ただしかし、山田美妙は二葉亭四迷の言うような《山田君は始め敬語なしの「だ」調を試みて見たが、どうも旨く行かぬと云ふので、「です」調に定めたと云ふ。》というような人ではない。「です、ます」の丁寧付きもあれば、丁寧抜きもあるという人である。

『武蔵野』というのはへんてこりんな小説で、引用部分に登場した《二人の武者》は舅と婿の関係にある。落武者めいた様子を見せる二人は、新たなる合戦場となる所へ向かっているのだが、その途中で敵に襲われ殺されてしまう。留守宅では、母と娘がそれぞれの夫の心配をしているが、風の噂で「二人は敵に襲われたらしい」という話が聞こえて来る。母は娘に「気を確かに持て」と言うが、一夜が明けると娘の姿がない。娘は戦の仕度をして父と夫を助けに行ったらしいが、その途中で熊に襲われ死んでしまう——《忍藻《おしも》（娘の名）御《ご》は熊に食はれてよ》が結びの台詞だから、「なんだこれは？」にもなってしまうが、救いがないと言うか容赦がないと言うか、あるいは「唐突に容赦がない」と言うべきような『武蔵野』という小説は、「東京の地も、その昔は草ぼうぼうで熊が出るような所でした」ということも同時に言うような小説なので、「丁寧抜きのぶっきら棒にした方がいいのか、丁寧付きの説明の方がいいのか」というような迷い方もしたのだろう。山田美妙という作家の中には「丁寧」と「残酷」が不思議な形で同居しているから、「丁寧の敬語」が前に出たり引っ込んだりするのだろう。

時代物を書く山田美妙の中には、不思議なモダニズムがある。だから《居ます》の語尾で緊迫感を欠いた『胡蝶』の壇ノ浦合戦物語も、その丁寧ゆえに「小市民的なモダンさ」を感じさせてしまう。不思議というのは、二葉亭四迷と山田美妙に於ける「題材と文体の交錯」である。時代小説を書く山田美妙の文体は、敢然と新しい（中身の方はなんだかよく分からないが）。一方、当時の現代青年を主人公とする二葉亭四迷の『浮雲』は、文体の新しさが隠れてしまいかねないくらいダラダラとして、その描写のたっぷり振りは、三味線の下座音楽が似つかわしい江戸歌舞伎の世話物じみている。一方に「山田美妙の時代物に於けるモダンさ」がある以上、これは「現代を描いても江戸っぽくなってしまう時代状況の限界」というものではないはずである。ダラダラと、あるいは延々と描写が続いてしまうのは、二葉亭四迷に固有の饒舌《じょうぜつ》の性《さが》であろうとしか思えないのだ。もちろんその饒舌さは、田山花袋を大感動させた『あひびき』に於いても変わらない。

《秋九月中旬といふころ、一日自分がさる樺《かば》の林の中に座してゐたことが有ツた。今朝から小雨が降りそゝぎ、その晴れ間にはおり〳〵生《な》ま煖《あたた》かな日かげも射して、まことに気まぐれな空ら合ひ。あわ〳〵しい白ら雲が空ら一面に棚引くかと思ふと、フトまたあちこち瞬く間雲切れがして、無理に押し分けたやうな雲間から澄みて怜悧《さか》し気に見える人の眼の如くに朗かに晴れた蒼空《あをぞら》がのぞかれた。自分は座して、四顧《しこ》して、そして耳を傾けてゐた。》（二葉亭四迷『あひびき』）

ここら辺まではまだいい。しかしこの後、「例によって」とでも言いたいような情景描写が延々と、先の引用部分の八倍近い量の長さで続く。こんな風である——。

《木の葉が頭上《づじやう》で幽《かす》かに戦《そよ》いだが、その音を聞《きい》たばかりでも季節は知られた。それは春先する、面白さうな、笑ふやうなさゞめきでもなく、夏のゆるやかなそよぎでもなく、永たらしい話し声でもなく、また末の秋のおど〳〵した、うそさぶさうなお饒舌《しやべ》りでもなかツたが、只漸《やうや》く聞取れるか聞取れぬ程のしめやかな私語の声で有つた。（以下略）》（同前）

これがワンセンテンスで、この後も長短入りまじった文章で「孤独」と思える青年が見る林の風景描写が延々と続く。もちろん『あひびき』はロシア人作家ツルゲーネフの短篇小説の翻訳だから、「原文がそのようになっている」と言われてしまえばそれまでだが、しかし私には、この『あひびき』の文章が前掲『浮雲』の文章に比べて格段に美しいとも思われない。「美しい」で言うのなら『浮雲』の文章の方が美しくて、東京の浅草近辺の秋の夕暮れの景を書いて美しい二葉亭四迷の筆は、「ロシアの秋」に合致しているとも思えない。日本の江戸的風土に合致した二葉亭四迷の筆は、秋であっても湿潤で、ロシアの風土は性《しょう》に合っていないように思われる。ロシア語に堪能な二葉亭四迷である。孤独な主人公の心境を情景描写によって浮かび上がらせるという手法は、このツルゲーネフのようなところから学んだのだろう。だから「延々たる」は二葉亭四迷の責任ではない――がしかし、その描写は「本家のものの翻訳」の時よりも、『浮雲』の時の方がすぐれて成功していると思う。それはつまり、日本の風土が二葉亭四迷の掌の内に入っているからだ。にもかかわらず、田山花袋は「本邦初の言文一致体小説『浮雲』」ではなく、断然『あひびき』の方に軍配を挙げる。それはなぜなのか?

一つは、『あひびき』が短篇で、『浮雲』が長篇だということである。先にも言ったが、「延々に」の上に「延々に」が重なって、『浮雲』は印象散漫になってしまう。よく出来た料理を延々と出され続けて満腹になって、その末にまだ更に料理を出されたら、料理総体は「見たくもない」になってしまう。『浮雲』が中絶に至ってしまうのも、延々と料理を作り続ける料理人が、料理を作り続けるのに疲れてしまって、自分が作り続けることの意味を見失ってしまった結果でもあろう。これに対して短篇の『あひびき』は、提出されるべきものが明確に提出されていて、それゆえに印象は鮮明になるのだ。

では、「孤独」でもあるべきはずの青年の心情描写＝情景描写が延々と続く『あひびき』では、なにが明確に描き出されて「鮮明」が実現されるのか？　「恋に苦しむ若い娘の姿」である。言うべき必要もないくらいだが、『あひびき』では、読者の気をそそる「若い娘の姿」が鮮明に描き出されて、それゆえにこそ、明治二十一年にこの作品を雑誌で読んだ十七だか十八だか十六歳頃の田山花袋は、感動に震えてしまうのである。それは、「ロクな言い方をしないやつだ」と言われることを承知で言ってしまえば、中年男が昔見たアグネス・ラムのグラビアの衝撃を思い起こしているようなものだ。「あのボディはすごかった」と言えば話ははっきりするが、そうは言わないからややこしくなり、問題は、「そうは言わないでいるところ」に隠されている。

『あひびき』の主人公——作中ではただ《自分》とある男は、《今朝から小雨が降りそゝぎ、その晴れ間にはおり〳〵生ま煖かな日かげも射して、まことに気まぐれな空ら合ひ。》である秋の一日、猟犬を連れて狩りに出る。《樺の林の中》に《座して、四顧して、そして耳を傾けてゐた。》になる前、彼は《高く茂ッた白楊《はこやなぎ》の林を過ぎたが、この樹は——白楊は——全体虫がすかぬ。》ということになっていた。彼は白楊の木が好きになれず、この後に《どうも虫が好かぬ》の記述が更に二度も繰り返されて、《兎《と》に角《かく》自分ハ此樹を好まぬので、ソコデその白楊の林にハ憩《いこ》はず、わざ〳〵この樺の林にまで辿《たど》り着いて、（中略）唯遊猟者のみが覚えの有るといふ、例の穏かな、罪のない夢を結んだ。》ということになる。猟犬を連れ猟銃を持って狩りに出る彼は、のんきな有閑階級の若者ではあるけれど、その心が満たされているというわけではない――その微妙な心情が、白楊の木に対する《どうも虫が好かぬ》のかなりしつこい表現で、さりげなくかあるいはまた明確に表現される。「美しいロシアの秋の景色」は、そう単純に美しいのではない。

彼にとっては不快な白楊の林を抜け、心地よい樺の林の中で一眠りをする――そのようにして、なにもない退屈な日常から脱する段取りをすませて、ふと見ると、目の前に人の姿がある。《それは農夫の娘らしい少女であツた。》である。眠りから覚めた《自分》は、「さて、獲物でも狙うか」と思って銃を構えるのだから、相変わらず林の茂みの中にいる。そうして、少女とその恋人である若い男の愁嘆場を目撃することになる。

少女はもちろん「貧しくとも可憐」である。そうした描写が延々と続く。相手の男は、もちろん「いやなやつ」である――《世には一種の面貌《めんぼう》が有る、自分の観察した所では、常に男子の気にもとる代り、不幸にも女子の気に適《かな》ふ面貌が有るが、此男のかほつきは全くその一ツで、桃色で、清らかで、そして極めて傲慢《がうまん》さうで。》以下が延々と続く。遅れて現れたその男は《弱冠《じやくくわん》の素《そ》封家《ほうか》の、あまやかされすぎた、給事らしい男》で、都会慣れのしたこの男は、旦那と共にこの地へやって来て、土地の若い娘と懇《ねんご》ろになって、適当に弄《もてあそ》んで去って行く。そういう軽薄な男に弄ばれて捨てられる可憐な少女の愁嘆場を、《自分》は目撃してしまうのである。

男は女に飽きている。あるいは女は、妊娠してしまっているのかもしれない。女は気が昂《たかぶ》って、それでも哀れに冷静になろうとするが、男は「旦那と共に明日この地を旅立つ」と言う――。

《「あした！」ト少女はビックリして男の顔を視詰《みつめ》た。「あした……オイ〳〵頼むぜ」ト男は忌々《いまいま》しさうに口早に云ツた、少女のブル〳〵と震へて差うつむいたのを見て。「頼むぜ「アクーリナ」泣かれちやアあやまる。おれはそれが大嫌ひだ」、ト低い鼻に皺を寄せて、「泣くならおれハすぐ帰らう……何だ馬鹿気た――泣く！「アラ泣はしませんよ」、トあわてゝ「アクーリナ」ハ云ツた、せぐり来る涙を漸《やうや》くの事で呑み込みながら。暫《しば》らくして、「それぢや明日《あした》お立ちなさるの。いつまた逢はれるだらうネー》（同前）

ロシアの地の物語というよりも、この当時の日本にはまだ存在しない「新派大悲劇」の舞台で演じられるような別れの場で、うっかりすると、この背景が「梅の花咲く夜の湯島天神の境内」のようにも思われてしまうが、こうした台詞回しの男女のやり取りが日本の若い男の前に提出されるのは、この時が最初である。映画はなく、芝居は歌舞伎だけで、やがて「新派」という現代劇へ変化して行く壮士劇は、『あひびき』が発表された年の末にやっと大阪で旗挙げをする。「情趣」云々の段階ではない。今の若い役者に《いつまた逢はれるだらうネー》の台詞を言わせても、このニュアンスを表現するのは無理だろうが、これは当時としては「リアル極まりない言い回し」で、十七歳頃の田山花袋をはじめとする当時の青少年達は、この時初めて「酷薄な男に捨てられる可憐な少女の悲痛な声」を、紙の面にうっかりと聞き出すのだ。

ロシアの野に愁嘆場がしばらく続いて、酷薄な男はやがて去って行く。哀れな少女は地に泣き伏して、そのかたわらには少女「アクーリナ」が男のために摘んだ野の花束が投げ出されている。捨てられた「アクーリナ」は、去った男の後を追って駆け出そうとするが、立とうとして立てない——《モウ見るに見かねた、自分ハ木蔭を躍り出て、かけよらうとすると、「アクーリナ」ハフト振りかへツて自分の姿を見るや否や、忽《たちま》ち忍《しの》び音《ね》にアツと叫びながら、ムツクと跳ね起きて、木の間へ駈け入ツた、かと思ふとモウ姿ハ見えなくなつた。草花のみは取り残されて、歴乱として四辺に充ちた。》（同前）である。

その少女と《自分》の間には、なんの関係もない。哀れな少女の姿を見ていたたまれなくなった《自分》は、立ち上がろうとしてこけた少女を助けようと、一歩を踏み出すのである。不意の部外者の出現に驚いた少女は逃げ出してしまう——そしてそこから《自分》の恋が始まる。

《自分はたちどまつた、花束を拾ひ上げた、》——当たり前である。《そして林を去ツてのら（野良）へ出た。》——そしてそこから、「美しいロシアの秋の描写」が始まる——《日ハ青々とした空に低く漂ツて、射す影も蒼ざめて冷かになり、照るとはなくて只ジミな水色のぼかしを見るやうに四方に充ちわたツた。日没にはまだ半時間も有らうに、モウゆうやけがほの赤く天末を染めだした。（以下略）》（同前）

十代の田山花袋が《こういう文章も書けば書けるんだ。こういう風に細かに、綿密に！　正確に！》と感嘆した部分は、《そして林を去ツてのらへ出た。》以降のところだろう。そうでなくてはならないはずだ。

「自分」はまだ恋に出会ってはいない。しかしそこには恋に破れた少女がいる。男に捨てられる少女が最後に言うのは、それから長い間日本の男達の胸をかきむしることになるこんな台詞なのだ――。

《今でさへ家にゐるのがつらくツて〳〵ならないのだから、是れから先ハどうなる事かと思ふと心細くツて〳〵なりやアしない……屹度《きつと》無理矢理にお嫁にやられて……苦労するに違ひないから……》(同前)

「ああ、可哀想に、なんとかしてやりたい」と思っても、その「自分」は赤の他人なのだ。その哀しい彼の前に、夕暮れ間近の秋風が吹き渡って行く。

《自分はたちどまつた……心細く成ツて来た、眼に遮《さへぎ》る物象ハサツパリとハしてゐれど、おもしろ気《げ》もおかし気もなく、さびれはてたうちにも、どうやら間近になツた冬のすさまじさが見透かされるやうに思はれて。小心な鴉《からす》が重さうに羽ばたきをして、烈しく風を切りながら、頭上を高く飛び過ぎたが、フト首《かうべ》を回《めぐ》らして、横目で自分をにらめて、急に飛び上ツて、声をちぎるやうに啼《な》きわたりながら、林の向ふへかくれてしまツた。鳩が幾羽ともなく群をなして勢込んで穀倉の方から飛んで来たが、フト柱を建てたやうに舞ひ昇ツて、さてパツと一斉に野面《のづら》に散ツた――ア、秋だ！　誰だか禿山《はげやま》の向ふを通ると見えて、から車の音が虚空に響きわたツた……》(同前)

田山花袋にとって《から車の音が虚空に響きわたツた……》というのは、どうにも忘れがたいフレーズで、彼の長篇小説『生』には、《闊々《ひろぐ》とした野の上に、秋近い白い雲が靡《なび》いて、榛《はん》の並樹で縁取った田舎道を空車《からぐるま》の音が高く響いた。》（『生』三十六）という形で登場する。もちろん、『あひびき』の主人公にして語り手である《自分》は、少女が作って捨てたままの花束を持ち帰る。《あひびき》という短篇小説は、次のように終わるのだ――。

《持帰ツた花の束ねハ、からびたまゝで、尚《な》ほいまだに秘蔵して有る……》

明治二十一年に『あひびき』という短篇小説を読んだ青年達は、そこに「恋すべき乙女の姿」を見出したのかもしれないが、それ以上にずっと強く、「恋の外にいて恋を得られぬままにいる自分の姿」を見出してしまうのである。ある意味で、日本の男達の近代文学はここから始まるのである。

四　そして、言文一致体はどこへ行くのか

もちろん、言文一致体の創出は、日本の近代文学を成り立たせるための文体の模索である。しかし、小説というものは、文体だけで成り立つものではない。書かれる「中身」も問題である。それを書く作者の力量と関わる「分量」だって問題になるかもしれない。

山田美妙の『武蔵野』は、試作品にふさわしい「適量」という長さを持っている。「父や夫の無事を

案じる若い女」も出て来る。その女が唐突にも熊に食われてしまえばこその「適量」ではあるが、山田美妙の『武蔵野』には、人の記憶に残る「新しさ」と、それを可能にする「まとまり」がある。一方、二葉亭四迷の『浮雲』には、「焦点が合いにくい」という難点がある。女は出て来るが、この女に「読者の身を乗り出させるほどのインパクト」があるかどうかは分からない。もちろん、問題は「インパクト」であって、「リアリティ」はまた別問題である。

『あひびき』のインパクトは、そこに《自分》がいることである。「アクーリナ」という女のリアリティ——それは「ロシアの女」であるよりも「日本の女」のものではあるけれども、ただそこに「捨てられる女」がいるだけでは、「熊に襲われて絶命する女」と違いはない。重要なのは、その女を見て《可哀さう》と思う《自分》がいることなのだ。その語り手の《自分》は、もちろん読者の「自分」でもある。「他人の恋」の外にいて、恋を得られない。「他人の恋」を見て、「不幸な女」を見てしまったからこそ、そこに「自分の参加の可能性」を思ってしまった男は、しかしその「恋」の中には入れない。だからこそ、その思いは《ア、秋だ！》として、頭上に広がる広大な空へ向けて放たれなければならない。思いは空へ、そして地には人の世界——そこにいる《自分》を思えば、《から車の音が虚空に響きわたツた……》になるだろう。これこそが読者に衝撃を与えるフレーズで、だからこそ十代の田山花袋は、《こういう文章も書けば書けるんだ。》と思う。《こういう風に細かに、綿密に！　正確に！》と感嘆符付きで強調される描写は「秋の風景」なんかではない。「秋の風景に紛れ込まざるをえない我が心の襞々《ひだひだ》」なのである。

『浮雲』の書く「お勢と文三の物語」は、「お勢と文三の恋」なのか「お勢と文三の縁談」なのか、それともまた「〝お勢〟という名の任意の名を持つ女に代表される〝外界〟に振り回される文三の物語」なのかどうかは分からない。二葉亭四迷は「恋愛」あるいは「縁談」をモチーフにして、「自分の周りにはロクなものがない。その中でもがく自分もまたたいしたものではない」ということを文三に仮託してはいるのだが、「文三＝私」とすることに、どれほどの切迫感があるのかどうかも、また分からない。《『浮雲』は詰りませんから》と言う二葉亭四迷は、同じインタビューの中で《『浮雲』はすつかり真似たものですよ。》と言ってもいる。《何か一つ書いて見たい》でスタートする二葉亭四迷は、自分のよく知るロシア流の小説を日本の舞台に充てはめて、《東京弁の作物《さくもの》》を一つ作ってみたのである。

　この作の出来不出来を問題にしても仕方がない――と言いながらしっかりと問題にしてしまってはいるが――問題となるのは、『浮雲』という作品の中にどれほど読者が入り込めるかなのである。

　言うまでもないことだが、『浮雲』の中に語り手としての《自分》は存在しない。主人公の文三は二葉亭四迷の「分身」ではあるけれど、「文三は私だ」という切迫感で『浮雲』が書かれているわけではない。それを言うなら、『浮雲』を書く二葉亭四迷の立場は、「文三はお前（読者）だ」である。「新しい文体で新しい小説を書こう」と思っているのなら、どうしたってそういうことになるだろう。では読者は、「文三は私だ」と捉えたのか？　そういう人間もいたかもしれないが、少なくとも十代の田山花袋はそうではなかった。だから、大正十二年になって「その当時」を振り返る五十三歳の田山花袋の中から『浮雲』は消え去ってしまう。しかも、それは田山花袋一人ではない。《私達当時の文学青年は、何遍あれを繰返して読んだか知れなかった。》ということになる。

『あひびき』は、ツルゲーネフの小説の翻訳である。だからこそこれは、まさしくも「日本の近代文学を成り立たせるための文体の模索」であってしかるべきなのだが、ただの「文体」の提出がより深いところへ踏み込んでしまった。つまり、語り手である《自分》のポジションである。

ストーリーを語る語り手は、語り手である以上、それが「自分」であっても「私」であっても、ストーリーの局外者である。だからこそ、ストーリーを見て、語ることが出来る。しかし、『あひびき』の《自分》はそうではない。語り手として「ドラマの外」にいて、それが最後には「ドラマの中心」になってしまう。「主役として存在するドラマの局外者」という不思議なものが提出されて、これがその後の日本文学に大きな役割を果たすことになる――『あひびき』を読んで大きな影響を受けた田山花袋こそが、「私小説は日本近代文学の本流である」と人に言わしめてしまうもののルーツとなる『蒲団』を書くのだが、私が思うのは「二葉亭四迷はこのことをどう考えていたのだろうか」である。つまり、「観察者としてドラマの局外に存在する語り手が主役になってしまう」という転倒に関してである。

おそらくはあまり深く考えていなかっただろうと思われるのは、この一人称語りの『あひびき』の中に《自分》の語がそう多く登場しないからだ。前半、「アクーリナ」が登場するまで、一人で林の中をほっつき歩いている時に《自分》は四度。男が去って「アクーリナ」が倒れて《モウ見るに見かねた、》になっての終局部で、《自分》は七度――主語、述語が明確で、なにかというと主語の「I」が登場してしまうはずの文章で、情景描写が多いせいもあって、《自分》の語はあまり目立たない。もちろん、

『あひびき』の中の《自分》は二葉亭四迷ではない。原作者のツルゲーネフである。《あひびき》の文章を書く二葉亭四迷にとっては「《自分》という名の他人」で、この小説が「私を語るもの」だという意識はあまりなかっただろう。翻訳者である二葉亭四迷は、この一人称語りの『あひびき』という小説を「三人称語り」のように理解して、しかしこれを読む読者の方は「作中の《自分》＝読者である私」と理解してしまっただろう。私にはそのように思われて、以後の日本文学のややこしさはここから生まれるのだと思う。

と言うのは、明治四十年（一九〇七）の九月になって、三十代の後半になった田山花袋は、『蒲団』を『新小説』という雑誌に発表する。私小説のルーツともなるこの小説は、《小石川の切支《きりし》丹坂《たんざか》から極《ごく》楽水《らくすい》に出る道のだら〱坂を下《お》りようとして渠《かれ》は考えた。》の書き出しで明らかなように、田山花袋自身を主人公に設定した三人称語りの作品である。ところが、『蒲団』が発表されて大センセーションを巻き起こした翌月、四十四歳になった二葉亭四迷は、東京朝日新聞に小説『平凡』の連載を開始する。これは、《近頃は自然主義とか云って、何でも作者の経験した愚にも附かぬ事を、聊《いさゝ》かも技巧を加えず、有《あり》の儘に、だら〱と、牛の涎《よだれ》のように書くのが流行《はや》るそうだ。》という、大変挑発的な冒頭部を持つ、「一人称語りの私小説もどき」という、かなり複雑な作品なのである。

だからなんだというと、田山花袋に『蒲団』を書かせるような「目覚め方」をさせた二葉亭四迷は、田山花袋の自然主義に対して敢然と戦いを挑んだ——といったような趣がある、ということである。

第四章　不器用な男達

一　哀しき『蒲団』

田山花袋の『蒲団』は、ある意味で不幸な作品である。本来なら、この作品は「近代日本文学の古典」として、神棚に上げられるか、桐の箱の中に収められたままになっていてもいいのである。にもかかわらずこの作品は、「古くなってしまった現役の文学作品」のままになって、「読んで笑ってしまった」ということにもなってしまう。「古典にする」という手続きをはずされてしまったことが、この作品の不幸なのだ。別の言い方をすれば、『蒲団』は「地続きのまま現代と一体化されてしまっている〝古い近代〟そのもの」で、だからこそ、現代は整理のつかないゴタゴタのままになり、「近代」という時代がどういう時代だったのかも、よく分からないままに放置されている。

田山花袋の『蒲団』は、近代日本文学のあり方を決定してしまったような作品である。だからこそこれは「近代日本文学の古典」で、「日本文学の本流は私小説である」という言われ方のルーツを辿ると、田山花袋の『蒲団』へと至ることになっている。『蒲団』は日本近代文学の記念碑的な作品で、「なるほど、こういう作品が書かれた時代もあったのか。日本の〝近代文学〟なるものは、こういうところからスタートしたものを指すのか」と理解されていればいいのだが、どういうわけかこの作品はまだ「現役」で、そのために無視をされたり、読者からの失笑を買ったりもする。それはなぜなのか？　理由は一読すれば分かる。無視したくもなるだろう。笑ってしまうものは、やはり笑ってしまうのだ。

「竹中古城《たけなかこじょう》」というペンネームを持つ三十六歳の中年作家竹中時雄《ときお》――これが『蒲団』の主人公で、作者田山花袋の分身である。妻もあり三人の子もあるこの時雄が、一回り以上も年下の若い女弟子への恋に悩んでいる――。

《小石川の切支丹坂《きりしたんざか》から極楽水《ごくらくすい》に出る道のだら〳〵坂を下《お》りようとして渠《かれ》は考えた。『これで自分と彼女との関係は一段落を告げた。三十六にもなって、子供も三人あって、あんなことを考えたかと思うと、馬鹿々々しくなる。けれど……けれど……本当にこれが事実だろうか。あれだけの愛情を自分に注いだのは単に愛情としてのみで、恋ではなかったろうか』》（『蒲団』一）

私小説というのは、作者自身の関わった「男女のドロドロ」を書くものと相場が決まっていて、その男女の関係がなぜ「ドロドロ」になってしまうのかと言えば、これが「結婚の外にある男女関係」だからである。そういう予備知識を持って『蒲団』を読み始めると、「ああ、なるほどねェ、やっぱりそういうもんなんだな」という気になるが、すぐに引っかかってしまう。《あれだけの愛情を自分に注いだのは単に愛情としてのみで、恋ではなかったろうか》という部分に出くわすからである。

昔の近代文学は、その用語に「独特の規定」があるから、時として判読が難しい。「愛情を注いだのは愛情のみで、恋ではなかったのか」というのはなんなんだ？——などと思ってしまう。これは「あれだけの好意を自分に示してくれはしたが、ただそれだけだったのか」ということなのか？——などと思ってしまう。簡単に言ってしまえば、「うっかりした中年男の一人合点」にもなってしまうが、《あれだけの愛情を自分に注いだのは単に愛情としてのみで》云々という、確信に満ちたハードな表現を突きつけられると、「まさかな——」という気にもなる。しかし、その後を読み続けると、やはり様子がおかしい——。

《数多い感情ずくめの手簡《てがみ》——二人の関係は何《ど》うしても尋常《よのつね》ではなかった。妻があり、子があり、世間があり、師弟の関係があればこそ敢《あえ》て烈《はげ》しい恋に落ちなかったが、語り合う胸の轟《とゞろき》、相見《あいみ》る眼の光、其《その》底には確かに凄じい暴風《あらし》が潜《ひそ》んで居たのである。機会に遭逢《でつくわ》しさえすれば、其の底の底の暴風は忽《たちま》ち勢《いきおい》を得て、妻子《つまこ》も世間も道徳も師弟の関係も一挙にして破れて了《しま》うであろうと思われた。少くとも男はそう信じて居た。それであるのに、二三日来《らい》の此の出来事、此から考えると、女は確かに其感情を偽《いつわ》り売ったのだ。自分を欺いたのだと男は幾度《いくたび》も思った。けれど文学者だけに、此男は自から自分の心理

を客観《かっかん》するだけの余裕を有《も》って居た。》（同前）

ここまで来ると、もう笑ってしまう。一体この引用部分のどこに《自分の心理を客観するだけの余裕》が感じ取れるというのか？　「この頃の《客観》というのは、今の我々の思う〝客観視〟というのとは違うのか？」と思う前に、「ウソだろう――」と思い呆れて、もう笑ってしまうのである。《自分の心理を客観するだけの余裕を有って居た。》の後には、《年若い女の心理は容易に判断し得られるものではない、》という文章が続くから、「自分の心理は客観視出来なくても、他の方では少しばかり客観的になれるのかな？」と思うのだが、これはすぐに《一歩を譲って女は自分を愛して恋して居たとしても、自分は師、かの女は門弟、自分は妻あり子ある身、かの女は妙齢《みようれい》の美しい花、そこに互に意識の加わるのを如何《いかん》ともすることは出来まい。》になってしまう。

ちょっとばかり客観的というか冷静になれば、ここの部分は「一歩を譲って女は自分を愛して恋していい、いい、居なくとも」であってしかるべきだと思うのだが、どうもそうはならない。作中の主人公時雄も作者の田山花袋も、弟子となったその女――横山芳子《よこやまよしこ》が「時雄を深く愛している」と信じ込んでいるのである（まァ、今なら「愛している」の一言ですんでしまうが、当時的かつ田山花袋的には「愛している」と「恋している」は明確に違って、「愛している」が「恋している」の方向へ進むと、そこで「性交を可能にする権利だか資格」を獲得することになると信じ込まれているので話はややこしくなるが、面倒臭いからここは「愛している」の一言ですまさせてもらう）。

当然、芳子は時雄をそんなに愛してはいない。しかし時雄は、「彼女は私のことを愛している」と深く信じている――信じ込んで、「なぜならば」と、その「確証」となるようなものを一方的に掻き集めている。《数多い感情ずくめの手簡》とか。普通なら、作者はこれを「渠《かれ》はそのように思い込んでいた」と書くべきところなのだが、作中人物の時雄と一体化してしまった作者は、そのように書かない。書ける余裕もなく、おそらくは「そんなことを書く必要はない」と思い込んでいる――だから、なんだかよく分からなくなる。

《二人の関係は何うしても尋常ではなかった。》と書かれて、「なんだか濃いな」と思わされて、どう濃いのかが分からない。濃いのは《二人の関係》ではなくて、《二人の関係》なるものをじっと凝視している時雄の胸の内で、それをそのまんま書いてしまう作者の胸の内である。ここにあるのは、《文学者だけに、此男は自から自分の心理を客観するだけの余裕を有って居た。》ではなくて、「文学者だけに、作者の田山花袋とこの主人公は、自分の心理だけを書き連ねる特権を持って居ると信じ込んでいた」である。作者と主人公の間に明確な一線が引けていない――つまり《客観するだけの余裕》がないから、あきれたことに、恋する時雄と恋される芳子との間にも、その一線が見出しがたいのだ。

前掲の引用部分――《女は確かに其感情を偽り売ったのだ。自分を欺いたのだと男は幾度も思った。》（傍点筆者）と書かれて、この《自分》が時雄のことなのか芳子のことなのか、よく分からない。なにしろ、作者及び時雄によれば、この二人の間には《語り合う胸の轟、相見る眼の光、其底には確かに凄じい暴風が潜んで居たのである。》なのだ。「潜んで居たと時雄には思われて居た」ではない。芳子の方も相当熱烈に時雄を思っていたことになっているのだから、《其感情を偽り売った》と詰《なじ》られる女は、「彼女自身を欺いた」ということにだってなる。時雄の方は「彼女に欺かれた」と思っていても、女の方にはそもそもそんな感情がない——少くとも「あるのかないのかは分からない」のだが、うっかりすると「彼女も彼女自身の感情を裏切って、時雄に対して不実な行為をした」ということになってしまう。そういうわけの分からなさが堂々と罷《まか》り通っている点で、『蒲団』という作品は、「自分は絶対者として存在しうると思い込んだ作者によって書かれた妄想小説」なのである。だから、《けれど文学者だけに》とやられると、「ホントかよ?」と思って、あきれてしまうのである。

そうした点で、田山花袋の『蒲団』はツッコミどころ満載の仰天すべき小説なのだが、なんでこれが「自然主義文学」で「近代日本文学の記念碑的作品」になってしまうのかということは、この作品の最後が明かしてくれることになっている——。

《女のなつかしい油の匂いと汗のにおいとが言いも知らず時雄の胸をときめかした。夜着《よぎ》の襟の天鵞絨《びろうど》の際立《きわだ》って汚れて居るのに顔を押付けて、心のゆくばかりなつかしい女の匂いを嗅《か》いだ。

性慾と悲哀と絶望とが忽《たちま》ち時雄の胸を襲った。時雄は其蒲団を敷き、夜着をかけ、冷めたい汚れた天鵞絨の襟に顔を埋めて泣いた。

薄暗い一室、戸外《おもて》には風が吹暴《ふきあ》れて居た。》(同前十一)

題名の由来となるラストシーンである。女は去った。去った女の部屋には、女の使っていた布団一式がまだ残されていた。それを押し入れから引っ張り出して、時雄は懐しい女の匂いを嗅ぐ。更にご丁寧に、その布団を畳の上に敷いて寝る。慌てているのか落ち着いているのか分からないが、「よっこらしょ」とばかりに敷布団を敷いて、黒い天鵞絨襟のついた夜着まで引っかぶって寝てしまうところが、この主人公の「篤実《とくじつ》さ」かもしれない。

百年ほど昔の人は、このラストを読んでショックを受けた。今から四、五十年ほど前の近昔《ちかむかし》の人なら、このラストで笑った――「これが自然主義なの？」と。「男女の愛憎ドロドロ」ということになっているる自然主義の代表作でもある『蒲団』で、「男が去って行った女の残した布団に顔を埋めて泣くというのはなんだ？」と思ってしまったのは、もうその頃には「性の解放」というのがかなりの部分で進んでしまっていたからである。だから、拍子抜けして笑った。今の人なら、このラストシーンまで辿り着くのは容易ではない。「なんだってこんなものが〝文学〟なんだ？」と思って、投げ出したくなる。やっと辿り着いたら、「なんだこれは？」と思って惘然《ぼうぜん》とするかもしれない。途中を省略して初めと終わりだけを取り上げたらよく分からないかもしれないが、『蒲団』の中で、主人公時雄と彼に恋される芳子の間には、なにもないのである。突然出現した年若い芳子の美貌にポーッとなった時雄が一人でドタバタと騒ぎ立て、芳子には芳子で別の恋人がいて、それがバレたものだから、芳子は故郷に連れ戻されるのである。急の出立で、時雄の家に寄宿していた芳子の部屋には、まだ大部分の荷物が残されている――だから時雄は、その部屋に入って、芳子の寝ていた布団の匂いを嗅ぐ。

だから、往時よりも性的表現の過激さに慣れてしまった後の時代の読者は、「なんなの、これは?」と、いい年をした主人公時雄のウブさにあきれたり、「これが〝文学〟なの? なぜ?」と驚いたりもするのである。

これが発表された当時の昔の読者だって、途中まではブックサとなにかを言っていたかもしれない。ツッコミどころは満載なのである。しかし、その読者達は、最後に至ってショックを受ける。どうしてかというと、ここに書かれていることが、「あまりにも恥ずかしくてみっともないこと」だからである。それが、公然と書かれている。「これは、紛れもない私自身のことである」と、作者は明言しているような気がする。だから、ショックを受ける——「よくもこんなことをはっきりと書けたなァ」と思って。そうして、『蒲団』という作品は「その後の日本文学のあり方を決定する記念碑的作品」になってしまうのである。

なぜそういうことになってしまったのか? 「文学者である作家は、他人のことをあれこれと書く。それをするのだったら、まず自分のことをはっきりさせなければならない。そのためには、恥ずかしい自分の姿もありのまま直視しなければならない」と思い込んだからである。もちろんこの「読者」の多くは、ただの「読者」であるよりも、「読者としてこの作品を読んだ文学者である作家、及びその予備軍」ではあろうけれど。

二　近代文学の本流争い

文学者である作家は、勇気をもって自分の恥ずべき姿を書かねばならない――言ってみればこれは、「文学に携わる者の心構え」みたいなものである。いろんな意味で「恥ずかしさ満載」の『蒲団』を書いて、田山花袋は文壇のトップに立った。作者が恥ずかしさを丸出しにするところに立ち合わされる一般読者はいい迷惑だが、しかしこれは「文学者である作家に必須の根本の心構え」なのだから仕方がない。「〝心構え〟がそのまんま小説になられても困るな」と思っても、それはやっぱり「文学者である作家に必須の心構え」なのだから、仕方がないのである。

田山花袋の同時代人である島村抱月《しまむらほうげつ》は、『蒲団』に対して《此の一篇は肉の人、赤裸々の人間の大胆なる懺悔録《ざんげろく》》と絶賛し、同じ小栗風葉《おぐりふうよう》は《『蒲団』を読んで、作家として最感心するのは、材料が事実であると否とは兎《と》に角《かく》、作者の心的閲歴または情生涯をいつわらず飾らず告白し発表し得られたと云う態度である。此真率な態度は、至極羨ましい。而して此事がやがて自然派作家が文芸上に成功すべき重要な条件なのであるまいか》と言っている。ちゃんとまともな文学者であろうとした人達は、みんな「嘘をついちゃいけないな」と思ったのである。

田山花袋の『蒲団』をその源流として、自然主義の私小説が「近代日本文学の本流」と位置付けられてしまう理由は、ここから簡単に理解されるだろう。つまりはそれが「文学に携わろうとする人間の根本にあらねばならない心構え」だからである。

「そっちの心構えをそのまんま小説にされてもさ——」と、ただ「読者」をやっていようと思う人間が思っても、「我は文学に携わる作者、汝はその外にいる部外の読者」ということになってしまえば、もう仕方がないのである。「文学者」とは、もうほとんど「宗教を成り立たせる聖職者」である。

嘘をついてはいけない。どんなに「人に言えない恥ずべきこと」を抱えていたとしても、これを正直に申告しなければならない。申告する勇気を持たなければならない。そうしなければ、「渠の書かんとする文学」が歪んでしまったり、「真実」とかそういうものから遠ざかってしまうというような面倒なことにもなったりするのかもしれないが、そんなことよりまず、こういう突きつけられ方をした場合に、多くの人間が自分の内に「恥ずべきなにか」を抱えているように思って、ギョッとしてしまうことの方が重要なのである。

たいていの人間は「あまり大っぴらにしたくないなにか」を抱えている。ましてや時は二十世紀の初めの明治四十年（一九〇七）である。やがては女優松井須磨子との恋で世を騒がせることになる島村抱月も「なにか」を抱えていたのだろう。だからこそ、『蒲団』に対して《此の一篇は肉の人》という賛辞を贈る。恋に走った島村抱月は、「やだねこんなの」と言って『蒲団』を拒絶することをしなかったのである。

ちなみに、明治四十年という年は、二年前に勝利で終わった日露戦争後の好景気——つまりバブルがはじけた年なのである。一月には東京の株式市場で株の大暴落が起こり、三月にはアメリカでも株の大暴落が起こって、金融不安へと発展する。「百年に一度の金融危機」と二〇〇八年になって言われるルーツがこの年である。『蒲団』はその年の九月に雑誌に発表され、翌年の三月に単行本に収録刊行される。その明治四十一年というのも不思議な年で、『花袋集』の名で『蒲団』を含む単行本が刊行された三月には、日本で初の美人コンクールが開かれる。「水着美女がステージに登場する」というのではなく、写真による審査だけなのだが、八月になると、警視庁は猥褻《わいせつ》文書の取り締まりをして、九月には川上貞奴《さだやっこ》（新派演劇の元を作った川上音二郎の妻）が帝国女優養成所を設立する。音二郎と共に舞台に立っていた芸者出身の貞奴以外に、日本にはまだ女優がいなかったのである。だから翌年には、坪内逍遥と島村抱月も演劇研究所を開設する――この第一期生となるのが、長野県から出て来た松井須磨子である。ある意味で「女の生々しさ」が表面化するのが明治四十一年で、だからと言うわけではないが、東京の西大久保では覗きの常習者の「亀吉」という名の出っ歯の男が強姦殺人で捕まり、覗きの行為を「デバカメ」とする風俗用語も出来上がる。『蒲団』というのは、そういう時期に登場する作品なのだ。ついでに言ってしまえば、既に文壇の大御所でもあった森鷗外《もりおうがい》が『ヰタ・セクスアリス』という性的自叙伝を発表してしまうのも、松井須磨子が女優への道を歩き出すのと同じ年で、自然主義とは無縁のところにいた夏目《なつめ》漱石《そうせき》が『それから』を書いて「苦しい方向」に進み始めるのも、この年である。もしかしたらみんな、「ウズウズしたなにか」を抱えていたのかもしれない。

あまり人には言えない「ウズウズするなにか」を抱えている人は、それを正直に告白すればいい。そうすれば、そのやり方によっては、申告が「文学」になる。しかし、「ウズウズするなにか」を抱えていなかったり、「別に告白するほどのことでもないけどな」などと思っている人は困ってしまう。それが「文学とは無縁の人間」なら、「縁なき衆生は救いがたし」でそのまんまだが、文学なんかをやっている人だと困ってしまう。自然主義とは別のところにいた芥川龍之介なんかは、「芥川くん、もっと正直になれ！」と言われて、病んでもいない心を蝕まれてしまう。

「人には言いにくいこと」を多く抱えていたり、「あまりにも重すぎてそのままでは言えない」というようなものを抱えている人の方が「文学者としてのランク」が上だというのはムチャクチャな話だが、近代の日本文学ではあながちムチャクチャではない。だから、「恥の多い人生を送って来た」ということにして自分のことを書く人や、「これは告白であっても、自分の告白ではなくて〝仮面〟の告白することだから、私のことかどうかは分からない」というややこしい告白を「文学」にする人もいる。

多くの人がそう淡々とした人生を歩むわけではない。しかしまた同時に「なにもない平坦な人生」を歩むしかない人も多い。だから、「どうして自分の人生にはなにも事件が起こらないのだろう」と、その淡々とした「なにもなさ」に対して「ウズウズした思い」を抱えてしまう人だって多い。そういう人は、「恥ずかしいことに、私の人生にはなにもないのです」という告白をすることだって出来る。「それもまた文学である」と言って言えないことはない。

もちろん、「嘘をついてはいけない。〝人に言えない恥ずべきこと〟を抱えていても、これを正直に申告しなければならない」というのはただの「心構え」だから、これだけでは「文学」にならない。「描写」というものもいる。だから、『蒲団』を書いて自信を持った田山花袋は、「平面描写」なる技法を主張する。

それは「そこにあるものをあるままに書く」である。「それはただの客観描写じゃないか」と思うかもしれないが、そうではない。見えるものを見たまま書いて、その対象の中に深く立ち入らない——見たものを見えるまんまに書いてそのままにしてしまうのが「平面描写」なのである。見えるものを見るだけで、考えない——そういうものは「推測」で、書き手の主観が入ってしまうから、いけないのである。なるほど、「自然主義」で「リアリズム」だが、そうなると「心理描写」は「してはいけないこと」になってしまう。なるほど「他人の胸の内」なんかは見えないのだから、書いてはいけないのである。それを書くということは「邪推」の方向へ踏み込むことでもあるから、「見えない他人の胸の内」なんかを書かずに、「見えている他人の行為」だけを書くのである。なんだかいやになって来るが、どうしてそんなへんなことになってしまうのかというと、すべての始まりが「人に言えない恥ずべきことでもちゃんと正直に言う」というところにあるからである。

自分の心理は、そのままに言う。あるいは、それをする「自分の心理」に関してはつべこべ言わず、その自分の「したこと」だけを書く。なにしろ、自分は「人に言えない恥ずべきこと」を抱えているのである。これに対してうっかりしたことを言ったら、「弁明」になってしまう。「人に言えない恥ずべきこと」を抱えていても、ちゃんと正直にはっきりと言わなければいけないのだから、余分なことを言ってはならない。「自分の心理」に余分な推測を加えて「言いわけ」になってしまってはいけないのである。だから《性慾と悲哀と絶望とが忽ち時雄の胸を襲った。》ということになる。きっと《襲った》んだろう。それだけは「確かなこと」なのである。だからこそ、その後は《時雄は其蒲団を敷き、夜着をかけ、冷めたい汚れた天鵞絨の襟に顔を埋めて泣いた。》になる。

「どうしてそんなことをしたの？」も「それってちょっとみっともなくない？」もない。時雄はそれを「した」のである。「した」のだから、「したこと」をちゃんと書くのである。ただそれだけなのである。そこは《薄暗い一室》で、《戸外には風が吹暴れて居た》のである。きっとそうだったのだろう。そう書いてあるのだから。外は《風が吹暴れて居た》で、そうであるからこそ、《冷めたい汚れた天鵞絨の襟に顔を埋めて泣いた》で終わっている時雄の胸の内も、「きっと嵐のように感情が吹き荒れていたのだろうな」ということが分かることになっている。それがつまりは「平面描写」である。

「見えるもの」――あるいは「聞こえるもの」をそのままに書けば、伝えられてしかるべきものはちゃんと伝えられるのである。本当に、その日は《風が吹暴れて居た》の日でよかった。もしもその日が「のどかな春の光の中で小鳥が楽しそうに囀《さえず》っていた日」だったりすると、また主人公の心境とかありようも違って来るだろう。その日はちょうど《武蔵野の寒い風の盛に吹く日で、裏の古樹には潮《うしお》の鳴るような音が凄《すさま》じく聞えた。》（『蒲団』十一）なのである。そういう日だから、時雄も「芳子のいた部屋」に入って行ったのかもしれないが、それは「余分な推測」だから分からない。

余分な踏み込み方をせず、見えるものを見えるまま正直に書く――これが「平面描写」の基本である。ということは、「正直に書く」ということは、「余分な踏み込み方をしない」ということで、それだけなのである。イマジネーションとか「洞察力」などというものは不要で無意味なのだ。

「平面描写」というものは、「自分のあり方を嘘偽りなく書く」という点に於いては有用なものかもしれない。「自分の心を映し出す鏡が曇っていてはどうにもならないから、その鏡をちゃんと磨け」である。

「自分の心理」なら「自分の内にあるもの」だから、曇りを拭い取った鏡に映し出すことも出来るかもしれないが、そこで困るのは、「他人の心理」である。自分の心理なら「覗き込む」も出来るが、「他人の心理」になるとそれも出来ない。「覗き込んだ」と思えても、それは「邪推」だったり「誤解」だったりするかもしれないし、「自分の心理」にばっかり、「曇りなきよう、偽りなきよう」と真実に照らし出さんとして一生懸命になっている立場からすれば、「よく分からない他人の胸の内」を覗き込んで「分かった」などとすることは、僭越《せんえつ》の極みでもある。だから、「他人の心理」なんかは見ない。ただ目に見える「他人の行為」ばかりを書く。

　そういうことをしているとどうなるか？　作者と同一視される「主人公」の「正直」とされる胸の内ばかりが延々と繰り広げられて、それ以外の人物にはあまりピントの合わないドラマが出来上がる。そしてこれは「平面描写」の自然主義のあり方からすれば、正しいのである。

「自分」を描写するのと同じようなやり方で「他人の内側」に踏み込んでしまえば、「分かりもしない他人の胸の内を照射する、万能の神の視点に立つ」ということになってしまう。「人として、そんな僭越なことは出来ない」と思ってこれをやめてしまうと、「自分」だけが濃厚に存在する「自分だけの世界」になってしまう――これが一番正しいのだとすると、「他人の胸の内を見ることが出来ない作者＝

主人公」を設定する私小説が「一番正しい小説のあり方」になってしまう。どうやらそういうものであるらしいから、「なにも起こらない人生の中でウズウズした思いを抱えている主人公＝作者」のモヤモヤした思いを書くだけの小説も「文学」になる——田山花袋以来の「日本の近代文学の王道を行く文学」である。

「じゃ、文学って、自分とは関係ないんだ」と思う読者達が「文学」から離れて行っても、それはそれで仕方がないということになる。

「日本の近代文学の本流は私小説」というのは、以上のようなことだろうと思う。こんな風に理解するのは私くらいだろうと思うので、「と思う」と付け加えるだけである。

もちろん、「日本の近代文学の本流は私小説」と言われて、「そんなバカな」と反論をする人も多いだろう——「私小説なんかもう古い」とか。しかし、私小説というものは、「嘘をついてはいけない。〝人に言えない恥ずべきこと〟を抱えていたとしても、これを正直に申告しなければいけない」という、書き手の「心構え」から出ているのである。この「心構え」を小説の形にすると、「自分のあり方だけはすごくはっきりしていて、それ以外は〝ただあるがまま〟」という私小説になるのである。「心構えだけじゃなァ……」と言っても、「お前は一番大事な〝心構え〟を否定するのか」と言われたら、話にはならない。

「文学に携わろうとする人間の根本にあらねばならない心構え」を否定されたら、もうどうにもならなくなるから、「心構え」派は譲らない。「古い」と言われようとなんだろうと、「形は古くても心構えは古くない」で、一向に私小説は引き下がらない。その内に「なんだって日本の近代文学の本流が私小説でなきゃなんないんだよ!」と思う人間はうんざりして、その論争から撤退して行く。かくして、攻撃に堪えた私小説は生き残って、「日本の近代文学の本流は私小説である」ということも動かなくなるのである——動かないまま「そして誰もいなくなった」にならなければ幸いであると、私なんかは勝手に思うだけなのだが。

三　いたってオタクな田山花袋

余分なことを言ってしまうと、「日本の近代文学の本流は私小説」であるかもしれないが、しかし、「日本の近代文学の本流は自然主義の私小説」かどうかは分からない。「自然主義の私小説」というのは「田山花袋流の私小説」ということでもあって、「田山花袋はもう古い」ということになれば、「自然主義の私小説」は、その「本流」からはずれてしまうのである。実際「田山花袋はもう古い、今更田山花袋じゃない」という声はずっと以前からあって、しかし「私小説」の方は健在のまま「本流」なのである。

「日本の近代文学の本流は私小説である」という言われ方のルーツを辿って行くと田山花袋の『蒲団』へ至るというのは間違いないだろうけれども、田山花袋が「日本の近代文学の本流の祖である」ということにはならないだろう。「日本の近代文学の中心が私小説になってしまったのは、田山花袋が西欧の自然主義を歪めてしまったからだ」という言われ方もあるけれど、田山花袋を「悪役」にして、そうなんでもかんでも田山花袋のせいにしてしまうのは、可哀想である。田山花袋はまた、独特に「田山花袋」でもある作家なのだ。

田山花袋の『蒲団』が当時の文学関係者にショックを与え、そのショックの中から今に至っても「本流」であるような「心構え」が形成されてしまったことは事実であっても、田山花袋には田山花袋で、『蒲団』を書かなければならない彼なりの事情もあったはずなのである。不幸と言えば、これが忘れられてしまっていることが、田山花袋にとっての最大の不幸だろう。

そもまず、田山花袋とは、いかなる作家なのか?

田山花袋はまず、「不器用な作家」である。そして、「感傷過多のセンチメンタリスト」である。更にその上に、田山花袋は「文学者たらんとして一生懸命努力をした、真面目な人」なのである。不器用で真面目なセンチメンタリストである田山花袋はまた、外見的には「ごっついオッサン」である。『蒲団』の四カ月前に発表された『少女病《おとめびょう》』という小説の中に登場する「田山花袋を彷彿とさせる主人公」は、このように描写されている——。

《年の頃三十七八、猫背で、獅子鼻で、反歯《そっぱ》で、色が浅黒くッて、頬髯《ほおひげ》が煩さそうに顔の半面を蔽って、鳥渡《ちょっと》見ると恐ろしい容貌、若い女などは昼間《ひるま》出逢っても気味悪く思う程だが、それにも似合わず、眼に

は柔和なやさしいところがあって、絶えず何物をか見て憧れて居るかのよう。》（『少女病』一）

まだ「平面描写」を明確に言い出す前のことだから、《眼には柔和なやさしいところがあって》が「見たままの通り」かどうかは分からないが、あるいはその通りかもしれない。《眼には柔和なやさしいところがあって》というところが哀しいのが、この人物だからである。

この人物は、こういう人物である――。

《此主人公は名を杉田古城《すぎたこじよう》と謂《い》って、言うまでもなく文学者。若い頃には、相応に名も出て、二三の作品は随分喝采されたこともある。いや、三十七歳の今日《こんにち》、こうしてつまらぬ雑誌社の社員になって、毎日々々通って行って、つまらぬ雑誌の校正までして、平凡に文壇の地平線以下に沈没して了《しま》おうとは自からも思わなかったであろうし、人も思わなかった。けれどこうなったのには原因がある。此男は昔から左様《そう》だが、何《ど》うも若い女に憧れるという悪い癖がある。若い美しい女を見ると、平生《へいぜい》は割合に鋭い観察眼もすっかり権威を失って了う。若い時分、盛に所謂《いわゆる》少女小説を書いて、一時は随分青年を魅《み》せしめたものだが、観察も思想もないあくがれ小説がそういつまで人に飽きられずに居ることが出来よう。遂には此男と少女と謂うことが文壇の笑草《わらいぐさ》の種となって、書く小説も文章も皆な笑の声の中《うち》に没却されて了った。それに、其容貌が前にも言った通り、此上もなく蛮《ばん》カラなのでいよ〳〵それが好い反映《コントラスト》を為《な》して、あの顔で、何うしてあゝだろう、打見《うちみ》た所は、いかな猛獣とでも闘うというような風采《ふうさい》と体格と

を持って居るのに……。これも造化の戯《たわむれ》の一つであろうという評判。》（同前三）

『蒲団』の主人公竹中時雄も、そのペンネームは「古城」という。「杉田古城」はもう一人の竹中時雄で、もう一人の田山花袋である。ということになると、『少女病』もまた「田山花袋を主人公とする私小説」なのかということになるが、違う。これは、四カ月後の『蒲団』へ進もうとする田山花袋の断固たる意志を表明するフィクションで、であればこそその最後に至って、作者である田山花袋は、彼自身の分身である杉田古城を殺してしまうのである。

杉田古城は《何うも若い女に憧れるという悪い癖がある。》とされるのだが、この《悪い癖》は、どうも当時的には異常なのである。だから、杉田古城の友人達――どういう種類の「友人」なのかははっきりしないが、彼等はこういう噂をする――。

《何《ど》うも不思議だ。一種の病気かも知れんよ。先生のは唯、あくがれるというばかりなのだからね。美しいと思う、唯それだけなのだ。我々なら、そういう時には、すぐ本能の力が首を出して来て、唯、あこがれる位では何うしても満足が出来んがね》（同前）

そして友人の一人が導き出す結論は、「杉田古城は若い時に自慰に耽りすぎて、その習慣が長く続いたものだから、現実の女とやる気がなくなってしまったのだ」というものである。蛇足かもしれないが

《本能の力が首を出して来て》云々は、「女に性交を迫る」という意味である。杉田古城にはそれがないという。なんだか現代的な話になって来た。

しかし、杉田古城はもう三十七歳で、結婚して妻との間に二人の子供を儲けてもいる。だから、別の友人は「それは違うんじゃないか」と言うが、「いいや、あいつは自慰のやり過ぎの、臆病な自己完結だ」とする友人は承服しない。それでこう言う――。

《先生、屹度《きつと》今でも遣《や》って居るに相違ない。若い時、あゝいう風《ふう》で、無闇《むやみ》に恋愛神聖論者を気取って、口では奇麗なことを言って居ても、本能が承知しないからつい自から傷けて快《かい》を取るというようなことになる。そしてそれが習慣になると、病的になって、本能の充分の働を為ることが出来なくなる。先生のは屹度それだ。》(同前)

《自から傷けて》は「自傷行為」ではない。「自慰行為」である。《先生のは屹度それだ》はおそらく、田山花袋による「田山花袋自身のありように関する理にかなった説明」である。「分析」なんかではない。そんなことをしてもなんの意味もない。「これはこういうもの」という明快な説明で、『蒲団』の表現を借りれば「けれど文学者だけに、此作者は自から自分の心理を客観するだけの余裕を有って居た」であり、更に後の彼自身の言葉を借りれば「平面描写」である。「考えるまでもなくその通り」なのだから、「平面描写」によって内面を語れば、なにもこわいことはないし、恥ずかしいこともない。「ただその通り」なのである——もちろん、この説明が「正しい」かどうかはまた別の話である。表面描写というものは、それをただ見るだけの作者が「理にかなっている」と思えば十分なものなのであるからして。

この三十七にもなってオナニーばかりしている（らしい）妻子持ちの男が仕事の他になにをしているのかと言えば、若い女の姿を目で追ってばかりいる——《即ちかれの快楽《たのしみ》と言うのは電車の中の美しい姿と、美文《びぶん》新体詩を作ることで、社に居る間は、用事さえ無いと、原稿紙を延べて、一生懸命に美しい文を書いて居る。少女に関する感想の多いのは無論のことだ。》（同前五）

《文》を「イラスト」に代えれば、今でも十分いそうである。だから哀しい。彼の勤務先のいやみな編集長はこんなことを言う——《不相変《あいかわらず》、美しいねえ、何《ど》うしてあゝ綺麗に書けるだろう。実際、君を好男子と思うのは無理は無いよ。何とか謂う記者は、君の大きな体格を見て、其の予想外なのに驚いたと言うからね》（同前）

彼は、若い女のことをとても美しい文章に書くのである。それは、とても「ごっついオッサン」の書いたような文章ではないから、その文章を書いている時の彼は、おそらく、自分のことを「若いイケメン」のように想定してしまっているのだ——可哀想に。《若い時分、盛に所謂少女小説を書いて、一時は随分青年を魅せしめたものだが》という彼は、《書く小説も文章も皆な笑の声の中に没却されて了った》という今になっても、同じようなことをしているのだ。同じようなことは、『蒲団』の主人公についても書かれている——《竹中古城と謂えば、美文的小説を書いて、多少世間に聞えて居《お》ったので、地方から来る崇拝者渇仰者《かつごうしゃ》の手簡《てがみ》はこれ迄にも随分多かった。》（『蒲団』二）

『蒲団』の竹中古城に対してよりも、『少女病』の杉田古城に関する筆の方が辛辣で、自虐的である。『蒲団』の竹中古城の書く「美文的小説」は、つまり《観察も思想もないあくがれ小説》である《少女小説》なのである。『蒲団』で主人公の竹中時雄に恋される女弟子は、そういう作家に憧れる程度の若い女でしかなかったりもするのだが、『蒲団』という作品の性質上、それはぼかされている。『蒲団』の中に登場する女弟子は、「『蒲団』を書いて一躍文壇の雄となった立派な作家の田山花袋」を師としたわけではないのである。

『蒲団』を書く前——『少女病』の中の田山花袋は、道ですれ違ったり電車の中で見かけた若い女を、ボーッとして見ている。あるいは、じっと舐め回すように見ている。時々会う女が髪に挿しているピンを落としたのを拾ってやって、それで《此娘は自分を忘れは為《す》まい》と思い込む。そして、《これから電車で邂逅《でっくわ》しても、あの人が私の留針《ぴん》を拾って呉《く》れた人だと思うに相違ない。もし己が年が若くって、娘が今少し別品《べっぴん》で、それでこういう幕を演ずると、面白い小説が出来るんだなどと、取留《とりとめ》もないことを種々《いろく》に考える。》（『少女病』二）ということになる。しょうもない三十七歳である。だから、『少女病』を書こうとする田山花袋は、この自分を抹殺してしまうのである。

退社時間が来て会社を出る杉田古城は、自分自身にげんなりしている——《終日の労働で頭脳《あたま》はすっかり労《つか》れて、何だか脳天が痛いような気が為《す》る。西風に舞い上《あが》る黄《きいろ》い塵埃《ほこり》、佗《わび》しい、佗しい。何故《なぜ》か今日は殊更に佗しく辛い。いくら美しい少女の髪の香《かおり》に憧れたからって、もう自分等が恋をする時代では無い。また恋を為たいたッて、美しい鳥を誘《いざな》う羽翼《はね》をもう持って居らない。と思うと、もう生きて居る価値が無い、死んだ方が好《い》い、死んだ方が好い、とかれは大きな体格を運びながら考えた。》(『少女病』五)

《美しい鳥を誘う羽翼》というところが、美文家でセンチメンタリストの田山花袋である。哀しい中年男の絶望がせつなくひしひしと伝わって来るところではあるが、しかしこの中年男は、懲りないスケベ男でもある。だから、自分の絶望をすぐに棚上げしてしまう——《外濠の電車が来たのでかれは乗った。敏捷な眼はすぐ美しい衣服《きもの》の色を求めたが、生憎《あやにく》それにはかれの願《ねがい》を満足させるようなものは乗って居らなかった。けれど電車に乗ったということだけで心が落付いて、これからが——家に帰るまでが、自分の極楽境《パラダイス》のように、気がゆったりと為《な》る。》(同前)

これはもうほとんど、電車内で痴漢行為を常習とするような男の胸の内である。《死んだ方が好い》と思っていても、つらい現実が続いて、そうあっさりとは死ねない以上、慣れてしまった浅ましい行為に惑溺するしかない。《路側《みちばた》のさまざまの商店やら招牌《かんばん》やらが走馬灯《そうばとう》のように眼の前を通るが、それがさま〴〵の美しい記憶を思い起させるので好い心地が為《す》るのであった。》(同前)と言って、それは嘘ではなかろうが、やはりそれだけではないのが、人の浅ましさである。

　ふと見ると、電車の中には《今一度是非逢いたい、見たいと願って居た美しい令嬢》がいる。そこで杉田古城は「近寄ってそっと手を伸ばす」ということをするわけではないが、ある意味で、それよりももっとたちの悪いことをする。「黙って舐め回すように見る」である。「そして妄想する」ではないところが、いい年をこいた美文小説家のたちの悪さである。

《美しい眼、美しい手、美しい髪、何《ど》うして俗悪な此の世の中に、こんな綺麗な娘《こ》が居るかとすぐ思った。誰の妻君になるのだろう、誰の腕《かいな》に巻かれるのであろうと思うと、堪《たま》らなく口惜《くちお》しく情けなくなって、其結婚の日は何時《いつ》だか知らぬが、其日は呪うべき日だと思った。》（同前）――妄想するその仕方さえもが美文の少女小説的で、同じ妄想でも『蒲団』になるともう少し違う。

《出勤する途上に、毎朝邂逅《であ》う美しい女教師があった。渠《かれ》は其頃此女に逢うのを其日其日の唯一の楽みとして、其女に就いていろ〳〵な空想を逞《たくましゅ》うした。恋が成立って、神楽坂あたりの小待合に連れて行って、人目を忍んで楽しんだら何《ど》う……。妻君に知れずに、二人近郊を散歩したら何う……。いや、それ処ではない、其時、妻君懐妊して居ったから、不図《ふと》難産して死ぬ、其後に其女を入れるとして何うであろう。平気で後妻に入れることが出来るだろうか何うかなどと考えて歩いた。》（『蒲団』二）

「女をどっかに連れ出して――」と考える分だけ、『少女病』よりは妄想としてましなのであるけれども、この人の問題は「マッドオナニスト」というようなものよりも、思考が幼稚だということである。道ですれ違う女を見て、いきなり「今妻は妊娠中だから、これが難産で死んだら後妻にして――」というのはいかがなものであろうか? 進歩しても《時雄は其蒲団を敷き、夜着をかけ、冷めたい汚れた天鵞絨の襟に顔を埋めて泣いた。》にしかならないところが、この人の問題なのである。不器用で真面目なセンチメンタリストである田山花袋は、性欲もまたすこぶる旺盛ではあるのだけれども、思考が幼稚であるということが最大の問題なのである。

明治四十年に一大センセーションを巻き起こし、その後の日本文学に大きな影響を与えたその人が「自分の頭の中」を正直に描写して、それがこの幼稚さなのである。田山花袋は「明治の文豪」というより、ある種の現代人である。問題は、結構根が深いのだ。

四 どうして「他人」がいないのか

「こんなきれいな令嬢がよその男と結婚するなんて、ああ呪うべきだ」と思っていた『少女病』の杉田古城は、そのまんま令嬢に見惚れていて、走っている電車から転げ落ちてしまう。電車が混んでいたこともあるが、明治四十年の東京の中央線は危っかしい。電車から転げ落ちた杉田古城は、反対方向から来た電車に轢《ひ》かれてしまうのである。「死んだ」とは書いてないが、「死んだ」も同然である。「そんなに幼稚で埒《らち》のない空想ばかりしているお前なんか死んでしまえ!」と、田山花袋は自分に言ったのである。『少女病』が、『蒲団』へ進もうとする田山花袋の断固たる意志を表明するフィクションというのは、以上のようなことである。

そして、『少女病』の四カ月後に『蒲団』は登場するのであるけれど、『少女病』から『蒲団』に進んで、一体なにが変わったのか？『蒲団』には「芳子」という年若い女弟子が登場して、この女性のモデルは実在する。田山花袋は、その女性に対して、『蒲団』に書かれるような葛藤やゴタゴタを存在させただろうが、しかし、田山花袋とその女性の間には、結局なにもなかったのである。『少女病』から『蒲団』への進化は、「もう妄想するのはいやだから、現実の女性に手を出した――手を出そうとした」というような質のものではないのである。結局のところ『蒲団』は作者＝主人公の妄想を題材にしたものでしかない。では、『少女病』から『蒲団』へ進んで、なにが変わったのか？

『少女病』には、こういう一節もある。退社して《死んだ方が好い》と思ったそのところに続く部分である――。

《顔色《かおつき》が悪い。眼の濁って居るのは其心の暗いことを示して居る。（中略）寂しさ、寂しさ、寂しさ、此寂しさを救って呉れるものは無いか、美しい姿の唯一つで好いから、白い腕《かいな》に此身を巻いて呉れるものは無いか。さうしたら屹度《きっと》復活する。希望、奮闘、勉励、必ず其所《そこ》に生命を発見する。この濁った血が新らしくなれると思う。けれど此男は実際それに由《よ》って、新しい勇気を恢復《かいふく》することが出来るか何うかは勿論疑問だ。》（『少女病』五・傍点筆者）

杉田古城の田山花袋は、自分の現実に絶望している。「誰か、一人くらい自分の相手をしてくれる女はいないのか」と、渇望している。そして、それが「救い」ではないかもしれないことを自覚してもいる。だから《それに由って、新しい勇気を恢復することが出来るか何うかは勿論疑問だ》と言っている——そして、田山花袋は『蒲団』へと進む。『蒲団』になにか救いがあるのかと言えば、なにもない。現実に存在する若い女との間にはなにもないし、自分の思い込みを空回りさせた主人公は、女の体臭がしみついた布団に顔を押し当てて泣く——その部屋の外には風が吹き荒れている。どこにもいいことはない。埒のない妄想をするしかない自分を、アンナ・カレーニナのようにやって来る電車の前に投げ出して葬って、田山花袋はなにをしたかったのだろうか?

はっきりしている。田山花袋は、立派な小説が書きたいのである。そのことによって、文学者としての名誉回復を図りたいのである。それこそが、彼の「救い」なのだ。「女、女、女!」と言っていて、田山花袋はその実、自分が納得出来て自信の持てる小説が書きたい——ただそれだけなのだ。

それを実現させるために、田山花袋は『少女病』の中に「恥ずべき自分の姿」を率直かつ露悪的に書いた——それは『蒲団』によって始まったのではない。その段取りなら、既に『少女病』で終わっている。だから、田山花袋の分身は電車に轢かれて死ぬ。田山花袋の目的は、「妄想に振り回されて苦しんでいる自分の姿」をさらけ出すことではない。「妄想に振り回されて苦しんでもいる自分」を、自分の書くちゃんとした小説の中に存在させることなのだ。

美文小説家であった田山花袋は、理想化された自分の姿を、そのセンチメンタルな小説の中に投入する。だから『少女病』に登場するいやみな編集長は、《何うしてあゝ綺麗に書けるだろう。実際、君を好男子と思うのは無理は無いよ。》と言う。しかし、もう三十七歳になった田山花袋は、自分の美文小説に登場しうるような外見を持っていない——そのことを重々承知せざるをえなくなった。だから、《もう自分等が恋をする時代では無い。また恋を為たいたッて、美しい鳥を誘う羽翼をもう持って居らない。》と『少女病』の中で言う。しかし、それを言う田山花袋は、まだ恋をしたいのだ——己れの小説の中で「恋をする自分」として存在していたいのだ。だから、「今の自分にふさわしい恋」を『蒲団』の中で書く。それを実現させるために、「まだなんとかなりそうな若い男だ」と思い込んでいる自分自身を、『少女病』の中で徹底的に弾圧する。

「今の自分は若くも美しくもない」——そのことを『少女病』の中で徹底させて、だからこそ『蒲団』は「醜い中年男の恋」なのだ。そうであっても「恋」を実現させたい。思う存分、自分の「恋への思い」を解き放ちたい。重要なのは、自分の「恋への思い」であって、「現実の恋の成就」ではない。だから、『蒲団』は十分すぎる以上に妄想的で、作者の分身である主人公の時雄と、その恋の相手である芳子との間にさえ、明確な一線が引けていない。もしかすれば、恋の相手である芳子さえもが、「田山花袋自身」なのだ。

「なぜそんなことになってしまうのだろう?」ということの答は、そうむずかしくはない——そう私は思う。その理由は、もう前章の最後に書いた。

十代の少年田山花袋は、二葉亭四迷の筆によるツルゲーネフの『あひびき』を読んだ。《私達当時の文学青年は、何遍あれを繰返して読んだか知れなかった。》ということになる。そして、二葉亭四迷の言文一致体の筆になる『あひびき』は、「ドラマの外にいる〝自分〟が、いつの間にかドラマの中心になってしまう小説」なのだ。「他人の恋」を目撃するしかない主人公は、いつの間にか、自分とは無縁の「他人との恋を成り立たせている女」に恋をしてしまっている――そういう「日本語の小説」を初めて登場させてしまったのが二葉亭四迷の『あひびき』で、田山花袋が顔を埋めて泣き濡れた「女の布団」は、『あひびき』のヒロインであるアクーリナが落として行った「花束」なのである。

男に捨てられたアクーリナは、突然現れた『あひびき』の語り手である《自分》に驚いて、男に渡そうとして持っていた花束を落とす。そして、『あひびき』の主人公であり語り手の《自分》は、その花束を持って家に帰る――《持帰ツた花の束ねハ、からびたまゝで、尚《な》ほいまだに秘蔵して有る……》である。「恋にふさわしい青年」ではなくなってしまった田山花袋にとって、女の使っていた布団は「アクーリナの落として行った花の束」なのである。

不器用で真面目なセンチメンタリストである「美文小説家」の田山花袋は、そうして、「自分自身の恋の思いが存在しうる小説＝文学」を書いたのである。それがちゃんと存在出来れば、その恋が醜かろうと美しかろうと、そんなことはどうでもいい――それを言うのが『蒲団』なのである。それが、哀しく妄想的な「その後の日本文学の本流」へとつながって行く。

五　「もう一つの『蒲団』」の可能性

田山花袋の『蒲団』は、今となっては「へんな小説」である。しかし、この作品が「日本近代の（わりと）初めの頃にあった〝文学〟なるものに従事する〝作家というもの〟のあり方を語る作品」であることだけは間違いがない。だから、そのことをなんの疑問もなしに受け入れると、「日本文学の本流である私小説のルーツ」ということにもなる。

「田山花袋の『蒲団』＝自然主義＝私小説のルーツ」というのは、いたって当たり前の「ただそれだけ」だが、しかし、この『蒲団』はさすがに文学史に名を残すだけあって、結構「不思議なディテール」に満たされてもいるのである。つまり、作者のあり方をそのまま投影したと思われる主人公・竹中時雄の描かれ方が、あまりにも作者の側に傾き過ぎた「主観的」であるのに対して、作者＝主人公の外側にいる「その他の人々」が、「平面描写」のおかげでもあるのか、あまりにも客観的なのである。そのチグハグぶりが面白い――というか、周囲の人物のあり方が主人公と一線を画してチグハグだから、「一体、田山花袋という人は、なにを考えてこんな主人公を描いているのだろう？」と思われてしまうのである。

たとえば、主人公・竹中時雄が恋着する女弟子の芳子を預かる「時雄の妻の姉」の描き方である。芳子には「若い恋人」がいることが発覚した。しかもその男は、もう東京に出て来てしまった。それを知った以上、時雄は平静ではいられない——。


《『おい、帯を出せ!』

『何処《どこ》に行《い》らっしゃる』

『三番町まで行って来る』

『姉の処《とこ》?』

『うむ』

『およしなさいよ、危いから』

『何アに大丈夫だ、人の娘を預って監督せずに投遣《なげやり》にしては置かれん。男が此東京に来て一緒に歩いたり何かして居るのを見ぬ振をしては置かれん。田川(姉の家の姓)に預けて置いても不安心だから、今日、行って、早かったら、芳子を家《うち》に連れて来る。二階を掃除して置け』》(『蒲団』四)

既に夕食を終えて、時雄は酒も飲んでいるのだが、ふらふらとそのまま出掛けてしまう。《おい、帯を出せ!》と言われても、時雄の妻は外へ出るための着替えを出そうともしないのだ。《夏の日はもう暮れ懸《かゝ》って居た。》(同前)と言われる頃に牛込矢来《やらい》町の自宅を出て、麹《こうじ》町三番町の姉の家まで歩いて行く。ゆっくりと歩いたって一時間もすれば着いてしまう距離なのに、時雄がその姉の家に入るのは《もう九時、十時に近い。》(同前)なのである。

そんなに長い間なにをしていたんだと言えば、酔っ払ってあちこちに転びながら、文学的に己を反芻《はんすう》していたのである。そこら辺が、当時的には「文学としての読ませどころ」なのだろうが、私が注目するのは、もちろん、そんなところではない。結婚前の若い女学生が、夜の十時近くになっても下宿先に帰って来ない――それを監督する立場にある時雄の義姉が、一向に心配をしないでいることである。それは二十世紀のことではあるが、今から百年前の明治四十年（一九〇七）頃の話である――。

時雄は義姉に《芳さん、何処に行ったんです》（同前）と言う。義姉は、《今朝、鳥渡《ちよつと》中野の方にお友達と散歩に行って来ると謂《い》って出た切りですがね、もう帰って来るでしょう。何か用？》で、一向に心配をしていない。この姉は《軍人の未亡人で恩給と裁縫とで暮して居る》（『蒲団』二）ということになっているから、夜鍋仕事で裁縫をして、そのまま芳子を待っていたのだろう。最早、芳子の帰りが遅い――しかも男と出歩いて「帰りが遅い」になるのには慣れているから、《もう帰って来るでしょう》で平然としている。よく分からないのが、この平然としている義姉の胸の内で、妹の夫から「預かってくれ」と言われたから預かってはいるが、この義理の姉は、芳子という自分のところの下宿人に対して、なんの関心も持っていないのだ。だから、「困ってしまう」とは思いながらも、《もう帰って来るでしょう》ですませてしまえる。

義姉が関心を持つのは、自分の身内でもある妹の夫のありようだけで、だから、夜の十時近くにいきなりその男がやって来ても、別に驚かない。驚くのは、やって来た時雄が転んで泥まみれになっていることで、だから、《芳さんは何《ど》うしました?》(『蒲団』四)と、やって来た時雄に尋ねられても、そんな問いは無視して、《まァ、何うしたんです。時雄さん》(同前)と、泥まみれの義弟の方にしか関心を向けない。だから、「関係ない他人の芳子」の方は、《もう帰って来るでしょう》ですませて、目の前にいる義弟の様子のおかしさの方に目が向けられる。注目すべきはその義姉の、芳子に対する関心のなさ加減である——。

《時雄の顔を見て、

『何うかしたのですの?』

『何《な》アに……けれどねえ姉さん』と時雄の声は改まった。『実は姉さんに御《お》まかせして置いても、此間の京都のやうなことが又あると困るですから、芳子を私の家《うち》に置いて、充分監督しようと思うんですがね』

『そう、それは好《い》いですよ。本当に芳子さんはあゝいうしっかり者だから、私見たいな無教育のものでは……』

『いや、そういう訳《わけ》でも無いですがね。余り自由にさせ過ぎても、却《かえ》って当人の為めにならんですから、一つ家に置いて、充分監督して見ようと思うんです』

『それが好いですよ。本当に、芳子さんにもね……何処《どこ》と悪いことのない、発明な、怜悧《りこう》な今の世には珍らしい方ですけれど、一つ悪いことがあってね、男の友達と平気で夜歩いたり何《な》んかするんですからね。それさえ止《よ》すと好いんだけれどとよく言うのですの。すると芳子さんはまた小母《おば》さんの旧弊《きゅうへい》が始まったって、笑うて居るんだもの。いつかなぞも余り男と一緒に歩いたり何かするものだから、角の交番でね、不審にしてね、角袖巡査《かくそでじゅんさ》が家の前に立って居たことがあったと云いますよ。それはそんなことは無いんだから、構《かま》いはしませんけどもね……』

『それは何時《いつ》のことです?』

『昨年の暮でしたかね』

『何《ど》うもハイカラ過ぎて困る』と時雄が言ったが、時計の針の既に十時半の処を指すのを見て、『それにしても何うしたんだろう。若い身空で、こう遅くまで一人で出て歩くと言うのは?』

『もう帰って来ますよ』

『こんなことは幾度もあるんですか』

『いゝえ、滅多《めった》にありはしませんよ。夏の夜《よ》だから、まだ宵の口位に思って歩いて居るんですよ』》（同前）

若い女が男と夜頻繁に出歩いているのが目撃されれば、警察の監視がついてしまう時代である。にもかかわらずこの義姉は、「気をつけて下さいよ」と言うわけでもない。《角袖巡査が家の前に立って居たことがあったと云いますよ。》（傍点筆者）である。自分の家の前に警官が立っていたのに《と云いますよ》の伝聞である。「責任逃れ」というよりも、これは「関心がない」「関係がない」の無関心だろう。だから、この義姉と芳子の仲は、決して悪くはないのである。

十一時になって、芳子がやっと帰って来る。そこに時雄がいるので、芳子はギクッとするのだが、それとは別に、遅くなった言い訳代わりに、芳子は寄宿先の女主人に土産を差し出す——《何ですか……御土産？　いつも御気の毒ね》（同前）と義姉は言うから、こういう「ギヴ＆テイクの関係」で、芳子と義姉の間はうまく行っているのかもしれない。

土産を出した芳子は、そのまま「次の間」にすり抜けようとする。それを時雄は留めて、時雄と芳子の間に緊張関係が生まれるのだが、その間、義姉はなにをしているのか？

《姉は茶を淹《い》れる。土産の包を開くと、姉の好きな好きなシュウクリム。これはマアお旨《い》しいと喜《よろこび》の声。で、暫らく一座はそれに気を取られた。》（同前）

監視役の義姉は、完全に芳子によって飼い慣らされた「番犬」である。《シュウクリム》にしか関心を示さない義姉が、下宿人の芳子と義弟の「関係」に関心を示すとも思えない。そして、時雄が知ろうと知るまいと、芳子は普段から、若い男と平気で出歩いているのである。そうである以上、芳子と時雄との間に「関係」などというものが生まれるはずはない——そこまで理解しているからこそ、義姉は芳子に関心がないのである。ある意味で義姉は「愚かなる現実」の代表ではあるのかもしれないが、哀れなのは時雄である。芳子に一方的な恋心を抱いて、芳子に気づかれない——気づかれてもかわされて、しかもその上に、芳子のそばにいる義姉からも、警戒してもらえないのである。つまり、『蒲団』という作品の主題となる「竹中時雄の感情」は、「誰からも注目してもらえないもの」だということである。「主人公の感情があまりにも主観的で、周りの人間があまりにも客観的なチグハグさ」とは、これである。

だからと、私は思う――それだったらいっそ、この「主観的」と「客観的」の比重を逆転してしまったらと。そうなった時、この『蒲団』は、まったく別の作品として生まれ変わる。現代の我々が読んで感じるものに、近づいて来る。つまり、『蒲団』はその中に「完全なる笑劇《ファルス》」となる要素を、明確に抱え込んでいるというわけである。

あえて言ってしまえば、この義姉の描写は「見事」である。作者のありよう――その胸の内を代弁するために存在する主人公のありように、まったく引きずられていない。敢然と、しかも淡々と平然として「我が道を行く」で、「完全に独立した存在」として描かれている。だから、その義姉が《シュウクリム》に反応してしまうと、緊迫していてしかるべき話の流れが、平気で中断されてしまうのである――《で、暫らく一座はそれに気を取られた。》と。

「それでいいのかよ?」と私なんかは思うが、もしかしたら、「それでいい」のかもしれない。なにしろ、現実とはそういうもので、作者の思惑通りに進むようなものではないのだ。あるいはこれは、後に田山花袋の言う「平面描写」のはしりであるのかもしれない――既に言った、「見たままを、見えるまんまに書いて、そのままにして、それだけで考えない」という質の「平面描写」である。

見たまんま書いて、その中に立ち入らないわけだから、そのようにして描かれた作中人物は、書き手の主観に侵されない——かくして「主人公・竹中時雄のあり方にまったく引きずられない義姉」は登場して、その義姉のありように対する主人公のリアクションは、まったくない。普通ならこの義姉は、「主人公の苦悩に共感する能力のない愚かな現実の代表」となってしかるべきものでもあるのだが、そうなってはいない。だから「見事だ」とは思うが、しかし、あり方としてはチグハグなのである。なぜチグハグなのかという理由は簡単で、それを描く田山花袋が、そのように考えていないからである。だから野放しになっている。

　主人公の時雄がどうかは知らないが、時雄と義姉の会話を書く田山花袋は、おそらく、「この義姉は芳子になんの関心も持っていない」などとは考えていない。では、どう考えているのかというと、ただその会話を描写する作者は、それを描写するだけで、「義姉の内面」なんてものを、なにも考えていないのだ。考えていなければこその「平面描写」である。それがきちんとやれるという点で、田山花袋は「誠実で律義な作家」でもあるのだが、しかし、「主人公のひたすらなる煩悶」を書くことに急であるこの作家は、それをしてこの作品が「笑劇」になってしまう可能性を考えない。「嗤《わら》え！　嗤え！」といくら主人公が叫んだとしても、その以前にこの主人公自身が「お笑い」になってしまうことを考えていないから、「不思議なチグハグさ」が出現してしまうのである。

六　空回りする感情

田山花袋自身とイコールでもあるような主人公・竹中時雄としては、「芳子に対する自分の感情あるいは欲望」が、周囲の人間達に気取られない方がいいはずである。彼が恋着した芳子にさえも、気づいてもらわない方がいい。どうしてかと言えば、この主人公は、自分の恋着する相手の芳子が「師である自分に恋している」と信じ込んでいるからである。だから《妻があり、子があり、世間があり、師弟の関係があればこそ敢《あえ》て烈《はげ》しい恋に落ちなかったが、語り合う胸の轟《とゞろき》、相見《あいみ》る眼の光、其底《そのそこ》には確かに凄じい暴風《あらし》が潜《ひそ》んで居たのである。》（『蒲団』一）ということになる。

主人公は、「俺の感情に気づけよ！」と怒っているのではない。「もうそのことはお互いに了解済みだから、さっさとこの俺の胸の中に戻って来い！」と怒っているのである。だから《女は確かに其感情を偽《いつわ》り売ったのだ。自分を欺いたのだと男は幾度《いくたび》も思った。》（同前）になる。竹中時雄は、「さっさと戻って来い！」とばかり思っていて、「恋を失ってしまった自分の感情」を、相手に理解してもらおうとは思っていない。どこまでも冷静に取り繕って、「俺は錯乱なんかしていないぞ！」という態度を取り続けようとする。つまり時雄は、芳子にだって「芳子に対する自分の感情（欲望かもしれない）」を、気づいてもらいたくないのだ。

「気づかれまい」としてその感情を隠す――「バレたら大変だ」という思いがまずあるから、《小石川の切支丹坂から極楽水《ごくらくすい》に出る道のだら〳〵坂を下りようとして渠《かれ》は考えた。》（同前）の冒頭から、緊張感と緊迫感は漲《みなぎ》りっぱなしなのである。だがしかし、それはそれとしてで、そんな彼を取り巻いている周囲の人間達は、彼の内なる感情に気づく以前に、そんなものに対して、一向に関心を持たずにいるのである。「先生は私の味方になって下さる」と信じて、東京に出て来た男との恋の成就を疑わない芳子がそうで、その監督役になっている妻の姉もそうである。「片思いの恋の悲劇」なら、「相手に気がついてもらえない」もあるが、そんな場合なら、哀れな主人公の秘められた心に気づいて、「あら、お気の毒──」くらいに思ってくれる脇役の一人くらいいてもいいのだが、それを演じられる義姉は、《シュウクリム》にしか関心がないのである。「現実とはそういうものだ」と言ってしまえばそれまでだが、もう一人、義姉の妹である時雄の妻だって、「惑乱する夫の胸の内」になんか、一向に関心を示さないのである。

妻が反応するのは、「夫の胸の内」なんかではない。「なにを考えているのか知れない夫を刺激しかねない、芳子の浮わついたあり方」の方である。

上京して来た芳子は、時雄の家に寄宿する──《けれど一月《ひとつき》ならずして時雄はこの愛すべき女弟子を其家に置くことの不可能なのを覚《さと》った。従順なる家妻は敢《あえ》て其事に不服をも唱えず、それらしい様子も見せなかったが、しかも其気色は次第に悪くなった。限りなき笑声《わらいごえ》の中に限りなき不安の情が充ち渡った。妻の里方《さとかた》の親戚間などには現に一問題として講究されつつあることを知った。》（『蒲団』二）

余分なことを言ってしまえば、《しかも其気色は》は、《しかも》ではなくて「しかし」だろう。更に言えば、《限りなき不安の情》を充たせてしまう《笑声》は、妻のものではなく、芳子のものである。「やって来た芳子の笑い声は、家の中と時雄の胸の内を明るくしたが、そこに妻の不安が忍び込んだ」ということである。

妻は夫の胸の内を疑わない。ただ芳子という新しい存在が不快で、「あの人のおかげで時雄さんがおかしくなったらどうしよう——もうおかしくなりかかっている」という心配をしている。だから、その芳子が姉の家に移されれば安心で、しかしその芳子がまた「騒ぎ」を起こせば不快になる。だから、芳子の恋人が上京して来てしまったことを夫から教えられると、「本音」を吐いてしまう——《だから、本当に厭《いや》さ、若い娘の身で、小説家になるなんぞッて、望む本人も本人なら、遣《よこ》す親達も親達ですからね》（『蒲団』四）

「東京の女学生」になった芳子が、若い男と夜遅くまで出歩いていることは、姉から聞いて知っている。だから妻には、芳子の関心が夫の上になんかないことは、簡単に類推出来る——である以上、「夫の内面」なんかに関心を向ける必要などは、この妻にない。妻にあるのは、「好き勝手なことをしている芳子の自由さ」に対する嫉妬だけである。だから、この妻が少しでも「夫の内面」に目を向けていたら、『蒲団』に書かれるようなゴタクサはなかったかもしれない。現に、時雄の立場に立った作者は、こう言っているのだ——。

《昔の恋人――今の妻君。曽ては恋人には相違なかったが、今は時勢が移り変った。四五年来の女子教育の勃興、女子大学の設立、庇髪《ひさしがみ》、海老茶袴、男と並んで歩くのをはにかむようなものは一人も無くなった。この世の中に、旧式の丸髷《まるまげ》、泥鴨《どろがも》のような歩き振、温順と貞節とより他《ほか》何物をも有せぬ妻君に甘んじて居ることは時雄には何よりも情けなかった。路を行けば、美しい今様の妻君を連れての睦《むつま》じい散歩、友を訪《と》えば夫の席に出て流暢に会話を賑かす若い細君、まして其身が骨を折って書いた小説を読もうでもなく、夫の苦悶煩悶には全《まった》く風馬牛《ふうばぎゅう》で、小児《こども》さえ満足に育てれば好いという自分の妻君に対すると、何《ど》うしても孤独《ロンリーネス》を叫ばざるを得なかった。》(『蒲団』二)

「夫たる自分へ関心を持ってもらいたい」の以前にあるのは、「なんでウチの妻は魅力的ではなくなった!」という嘆きなのだが、であるにしても、夫の中には「もう少し自分に関心を持ってもらいたい」という願望はあるのである。あるのだがしかし、いざとなると分からない。

《だから、本当に厭さ、》と、妻が芳子への嫌悪を顕わしてしまった後には、興味深い文章が続く――。

《『でもお前は安心したろう』と言おうとしたが、それは止《よ》して、

『まア、そんなことは何うでも好いさ、何うせお前達には解らんのだから……それよりも酌でもしたら何うだ』

温順な妻君は徳利《とくり》を取上げて、京焼の盃に波々《なみなみ》と注ぐ。

時雄は頻りに酒を呷《あお》った。酒でなければこの欝《うつ》を遣《や》るに堪えぬといわぬばかりに。三本目に、妻は心配して、

『此頃は何うか為《し》ましたね』

『何故《なぜ》？』

『酔ってばかり居るじゃありませんか』

『酔うということが何うかしたのか』

『左様《そう》でしょう、何か気に懸《か》ることがあるからでしょう。芳子さんのことなどは何うでも好いじゃありませんか』

『馬鹿！』

と時雄は一喝した。》（『蒲団』四）

よくありそうなと言うか、往時はよくあったであろう夫婦の悶着じみた会話で、そのリアルさが面白くはあるのだが、このリアルさの中には、一つの誤解が隠されている。それは、夫が「妻は自分のよその女への恋着に気がついて嫉妬しているのだろう」と思っているのに対して、妻はかけらもそんなことを考えていないということである。妻が問題にしているのは、夫が酔っ払って平穏な家内の秩序を混乱させてしまうことで、「芳子は夫に関心なんか持っていない」ということを理解している妻にしてみれ

ば、本当に《芳子さんのことなどは何うでも好いじゃありませんか》なのである。これでこの妻がもう少し遠慮のない口をきく女だったら、「芳子さんに相手にされて居るわけでもないのに、馬鹿らしい」くらいのことを言うだろう。しかし夫は、「妻が俺の浮気心に気づいて嫉妬をしている」と思いたいのである。

「妻は関心を持っている。しかし、バレたら困る。だから平静を装っていなければならぬ」と思い込んでいるから、常に落ち着かない緊張状態の中にあるのである。その点でおもしろいのは、《『でもお前は安心したろう』と言おうとしたが、それは止して、》の部分である。

田山花袋がいたって妄想的な人物であることを考えると、《でもお前は安心したろう》を言いたがる花袋自身か、あるいは竹中時雄の胸の内も分かろうというものである。「自分は恋をしている」と思い込んでいる時雄は、「そのことによって妻に嫉妬される夫」を、一瞬でも「演じたい」と思ったのである。でも、その「事実」はない——自分のことだから、胸に手を当ててみれば分かる。だから《それは止して、》になるのである。

「妻に嫉妬の感情を向けられる夫」を演じたくはあるものの、しかしそれが現実化してしまうと厄介になるし、嘘にもなる。だから《まア、そんなことは何うでも好いさ、》で隠す。隠すのだがしかし、この主人公が一体「なに」を隠しているのかというと、実は、よく分からないのである。

「後に『蒲団』という小説に書かれる心理状況を隠して」なのか、「現在進行中の、『蒲団』という小説の中で結実することになる心理状況を隠して」なのかはよく分からないが、はっきりしていることは、女弟子の芳子も、時雄の妻も、その姉も、「時雄の〝暴風のような胸の内〟」なんかには、いかなる関心も示していないということである。だからこそ「自分＝主人公の苦しい胸の内」を書き綴る田山花袋の筆は、暴風のように激烈になるのである――「自分の感情は空回りしている」という自覚がないから、「文学的な激しい言辞」が躍り回るのである。そして、更に悲しいことに、竹中時雄の外側には、その「激しい文学的言辞の奔流」を無駄にしてしまうような「現実」だってあるのである。

主人公の時雄を悩ませるのは、帰郷して再び上京して来た芳子が、その途中で恋人と会い、京都の嵯峨野に一泊してしまったというそのことである――《芳子は師の前に其恋の神聖なるを神懸《かみか》けて誓った。故郷の親達は、学生の身で、ひそかに男と嵯峨に遊んだのは、既に其精神の堕落であると謂ったが、決してそんな汚れた行為はない。互に恋を自覚したのは、寧《むし》ろ京都で別れてからで、東京に帰って来て見ると、男から熱烈なる手紙が来て居た。それで始めて将来の約束をしたような次第で、決して罪を犯したようなことは無いと女は涙を流して言った。時雄は胸に至大《しだい》の犠牲を感じながらも、其の二人の所謂《いわゆる》神聖なる恋の為めに力を尽すべく余義《よぎ》なくされた。》（『蒲団』三）

芳子は、「男と一泊したけれど、そこに肉体関係はなかった」と言う。時雄は、それを信じようとして信じはするのだけれども、根本には「でも本当だろうか？」という疑惑があって、この煩悶が、三十六歳になって子供が三人もある文学者竹中時雄を、ズタズタに苦しめるのである。

晩稲《おくて》で内気な竹中時雄は、《師弟の関係があればこそ敢て烈しい恋に落ちなかったが、語り合う胸の轟、相見る眼の光、其底には確かに凄じい暴風《あらし》が潜んで居たのである。》（『蒲団』一）として、イコール「芳子と私は激しい恋に落ちている」と信じ込んでいるのだから、「一泊したけど肉体関係はなかった神聖な恋」の存在を信じ込んでしまうのである――信じ込んで、「しかし、でも。まさかそんなことは――。でも――」と、激しく煩悶してしまうのである。

彼は、「〝世間体〟とか〝未婚の身の憚り〟とか〝性交に対する罪の意識〟とか、そういうものが大きくのしかかって存在していればこそ、若い二人はそうそう過ちを犯せないはずだ。だから、芳子だってその男を真剣に愛してはいない」と信じていて、「でも、男が上京して来て女との距離を埋めてしまったら、どうなるか分からない」とヤキモキしている。文学者である彼の中には、「そう簡単にセックスをしてはいけない」という、西洋の翻訳文学に由来する倫理感があって、「それを世間も共有しているはず――ましてや、敬虔なる文学の徒は」と信じ込んでいるのである。その思い込みの中で、彼の煩悶はより大きく深刻に成りまさって行くのだが、もちろん、芳子と恋人の男の「嵯峨野の一夜」には、肉体関係があるのである――「ありましたが、深く愛し合っている私達のそれは、世間の言うような汚れたものではありません」という逃げ口上は付くから、やっぱり「聖なる恋愛」で、そういうことになってしまうと、「あったはずの肉体関係はなかったと同じ」と言い抜けられるようにも思えるのである。「ある」と言われても「ない」と思いたいし、「ない」と言われても「あったのではないか？」と思わずにはいられない――このグルグル回りの悶絶がなにに由来するのかというと、「（神聖なる若い男女は）そう簡単にセックスをしちゃいけない」と思い込んでいる、主人公の偏狭な世界観にあるのである。時雄としては、それを「世間一般の共通見解」にしてもらいたいところなのだろうが、これをいともあっさりと覆してしまう人物がいる。娘のゴタゴタを知らされて岡山から上京して来た、芳子の父である。

上京した芳子の父を囲んで、娘とその恋人、時雄の四者面談になる。男は煮えきらずに泣き出し、娘も泣く。それが終わって芳子の父親と二人きりになって、時雄はこうなる――。

《時雄の胸に、ふと二人の関係に就いての疑惑が起った。男の烈しい主張と芳子を己が所有とする権利があるような態度とは、時雄に此疑惑を起さしむるの動機となったのである。

『で、二人の間の関係を何う御観察なすったです』

時雄は父親に問うた。

『そうですな。関係があると思わんけりゃなりますまい』

『今の際、確めて置く必要があると思うですが、芳子さんに、嵯峨行の弁解をさせましょうか。今度の恋は嵯峨行の後に始めて感じたことだと言うてましたから、其証拠になる手紙があるでしょうから』

『まア、其処《そこ》までせんでも……』

父親は関係を信じつゝもその事実となるのを恐れるらしい。》（『蒲団』八・傍点筆者）

父親は潔い。時雄は、往生際が悪い。なぜ父親が《関係があると思わんけりゃなりますまい》と言うのかと言えば、それが現実的な理解だからである。別に《関係を信じつゝもその事実となるのを恐れるらしい》（傍点筆者）ではないだろう。恐れているのは時雄の方で、いともあっさりと《関係があると思わんけりゃなりますまい》と言ってしまう現実的な父親は、「証拠などというものはどうでもいい」なのである。おそらくは「近代以前の江戸時代」に生まれたはずのこの父親は、地元でも《第三とは下らぬ豪家》（『蒲団』二）の人で、しかも夫婦揃って《厳格なる基督教信者《クリスチヤン》》（同前）である。古い儒教道徳や厳格なるキリスト教の戒律に縛られていたら、「娘の不始末」を知らされた途端、「な、なんという——」という慌てふためき方をするはずでもあろうが、一向にそんな風ではない。《関係があると思わんけりゃなりますまい》と冷静な判断を下してしまう現実主義者なのである。

「厳格」であるかもしれない父親のそんな判断を聞いたら、普通は、「え?! そんなのアリなの?」ということになってしまうだろう。「社会的な責任とかなんとかを考えて、もし相手の父親にバレたらとんでもないことになると思って手を出さなかったけど——〝手を出す〟なんて考えてもみなかったけど、そんなにあっさりとOKが出ちゃうの?」と思ったら、拍子抜けである。そういう「思考の選択肢」もあるということを知らないから、田山花袋は《父親は関係を信じつゝもその事実となるのを恐れるらしい。》で、丸く収めてしまうのだ。

父親の「まァ、しょうがないな」という是認の思考方向があるのなら、それまで延々と続いて来た時雄の「深刻なる逡巡」や「懊悩」なんかは、みんな無意味である。「文学的な深刻さ」が無意味で、しかも主人公の周りの人間達は、いともあっけらかんと、主人公の懊悩《おうのう》に関心を示さない。だからなんな

ASAHI SENSHO
「知」の力
朝日選書

まったく違う作品に変わってしまうだ

若い女への欲望を抱えて悶々としている男た
周囲の人間は、その男の内面になんか関心を向けない。それをいいことにしてと言うか、そうであることに気づかないまま、その悶々とする男は、自分の苛立たしい内面のありようを書き続ける――それを可能にするような文辞を、男は持ち合わせている。その「私はこうだ！」という力説の強さによって、『蒲団』は「文学」になってしまうが、これを引っくり返せば、『蒲団』はそのまま「近代の日本の地に芽を出した文学の哀しさ」を表すものにもなってしまうのである――そうなっても一向におかしくないようなディテールを、この『蒲団』は備えているのである。

『蒲団』は、「文学をやっている自分の偏狭な空回りを笑う笑劇」になっていてもおかしくはないのである。しかし、田山花袋はそれをしなかった。「自分の哀れさの深刻なる泣き笑い」にしてしまったから、後の人は、『蒲団』の抱え持っている本来性に即して、「笑っちゃった」というところへ行くのである。もしも田山花袋が、「そんな風にしか使えない文学的表現の愚かしさ」を明確に示してくれていたら、近代文学というのも、だいぶ変わったものになっていただろう。しかし、田山花袋にそういう考えはなかった――なにしろ彼は、真面目なんだから。真面目で不器用なんだから、「自分の知りえた材料」を使って、「自分なりの『あひびき』」を書いただけなのである。

勝手気ままで浅薄な「今時の若い女」と、その女にポーッとなれてしまう薄っぺらな「少女小説の作家」――「自分の自由は了解され、許された」と思い込んだ女は、勝手気ままにふるまい出し、真面目で不器用な男は、その女のありように一方的に振り回される。これを谷崎潤一郎に預けたら『痴人の愛』というタイトルを付けてくれるかもしれないが、明治四十年の段階ではそういうことにならない。「なんという正直な告白なんだろう。自分の中にも、確かにその〝のたうつ煩悶〟が存在している」という受け取られ方をしてしまう。

「文学の哀しい自己完結」を言う前に、「これでやっと文学者の拠って立つ基盤が明らかにされた！」という衝撃が起こって、『蒲団』は「文学史に残る――その文学史のあり方を決定付けるルーツ的作品」となるのではあるけれど、ここに、そうした「収まり方」へ向かうことを明白に嫌悪した人が一人いた。若き日の田山花袋を感動で震えさせた『あひびき』の文章を創り上げた、二葉亭四迷である。

前章の末尾でも触れたが、『蒲団』が『新小説』誌に発表された翌月になって、二葉亭四迷は東京朝日新聞に小説『平凡』の連載を開始する。《近頃は自然主義とか云って、何でも作者の経験した愚にも附かぬ事を、聊《いささ》かも技巧を加えず、有《あり》の儘に、だら〳〵と、牛の涎《よだれ》のように書くのが流行《はや》るそうだ。》という冒頭部を持つ『平凡』が、帝都のセンセーショナルな話題を独占している『蒲団』に対する敵対感情を持ち合わせているのは、言うまでもないだろう。

既に言ったように、私は田山花袋の『蒲団』を、《作者の経験した愚にも附かぬ事を、聊かも技巧を加えず、有の儘に》書かれた作品だとは思わない。『蒲団』は、「田山花袋の『あひびき』」であって、だからこそ、最後になって時雄が押し入れから引っ張り出して来た「芳子の蒲団」は、『あひびき』のヒロイン、アクーリナが落としてそのままにしていった《花の束ね》と同じものなのである。《持帰ッた花の束ねハ、からびたまゝで、尚ほいまだに秘蔵して有る……》を田山花袋流に書き直すと、《時雄は其蒲団を敷き、夜着《よぎ》をかけ、冷めたい汚れた天鵞絨《びろうど》の襟に顔を埋めて泣いた。》（『蒲団』十一）になり、『あひびき』ではその前に置かれていた《ア、秋だ！　誰だか禿山の向ふを通ると見えて、から車の音が虚空に響きわたツた……》が、『蒲団』の末尾の《薄暗い一室、戸外《おもて》には風が吹暴《ふきあ》れて居た。》になるのである。もちろんこれは「私見」というべきものだが、私はそう思うので、『蒲団』が《聊かも技巧を加えず、有の儘に》書かれたとは思わない。不器用ではあっても、田山花袋はやはり「技巧家」なのである。そうでもなければ「美文で鳴らして女性ファンを獲得する小説」などというものが書けるはずはない。だから、『蒲団』に書かれていることが、本当に《作者の経験した》ことかどうかは、分からないのである。

女弟子芳子のモデルになった女性は実在したし、その名前も分かっている。作中に「田中」として登場するその恋人の男の名前も分かっている。しかしと言うのもなんだが、作中での「田中」の描かれ方は、やはり散々なものである。時雄の妻はいきなり《厭な人ねえ、あんな人を、あんな書生さんを恋人にしないたッて、幾何《いくら》も好いのがあるでしょうに。芳子さんは余程物好ね。》（『蒲団』六）と、その印象を夫に語る。芳子の父親の思いを借りて語られる「田中」像は、《父親の眼に映じた田中は元より気に入った人物ではなかった。其の白縞《しろじま》の袴を着け、紺がすりの羽織を着た書生姿は、軽蔑の念と憎悪《ぞうあく》の念とを其胸に漲らしめた。》(『蒲団』八)である。だいぶ、時雄なり田山花袋なりの主観が入り込んでいるとは思うが、これが直接「時雄の眼に映じた田中像」になると、もっとすごい。《時雄の眼に映じた田中秀夫は想像したような一箇秀麗な丈夫でもなく、天才肌の人とも見えなかった。》(『蒲団』六)から始まって、延々と続く。引用するのはやめるが、「田中」はそのように「いやな男」なのである。そんな書かれ方をして、「田中」のモデルになった実在の男は怒らないのかというと、そんなこともどうでもいいのである。

作中の「田中」は、《中背の、少し肥えた、色の白い男》(同前)ということになっているが、これが「真実」かどうかは分からない。重要なことは、「田中」が「いやな男」でなければならないということである。なぜかと言えば簡単で、芳子が『あひびき』のアクーリナに該当するのであれば、「田中」の方は、『あひびき』でアクーリナを平然と捨てる《世には一種の面貌《めんぼう》が有る、自分の観察した所では、常に男子の気にもとる代り》云々と描写される「いやな男」でなければならないからだ。

芳子は、「田中」に恋をして、不幸にならなければならない——そうでなければ、泣く泣く父親に連れられて岡山県の国元に帰る芳子を見送る、時雄の立場がなくなってしまう。だから、「田中」に騙されている芳子以外は、みんなこの「田中」を嫌うのである——そのことによって「哀れな芳子」は歴然となり、『蒲団』は『あひびき』となるのである。そんな風に人からは見えなくても、田山花袋の頭の中では、そのような構造になっているのである。

私は『蒲団』を、その程度に「技巧的な小説」だとは思っている。だから、問題のラストシーンだって、本当かどうかは分からない。

時雄は、本当に押し入れから芳子の蒲団を引っ張り出したのかもしれないが、《天鵞絨の襟に顔を埋めて泣いた。》かどうかは、分からない。「熱くなった股間の物を押しつけて、蒲団の中で泣いた」なのかもしれない。あるいはまた、押し入れの戸を開けて、そこに芳子の使っていた蒲団があるのを見て、「これを敷いて寝てしまうという、情けない手もあるな」と考えただけなのかもしれない。押し入れに蒲団はあったかもしれないが、既に荷造りがされて送り出される準備がされていたので、ただぼんやりと妄想していただけなのかもしれない。既にこの前に、帰郷を決定された芳子が、泣きながら自分の荷物を片付けているシーンが描かれている――《書籍やら、雑誌やら、衣裳やら、帯やら、罎やら行李《こうり》やら支那鞄やらが足の踏み度も無い程に散ばって居て、塵埃《ちりほこり》の香《か》が夥《おびただ》しく鼻を衝く中《うち》に、芳子は眼を泣腫《なきはら》して、荷物の整理を為て居た。》（『蒲団』十）

そうして芳子は、かなりの荷物を持って去って行くのだが、その後五日が過ぎて芳子の部屋に入ると、《机、書箱《ほんばこ》、罎、紅皿、依然として元の儘《まゝ》で、恋しい人は何時《いつ》もの様に学校に行って居るのではないかと思われる。》（同前十二）という状態になっている。「誰が片付けたんだ？　時間がワープして過去に戻ったのか？」などというへんなツッコミを入れても仕方がない。やっぱり、そういう状態になっていないと、「恋しく懐しい女の部屋に入って女の蒲団に顔を埋める」ということも効果的にはなりにくいだろう。だから、『蒲団』はそのように仕立てられた小説だと考えることも出来る。

田山花袋は、「自分が納得出来て自信の持てる――そして哀切な小説」を書きたかったはずなのだから、それをしても一向に不思議ではない。女の使っていた蒲団の中に入って寝ようと寝まいと、そこで泣こうと泣くまいと、その終局に至る前に、既に『蒲団』は「十分に情けない田山花袋の嘆きの声」で満たされているのだから、これを「作り物だ」と言う理由もないのである。その情けなさの率直さが、当時の文学関係の男達を唸らせて、《此の一篇は肉の人、赤裸々の人間の大胆なる懺悔録》という評価を受けたのだから、「嘘だ」もへったくれもないのである。

重要なことは、「一人の男の中に情けないものが眠っている」というそのことで、ここに問題があるのなら、その「出し方」なのである。二葉亭四迷は明治の男だから、その「情けないもの」が平然とオープンにされてしまうことが、些か堪えられない。だから《愚にも附かぬ事を》と言うが、しかし、二葉亭四迷だって男だから、その「情けない内実」を有してはいるのである。だからこそ「その出し方が問題だ」と言って怒る――それがつまりは、《聊かも技巧を加えず、有の儘に、だら〳〵と、牛の涎のように書く》という揶揄《やゆ》になる。「俺はそんな能のないことをしないぞ」という誇りがあって、敢えて、「私も〝牛の涎〟でやっつけてやる」という始め方を、この『平凡』はするのである。

第五章　『平凡』という小説

一　改めて、言文一致体の持つ「意味」

二葉亭四迷は技巧派である――と言うよりも、「二葉亭四迷は、田山花袋のように不器用ではない」と言った方がいいだろう。

なにしろ、二葉亭四迷は「言文一致体を創ってしまった人」なのである。その文体に接した田山花袋をして、《ふむ……こういう文章も書けば書けるんだ。こういう風に細かに、綿密に！　正確に！》と言わしめるのである。二葉亭四迷は、田山花袋より「なにか」が上なのである。それはなにか？　もう一度、彼の『余が言文一致の由来』に戻ると、そこのところがはっきりする。二葉亭四迷は、「自分の口から出る言葉が、自分のあり方に合致して真実《リアル》かどうか」を問題にする人なのである。

二葉亭四迷は口誦言語《オーラル》の人である。耳から入って目へ抜ける——その間に口が動いているし、口が動くことと手が連動している。そうでなければ、《君は円朝《えんてう》の落語《はなし》を知つてゐやう、あの円朝の落語《はなし》通りに書いて見たら何《ど》うか》（『余が言文一致の由来』以下同）と坪内逍遥に言われて、《で、仰《おほ》せの儘にやツて見た。》などということにはならない。《即ち東京弁の作物《さくもの》が一つ出来た訳だ。》と言って、「かなりの苦労を要した」などとは言っていない。彼が「苦労した」と言うのは、その後になってのことである。

徳富蘇峰や坪内逍遥は、二葉亭四迷の創った文体を《文章を言語に近づけるのもよいが、も少し言語を文章にした方がよい》と言う。しかし、二葉亭四迷はこれがいやで、式亭三馬の《下品であるが、併《しか》しポヱチカル》な俗語の方に向かう。

言文一致体以前の日本語の文章——つまり、今では「文語体」と呼ばれるものが、声に出して読むことに適していないわけではない。「腹から声を出す」という日本人の発声方法からすれば、文語体の文章の方が声を出して読むことにかなっている——能、狂言、人形浄瑠璃、歌舞伎等を頭に思い浮かべれば、このことはすぐに分かる。しかし、《欧文は唯だ読むと何でもないが、よく味うて見ると、自ら一種の音調があつて、声を出して読むとよく抑揚が整うてゐる。》（『余が翻訳の標準』）と言う二葉亭四迷は、《処《ところ》が、日本の文章にはこの調子がない、一体にだら〱して、黙読するには差支《さしつか》へないが、声を出して読むと頗《すこぶ》る単調《モノトナス》だ。》（同前）と言う。

この話は第二章でもしたことだが、二葉亭四迷が日本語のだらだら感をけなすのは、これが「日常会話の日本語」ではないからだ。それをちゃんと声に出して読むと、舞台の上で発される日本語になってしまう。二葉亭四迷は「日常的に日本語を使う日本人」だから、「文語体の文章は日常言語のリズムに合わない」と譏《そし》っているのである。ところが、欧文だと話が逆になる。《唯だ読むと何でもない》のは、その言語を駆使しているわけでもない「ただ学んでいるだけの日本人」だからで、現代の日本人が謡曲や歌舞伎の台本を渡されて「読んでみろ」と言われたって、そこに内在する言語のリズムや調子を知らなかったら、読めずに口をモグモグさせるだけと同じことである。だから、その欧文も《よく味うて見ると、自ら一種の音調があつて》になる。歌舞伎の台本を渡されたシロートが慣れて来て、「そうか、ここには音楽と同じリズムやメロディがあるのか」と、理解するのと同じなのだ。

日常言語ではない外国語に対しては「演劇的な入り方」をするのを不思議がらず、日常言語である日本語に対しては、演劇的になってしまうことを忌避する――それが《日本の文章にはこの調子がない》云々の真実であるはずである。そういう人だからこそ、その発声が演劇的になってしまう「従来の文章語」を拒否して、式亭三馬の俗語へ行ってしまうのである――なにしろそれは、「日常的に声に出して使われる突飛《ポエチカル》な表現の日本語」だからである。

むずかしい話をしているようだが、要は、日常的に声に出されて話されている日常言語の方がこなれているということである。二葉亭四迷の前にあった、やがては「文語体」と呼ばれてしまう日本語は、既にもう「声に出して読むにはある種の技術がいるもの」になってしまっていたのである。それが《一体にだら〳〵して》になっているのは、そのようにして読むことが、読み方のスタイルになっていたからである。お経や謡曲や、あるいは一時代前の結婚式の祝辞や「校長先生の挨拶」が、うっかりすると眠くなってしまうものだということを思い出してもらえれば十分である。

「口に出して語られることの自然」を獲得してしまった話し言葉は、文字にして文章化しやすい――ただそれだけのことである。だから、言文一致体の守備範囲を広げる方法は一つしかない――というよりも、明確に一つある。「口に出して語られることがあまりない文章語を、積極的に口から出して、口に馴染ませてしまうこと」である。「話すように書く」があるのなら、「書くように話す」もある――この両者がイコールで一つになってしまえば、別に言文一致体に「障害」はないのである。

このことに関しても、二葉亭四迷は気づいている。だから、こういうことを言っている――。


《自分の規則が、国民語の資格を得てゐない漢語は使はない、例へば、行儀作法といふ語は、もとは漢語であつたらうが、今は日本語だ、これはいゝ。併《しか》し挙止《きょし》閑雅《かんが》といふ語は、まだ日本語の洗礼を受けてゐないから、これはいけない。（中略）日本語でも、侍《はべ》る的のものは已《すで》に一生涯の役目を終つたものであるから使はない。どこまでも今の言葉を使つて、自然の発達に任せ、やがて花の咲き、実《み》の結ぶのを待つとする。支那文や和文を強ひてこね合せやうとするのは無駄である、人間の私意《しい》でどうなるもんかといふ考であつたから、さあ馬鹿な苦しみをやつた。》（『余が言文一致の由来』）

この前半部は、既に第二章で引用をしてあるが、しかし一番重要なのはこの後半にある《自然の発達に任せ、やがて花の咲き、実の結ぶのを待つとする》というところである。

言文一致体を創出する二葉亭四迷は、ロシア語の翻訳者でもあるのだから、当然、「外国に存在して、まだ日本に定着していない、新しい概念を含んだ用語を使って、文章を書きたい」という願望を持っているのである。しかし、いくら新しい訳語を創っても、その言葉を載せる日本語が、これに馴染まなかったらどうにもならないということも知っている——翻訳をやってみれば分かることで、「意味として間違ってはいないが、日本語としてこなれていない」というのは、翻訳が露呈してしまう致命的な欠点なのである。

だから、二葉亭四迷としては、待つしかない——欧文と翻訳由来の漢語の造語が氾濫して、しかしその生硬な言葉が日本人の中に浸透してこなれて行くまでを。それがつまりは、《人間の私意でどうなるもんか》である。それは分かっていてもじっとしていられないから、式亭三馬の乱暴にして素敵な俗語表現ばかりは参考にする。それがつまりは《馬鹿な苦しみをやつた》である。

突然「言文一致体の話」に舞い戻ってしまったから「何事か？」と思われるかもしれないが、言文一致体で一番重要なことは、「言葉を使う人間の思考の成熟」だということである。その用語が——その用語によって語られるべき内容が「我がもの」になっていないと、それを人に対して自在に話し聞かせるということが出来ない——そのベースがあってこその、「話したごとくに書く」の言文一致である。「言文一致体という固定された文体がある」というわけではない。言文一致体は、人の成熟によって、自ずと変わって行くのである。ということは、「自在にして柔軟な思考の変化」というものがなければ、言文一致体は成長しないということである。そして、そうなった時、言文一致体は「文語体ではない、分かりやすい近代語の文体」などという大雑把なものではなく、「書き手の思考の息遣いを写すもの」にもなっているということである。

『あひびき』の文章に衝撃を受けた田山花袋は、「こういう文章もあるんだ！」と思った、「言文一致体という固定された文体がある」派の人間である。だから「既に出来上がっている」と思われる仮想の模範の中に、自分の思考――あるいは「思いの丈」を押し込もうとしている。それがあるから、途中で文章が息苦しくなる。「不器用」とは、そうしたことである。

一方、『浮雲』の初篇から二十年がたった『平凡』の二葉亭四迷は、見事にこなれている――ちなみに『余が言文一致の由来』は、『平凡』の連載が始まる前年五月に発表されたものである。もう《花の咲き、実の結ぶ》が起きていてもいいはずである。

既に私は、この『平凡』を「見事な愚痴」だと言っているが、『浮雲』から二十年がたった二葉亭四迷は、「愚痴」ととられてもかまわない見事にして自在な作品を書いているのである。

その冒頭――。

《私は今年三十九になる。人世五十が通相場なら、まだ今日明日穴へ入ろうとも思わぬが、しかし未来は長いようでも短いものだ。過去《おわ》って了《しま》えば実に呆気ない。まだ〳〵と云ってる中にいつしか此世の隙《ひま》が明いて、もうおさらばという時節が来る。其時になって幾ら足掻《あが》いたって藻掻いたって追付かない。

覚悟をするなら今の中だ。

いや、しかし私も老込んだ。三十九には老込みようがチト早過ぎるという人も有ろうが、気の持方は年よりも老けた方が好い。それだと無難だ。》(『平凡』一)

微妙なことではあるけれども、これだけの文章の中で、作者の心持ちが明確に変化しているのは分かるだろう。「まだ三十九なのに、この暗さはなんだ?」と思っていて、それが《いや、しかし》になると、急に引っくり返る。《私も老込んだ》と前文を強調しているにもかかわらず、そう断定した後の方が「明るい」のである。《いや、しかし》だけで、文章のトーンがコロッと一転して、「嘆きの愚痴」が「不敵な愚痴」に変わっている。これこそが「思考の息遣いを写す筆」なのだが、しかしこの文章には、もう一つ別のトリックが隠されている。《私は今年三十九になる。》と書き出されて、しかしこの年に二葉亭四迷の実年齢は、数えで四十四歳なのである。明らかに「自己告白の愚痴」と見せて、これは「二葉亭四迷自身のこと」ではないのかもしれないのである。自己告白を詐称する――『蒲団』発表の翌月に書かれた『平凡』には、そういう二葉亭四迷のテクニシャン振りが明らかなのである。

二 『平凡』を書く二葉亭四迷

かなり以前からちらちらと姿を現している『平凡』だが、これがどんな小説かを説明するのは、そう簡単ではない。
表向きはシンプルである。《私は今年三十九になる。》（『平凡』一）という役所勤めの男が自分の人生を振り返って綴る「己が半生」である。それがどんな半生かと言えば、《平凡な者が平凡な筆で、平凡な半生を叙するに、平凡という題は動かぬ所だ、と題が極る。》（同前二）というような半生である。そして、この「平凡」の語を書き連ねる《私》は、作家でもあった——。

《実は、極く内々の話だが、今でこそ私は腰弁当と人の数にも算《かず》まえられぬ果敢ない身の上だが、昔は是れでも何の某といや、或るサークルでは一寸名の知れた文士だった。流石《さすが》に今でも文壇に昔馴染が無いでもない。恥を忍んで泣付いて行ったら、随分一肩入れて、原稿を何処かの本屋へ嫁けて、若干《なにがし》かに仕て呉れる人が無いとは限らぬ。そうすりゃ、今年の暮は去年のような事もあるまい。何も可愛《かわゆ》い妻子の為だ。私は兎《と》に角《かく》書いて見よう。》（同前）

作者の二葉亭四迷は、二十六歳の年に『浮雲』を未完のまま中絶していて、それから十七年ほど小説らしい小説を書いていない。そこからすれば、この「平凡」の語を書き連ねる「忘れられた作家」は二葉亭四迷自身のことかとも思われるが、しかし、話はそう単純なものでもない。《私は兎に角書いて見よう。》と言い、その後に《平凡な者が平凡な筆で》云々と続けられるなら、普通はこれが「書き出し」であってもいいのである。しかし、これは『平凡』の（二）であって、真実の書き出しは、《私は今年三十九になる。》の（二）の方なのである。

『平凡』は、明治四十年の東京朝日新聞に連載された（ちなみにそれは、夏目漱石初の新聞連載小説『虞美《ぐび》人草《じんそう》』の連載が終わった翌日からスタートする）――つまり、《私》が『平凡』と題される小説を《書いて見よう》というのは、連載二日目（それも終わりの方）で、連載初日の第一回目には、また別のことが書いてあるのだから、《私は兎に角書いてみよう。》と『平凡』を書き始める《私》は、もうその以前に書き始めてしまっているのである。

『平凡』の第一回目で書かれているのは、《私も老込んだ。》に終始する独白である。《もう斯《こ》うなると前途が見え透く。もう如何様《どんな》に藻掻たとて駄目だと思う。残念と思わぬではないが、思ったとて仕方がない。それよりは其隙で内職の賃訳の一枚も余計にして、もう、これ、冬が近いから、家内中に綿入れの一枚も引張らせる算段を為なければならぬ。》（『平凡』一）という「展望のない現在」を書いて、だからこそ《老込んだ》になってしまうのだというのが、第一回目である。

二回目はこの愚痴を承けて、《老込んだ証拠には、近頃は少し暇だと直ぐ過去を憶出す。》と、さりげなくその先への伏線が張られる。

妻と子が外出した日曜、一人でぼんやりしていると《半生の悔しかった事、悲しかった事、乃至《ないし》嬉しかった事が、玩具《おもちゃ》のカレードスコープを見るように、紛々《ごた〱》と目まぐるしく心の上面《うわつら》を過ぎて行く。》（『平凡』二）ということになる。その空想に身を任せていると、酒屋の御用聞きがやって来て、現実に目覚める。そして《お、、斯うしてもいられん、と独言《ひとりごと》を言って》（同前）内職の翻訳を始めるのだが、その仕事に詰まると、すぐにまた《懐かしい昔が眼前に浮ぶ》（同前）ということになる。そして、《こうどうも昔ばかりを憶出していた日には、内職の邪魔になるばかりで、卑《さも》しいようだが、銭にならぬ。寧《いっ》そのくされ、思う存分書いて見よか、と思ったのは先達ての事だったが、其《その》後――矢張り書く時節が到来したのだ――内職の賃訳が弗《ふっ》と途切れた。此暇を遊んで暮すは勿体《もったい》ない。私は兎に角書いて見よう。》（同前）になって、前の引用――《実は、極く内々の話だが、》というところへ続く。つまりこれは、「初老の時を目前にした二葉亭四迷が、鬱々としながら自分の半生を振り返る独白小説」というのではないのだ。翻訳の内職をして生活を支えなければならない、かつてはいっぱしに《文士》でもあった架空の男の、架空の独白なのである。いかにも「二葉亭四迷の告白」に見せて、これは「私小説を模した二葉亭四迷の小説＝創作」なのである。《私は今年三十九になる。》と書いて、しかし二葉亭四迷の実年齢が四十四歳である微妙さは、そうした「いかにも」のトリックである。

そしてもちろん、『平凡』の中身は「二葉亭四迷自身の独白」に近くもある――そうでありながら、細部の至るところで、「二葉亭四迷自身の事実」とは違う。その違いの最たるものは、この第二回目に書かれた「動機」の内にあって、『平凡』は、「生活に困った二葉亭四迷が、確たる発表のあてのないまま書き始めたもの」ではない。また、「生活のため」を口実にして、長いブランクを持った小説家二葉亭四迷が「ともかくも書いてみよう、書かなければダメになる」と思って書き始めた「再起作」でもない。

『平凡』の連載を始める一年前、二葉亭四迷は同じ東京朝日新聞に『其面影《そのおもかげ》』という、『浮雲』中絶以来十七年振りの長篇小説の連載をしている。連載時期は、『平凡』のそれとほぼ同じ「十月十日から十二月三十一日まで」で、これはそこそこ以上に評判がよかった。だから、「また来年も長篇小説の執筆をしてくれないか」という内約でも出来ていたのだろう。前年十二月三十一日に『其面影』の連載を了《お》えた二葉亭四迷は、その翌日の明治四十年一月一日に、もう次回作『平凡』の構想を手帳に書きつけていたのだという。時期的に『平凡』は、田山花袋の『蒲団』が発表された翌月末から連載を始められるが、これは別に「『蒲団』を読んで不快に思った二葉亭四迷が発作的に筆を執って書き始めた」という質のものではない。『平凡』を思う二葉亭四迷の前に田山花袋の『蒲団』が現れて、「なればこそなおさら」的に、その筆が「文学者のあり方」へ鋭く向かって行ったものだろうと考えられる。

二葉亭四迷は、《余は今日にいたるまで小説家にて世を送る望みなしといひつゝも尚《な》ほ小説家とならむことのみをつとめり、他よりみればをかしくみゆべし》(『落葉のはきよせ　二籠め』)とその日記に書いてしまう人である。これを書いたのは、中絶に終わってしまう『浮雲』第三篇が発表され、雑誌に載った自作を改めて読んで、「こうまで下手だとは思わなかった」と絶望してしまった明治二十二年の七月のことである。それから十七年、「私は小説家として生きる望みを持たない」と言いつつ、「でも小説家でありたい」と念じる二葉亭四迷は健在であったと考えるしかない。そういう人だから、その十七年後の長篇小説執筆再開の契機も変わっている。それは「動機」ではなく、「契機」という他動的なものなのである。

『其面影』を書く二年前、二葉亭四迷は大阪朝日新聞の「東京出張員」というものになっている。東京にいて、大阪朝日新聞のための原稿を書くのである。ところが、気難しくてノンシャランで頭脳が緻密な二葉亭四迷は、大阪朝日新聞と衝突してクビになりかかってしまう――そこに東京朝日新聞の主筆である人間が仲介に入って揉め事は収まり、そのバーターとして、二葉亭四迷は東京朝日新聞で『其面影』の連載を始めることになる。動機は他動的で、しかもこれの評判がよかったから、「翌年もまた――」ということになる。『平凡』の書かれ方は、『平凡』（二）にあるようなものとは大いに違うのである。

ある意味で二葉亭四迷は乗り気になって、あるいはまた自信をもって『平凡』を書き始めた。そしてと言うか、なんと言うか、そうして始められた『平凡』が語るものは、「小説を書くことの不能」なのである。それは、《平凡な者が平凡な筆で、平凡な半生を叙するに、平凡という題は動かぬ所だ》とする、架空の《私》――一応「古屋雪江《せっこう》」という名は有している――にとっての「不能」ではあるのだが、実はまた二葉亭四迷自身にとっての「不能」でもある。だから、『平凡』は彼にとっての「最後の小説」ともなるのだが、不思議というのは、「自信をもって自身の不能＝絶望をつきつめて行く」ということをする、二葉亭四迷のあり方である。ある意味で、《小説家にて世を送る望みなしといひつゝも尚ほ小説家とならむことのみをつとめり》と言う二葉亭四迷のあり方を完結させるのが、この『平凡』という小説なのである――私はそのように理解する。

二葉亭四迷は、自身の絶望をきちんと描出することが出来るようになった人である。それが可能になったからこそ、『平凡』は妙に明るい。作中人物の《私》の絶望が、二葉亭四迷自身の絶望と見事に一致して、それを間一髪で押し退けてしまう——だから、明白になってしまった絶望に呑み込まれない。であればこそ、「絶望を表明しながら明るい」ということにもなる。それが「絶望をきちんと描出する」で、「小説（文学）の不能」を書いて、二葉亭四迷はやはり《尚ほ小説家とならむことのみをつとめり》という状態を放棄せずにいられる。「こりゃだめだ——」と絶望して投げ出せば「絶望に呑み込まれた」になるが、『平凡』の中で「こりゃだめだ——」と投げ出すのは作中人物の《私》であって、作者の二葉亭四迷自身は、また別なのだ。だから『平凡』の最後は、こんな風に終わる——。

《況《いわ》んやだらしのない人間が、だらしのない物を書いているのが古今の文壇の、、

（終）

二葉亭が申します。此稿本は夜店を冷かして手に入れたものでござりますが、跡は千切れてござりません。一寸お話中に電話が切れた恰好でござりますが、致方がござりません。》（『平凡』六十一・本文中の、、、、はもっと長く続くが省略した）

二葉亭四迷の中には、「へへへ」と笑って腰を低くしてしまう戯作者流のメンタリティも生きている。だからこそ、最後の最後に至って、すべてを「へへへ」と引っくり返してしまうことも可能になる。自

分の書いたものを《夜店を冷かして手に入れたもの》と貶《おとし》めて恬淡《てんたん》としているのは、「へへ、下らないものさ」と言っておけば、《況んやだらしのない人間が、だらしのない物を書いているのが古今の文壇の》で言い止《さ》した、「近代日本文学そのものに対する全否定」がすんなりと通ってしまうことを知っているからだ。

「近代自我とは無縁」と思われている戯作者流のメンタリティを持つ二葉亭四迷は、その一方で明治期日本で有数の理論家でもある。近代文学史に於ける二葉亭四迷の位置は、「近代小説の実作者」であるのか、「近代小説のための理論家」であるのか判然としないところもあるが、であるなら彼は、「戯作者流のメンタリティを持つ近代文学者」ではなく、「戯作者流のテクニックを我が物としている近代文学者」だろう。

二葉亭四迷の持つ「複雑さ」はそこに由来するものだと思うが、『平凡』を書く二葉亭四迷には――あるいは『平凡』を書いてしまった二葉亭四迷には、「俺はだらしのない物を書くだらしのない人間ではない」という自負がある。そうでなければ、『平凡』などという作品は書けない。そして、『平凡』を書く二葉亭四迷には、もう一方で「俺も、だらしない物を書くだらしない人間だ」という自嘲もある。あるからこその近代人なのだが、しかしこの『平凡』という作品は、その自嘲を過大にのさばらせない。《だらしのない人間が、だらしのない物を書いているのが古今の文壇の》とまで言い切って、その「今に至るまで」と「この先」を明確に断ち切るだけの革命性をこの『平凡』は持っている。それを踏まえて、二葉亭四迷がこの先に小説を書けるかどうか、書くかどうかはまた別問題で、『平凡』は「その文壇のだめさがどういう質のものなのかは分かった」というところにまで届いている作品なのである。『平凡』のすごさはそこのところにあると、私は思う。

三　「言わないこと」の意味、「言えないこと」の重要さ

江戸時代のエンターテインメント系作家である戯作者は、「言いたいことを言う」がありながら、「言うべきことは言わない、言えない」という一面もある。「そこまで言ったら野暮になるから言わない」なら、それは戯作者のテクニックだが、「その先はよく分からないから言えない、言う必要など感じない」になったら、近代以前の限界の中に収まっている戯作者の「メンタリティ」である。

歌舞伎、人形浄瑠璃をはじめとする江戸時代の大衆文学──「戯作」には、幕府権力による「言ってはならない」という規制の一線がある。もちろんこの規制は、明治の藩閥政府の時代にも引き続いて存在するが、明治の近代には、この規制を「不当だ！」と撥ねつけてもいい──そういう権利はあるとする思想が入り込んで来る。「言えない、言わない」は前近代の収まり方で、近代の日本人なら「どんどん言わなければならない」ということにもなる。田山花袋の『蒲団』が、「こんなに恥ずかしいことをはっきり言ってえらい！」という称讃を獲得してしまうのは、近代なればこそだが、しかしその一方で、「正直であることによって崇高になってしまった告白」に対して、《近頃は自然主義とか云って、何でも作者の経験した愚にも附かぬ事を、聊《いさゝ》かも技巧を加えず、有《あり》の儘に、だら〳〵と、牛の涎《よだれ》のように書く

のが流行《はや》るそうだ。》（『平凡』二）という揶揄《やゆ》もある。

これは、揶揄《からかい》であって批判ではない。だから《平凡な者が平凡な筆で、平凡な半生を叙するに、平凡という題は動かぬ所だ》と言った後で、作者の二葉亭四迷は《私も矢張《やっぱ》り其《それ》で行く。》（同前）として、《何でも作者の経験した愚にも附かぬ事を》《だら〳〵と、牛の涎のように書く》という手法を採用してしまう。「そんな手法はいやだがその手法を採用する」と断言して始められる『平凡』が「大いなる皮肉」を内包した複雑な作品になるのは当然で、その「複雑さ」が高度なテクニックで成り立っているのは言うまでもない。私小説を模して、そうでありながら二葉亭四迷の真率な声を歴然とさせてもいる『平凡』は、その題に反して、十分過ぎるほど技巧的な作品なのだ。

近代という時代は、言論的、あるいは文学的には「どんどん言う、どんどん言えなければならない」という時代である。この「どんどん言う」が止まってしまえば、「理解が足りない、知識が足りない、自己の洞察が甘い」ということになって「バカ」という烙印を押されてしまう。だから、近代に於ける「沈黙」は、つらくて苦い。しかし、前近代の江戸時代は、「その先を言ってはならない」ということを了承してしまう時代でもある。だから「言うべきことを留保に持ち込む」というテクニックもある。言ってみれば「はぐらかし」で、その一番俗なものは、「ま、ここらで止めとこう。へへへ」という保留である。近代で「言うことをやめる、やめざるをえない」というのは、つらい不能状態に陥ることだが、「はぐらかし」というテクニックを持つ前近代では、結構「主体的な決断」なのである。

「はぐらかす」というのは、前近代的なテクニックであるがゆえに、真面目な近代に於いてはバカにされたり軽蔑されたりするだけのものにもなってしまうが、このテクニックを洗練すると、「有効な留保」になり、「言わないことによって言うべきことを実感させる」という高等テクニックにもなる。二葉亭四迷は、このテクニックを持っているのである。だから、「沈黙せざるをえない苦しさを乗り越えて真率にどんどん言う」というようなあり方に対して、《牛の涎》というような揶揄を投げつけることも可能になる。

一方では「正直な告白」でもあるものが、どうしてだらしのない《牛の涎》になってしまうのか？　そこには「聞くに堪えない恥ずかしさ」という美意識もあるだろうが、それだけではない。世の中には「言おうとして、しかしきちんと言うことが出来ないこと」だってあるのである。

それは、羞恥心とか度胸の問題ではない。「まだ十全な理解が及んでいないから、そのことをきちんと把握して言葉に出来ない」という、認識の問題である。

「まだ十全たる理解に及んでいないから言えない」というのは、いたってまっとうな理解で、そこのところを理解せず強引に突破してしまえば、「当人的には〝真実〟なのかもしれないが、はたから見れば無理がある」というものになってしまう。その「止まることなく展開する文辞」を《牛の涎》と言ってしまうのは、そうした立場である。

「まだ言えないこと」を言ってしまうのは、「虚偽」でもある。力まかせの理屈なら、その虚偽も容認の範囲内かもしれないが、小説という表現に於いて、それは「虚偽」である以前に「見るに堪えない稚拙」なのである。『浮雲』の第三篇を読んで、人の批評を聞く前に「こうまで下手だとは思わなかった」

と絶望してしまう二葉亭四迷は、「認識の届かない稚拙」を小説に於ける最大の欠点と理解しうる人なのである。

『平凡』は、「言わないこと」と「言えないこと」に満ち満ちている。途中まで言い続け、はたと言い止して話の方向を変える——そのように「言わないこと」によって「より重要な別のなにか」を浮かび上がらせる。途中まで言い続け、「この先は言えないことだ」として、「言えない状態にあること」を明確に提出する。「言わない、言えない」によって、まだ未熟である日本文学の現状を浮かび上がらせてしまう——『平凡』とは、実にそういう壮大な企みを隠し持った、いかにも二葉亭四迷らしい作品なのである。

四 「言わない」のテクニック

「言わないというテクニック」などというのは耳慣れないことだろうが、見方を変えればそうむずかしくない。「はぐらかす」ということが自然に存在していれば、これは「テクニック」として意識されないまま、十分「当たり前のこと」として通用してしまうからである。その件に関して、『平凡』を書く二葉亭四迷は周到なのだ。さして面倒な話ではない。語ることに於いて自在になっている二葉亭四迷は、主人公であり語り手である《私》の造形に成功しているということである。

先にも言ったが、この《今年三十九になる》と独白する主人公は、《老込んだ》《老込んだ》と繰り返しながら、だらだら愚痴を言う人間の常として、一筋縄ではいかない人間なのである。だから、《いや、しかし私も老込んだ。》（『平凡』一）と嘆きながら、その愚痴が《三十九には老込みやうがチト早過ぎるという人も有ろうが、気の持方は年よりも老けた方が好い。それだと無難だ。》（同前・傍点筆者）という不敵なものに変わる。そして、その《老込んだ》という愚痴が、《近頃は少し暇だと直ぐ過去を憶出す。》（『平凡』二）という思考の脱線を、いたって自然に容認するものへと変わる。この段階での《私》という語り手は、《有の儘に、だら〳〵と、牛の涎のように書くのが流行るさうだ。好い事が流行る。私も矢張り其で行く。》（同前）という決断などしてはいないのだ。「だらだら書くのがいいというそうなので、私もだらだら書こう」という前に、もうこの語り手は、だらだらととりとめのないことを語っている＝書いているのである。

もちろんその《だら〳〵》は、《私》から《牛の涎》と揶揄されるような自然主義の文章とは違う。「作者自身のこと」と思われることを一生懸命真面目に書き続けている。『蒲団』に代表される自然主義文学よりももっとだらだらしていて、《牛の涎》を言うなら、『平凡』の方がもっと本来の《牛の涎》である。とりとめがない。あっちへ行ったりこっちへ行ったりして、だらだらと続く――「それを言うのがこの語り手のパーソナリティなのだ」ということが初めに描出されてしまっているから、本家の《牛の涎》が自然主義を《牛の涎》と譏《そし》っても、これが平気で見逃され、受容されてしまう。《少し暇だと直ぐ過去を憶出す。》の主人公が《いつしか魂が藻脱《もぬ》けて其中へ紛れ込んだように、恍惚《うつとり》として暫く夢《ゆめ》現《うつゝ》の境を迷っていると、／「今日《こんち》は！　桝屋《ますや》でございます！」／と、ツイ障子一重其処《そこ》の台所口で、頓狂な酒屋の御用の声がする。》（同前）ということになってしまう。
これはそのまま「味気ない現実に生きている中年男の、索漠とした現実のありようを語る描写」でもある――読み手にそう思わせてしまったらしめたもので、あとはもうやり放題である。《私も矢張り其で行く》と「牛の涎主義」を宣言しても、なにをか言わんやで、誰も目くじらを立てない。そのように、「哀れにもノンシャランな人物」を設定してしまったから、途中で「はぐらかす」を仕出来しても、誰も不自然に思わない。その脱線ぶり、はぐらかし方の自然さ見事さに驚いて「え?!」と読者が思いはしても、決して怒らない。かえって逆に、「真面目にひたすらに突き詰めて」を書き手が実践して行くと、主人公のありようとはずれた「違和感」を読者が抱くようになる。つまり、「途中で言い止してその先を言わない――はぐらかす」というのが、至って自然に受け入れられてしまうのである。

この《私》が《兎に角書いて見よう》と二度も繰り返して決然と書き始めるのは、自分の半生記である。かなりの意気込みで《書いて見よう》になるのはいいが、その《私》がなぜ書くのかということになると、いささか拍子抜けがする。「自分の過去を見詰めて人生を立て直そう」というわけでもなく、「この一作で再び文壇に復帰して――」というわけでもない。うっかりすると過去のことが思い出されて、内職の翻訳の邪魔になる。内職の翻訳が捗《はかど》らないと生活に差し障りが生まれる――だったら、翻訳の仕事が途切れた合間に、その邪魔臭いものをまとめてしまえ、そうすればなにがしかの金になるかもしれないという、その意気込みには反した、だらけたものである。文学者的には「どうしようもなくだらけた動機」ではあるけれど、「平凡」である以外にはなにもない人間にとっては、「金儲け」という実際的な目的は、「よし、やってやるぞ！」的な意気込みをもたらすものである——ということなのかもしれない。なんであれ、『平凡』の語り手である《私》が書き始める半生記は、当たり前の文学者が書くような「力んだもの」ではないはずなのである——それが、作中人物である《私》にとっての真実だが、それを書く作者の二葉亭四迷にとっては、また自ずと違うものでもある。

『平凡』と題されるものを、そのようなとりとめのない動機で書かれたものと設定する二葉亭四迷は、もう「文学の外」に出てしまった人間を通して、文学者流の「力んだ人生」とは違った、普通の、そして当たり前にリアルな人間像を造形しようとしたのである——そのことによって、当時流行する《自然主義》なるものに、一撃を加えようとしたのである。それが自身をも痛撃することになるのだということを、重々知りながら。だからこそ、無理をして、ドラマチックなまでの「一貫性」を求めようとして際限なく続く自然主義流の《牛の涎》とは違う、「だらりと垂れては止まり、止まってはまた垂れる」という、本来的な《牛の涎》に近い《だら〳〵》を求めたのである——「そのあり方こそが人間だ」と思えば、二葉亭四迷流の《牛の涎》では、平気で文章が中断され、それがとんでもない方向へ続いてしまうという「言わないテクニック」が重要になるのである。

たとえば、第三回目になって、この《私》の半生記はようやく始められる——《私は地方生れだ。戸籍を並べても仕方がないから、唯某県の某市として置く。其処で生れて其処で育ったのだ。》（『平凡』三）として、《子供の時分の事は最《も》う大抵忘れて了ったが、不思議なもので、覚えている事だと、判然《はっきり》と昨日の事のように想われる事もある。中にも是ばかりは一生目の底に染付《しみつ》いて忘れられまいと思うのは、十の時死別れた祖母の面《かお》だ。》（同前）ということになり、ここから「祖母のこと」「祖母と共にあった幼時のこと」が語られる。この話は連載の四回分たっぷりと続けられるのだが、七回目になって突然こんな一文が登場する――。

《……が、待てよ。何ぼ自然主義だと云って、斯う如何《どう》もダラ〳〵と書いていた日には、三十九年の半生を語るに、三十九年掛るかも知れない。も少し省略《はしょ》ろう。で、唐突ながら、祖母は病死した。》（『平凡』七）

なんという素敵な展開なんだと、私なんかは感嘆してしまう。作中の祖母は、単純に「やさしい人」ではない。「こわい母」であり「こわい姑」でもあるような《勝気》の人で、《その気難かし家の、死んだ後迄噂に残る程》（『平凡』三）の人なのだが、《如何《どう》いうものだか、私に掛ると、から意久地がなかった。》（同前）になる。

祖母は「強面の人」だが、孫である《私》には甘い。だから幼い《私》は祖母にさんざん甘えて、言いなりになる祖母を《小馬鹿にしていた》（『平凡』四）――そういう幼児期のエピソードがヴィヴィッドに描かれているから、その気分を引きずって、《で、唐突ながら、祖母は病死した。》になるのだろう。普通ならあってしかるべき「祖母への遠慮」が、この《私》には不要だから、祖母はあっさりと死んでしまう。《……が、待てよ。》以下は、普通ならいらない。ただ「×年後、祖母は死んだ。病死である。」ですむことだ。しかしそれをすると、妙に取り澄ました感じになる。それまで続いて来た文章のトーンを生かすために存在するのが《……が、待てよ。》で、この文章を書く「《私》の現在」の挿入は必要になるのだろう。そして、《で、唐突ながら、祖母は病死した。》というピリオドを打って、そこから話があらぬ方へ行くのかというと、そうではない。「祖母が死んだ日の話」へと続く。ある意味でこの続き方は尋常なのだから、話の流れを断ち切って混乱させるような《……が、待てよ。》以下は不要とも思われるのだが、この「余分な饒舌《じょうぜつ》」がもう少ししたら、重大な意味を持って来るのである。

五　連歌俳諧的な展開と論理

『平凡』という小説は、今の我々が思うより、ずっと新しい。もしかしたら、それが書かれた百年前の明治四十年の段階よりも、この今に於いてより切実な「現代小説」であるかもしれない。

《で、唐突ながら、祖母は病死した。》という、ある意味でふざけた書き出しを持って続けられる「祖母が死んだ時のこと」の描写も素晴らしい。死というものを理解しながら、その一方で死というものにピンとこない十歳の少年の胸の内は、《可怕《おっかな》い》（『平凡』七）から《何故だか知らんが、莞爾《にこ》々々となって》（同前）の幅で揺れ動き、葬儀が終わって家に帰ると、静かな家の中に祖母だけがいない――そうして祖母の死を「永遠なる祖母の不在」と理解する。

《お祖母さんが一人足りない。あゝ、お祖母さんは先刻《さつき》穴へ入って了ったが、もう何時迄待ても帰って来ぬのだと思うと、急に私は悲しくなってシク〳〵泣出した。私の泣くのを見て母も泣いた。父も到頭泣いた。親子三人向合って、黙って暫く泣いていた。》(『平凡』七)

別に技巧的な文章ではない。しみじみとして簡潔ないい文章である。しかし、この文章で(七)が終わり、続く(八)が始まると、この部分が技巧的な意味を持って来る。

祖母の死がその「永遠の不在」を意味するものだと理解した《私》が泣く――十歳の《私》が泣くのを見て母親が泣き、ついには父親も泣く。四人家族の中で重きを占めていた祖母が不在となったことで、残された三人が泣く――そのことによって「死んだ祖母への思い」が改めて綴られるのが普通ではあるようなものだが、ここでは違う。それまでは「祖母と《私》」を中心にして書かれていた幼児期の話に「父」と「母」が加わって、「一家」というものにスポットが当たる。そのことが重要なのだ。だから、(七)を承けた『平凡』の(八)はこうなる――。

《祖母に死別れて悲しかったが、其頃はまだ子供だったから、十分に人間死別の悲しみを汲分け得なか

った。その悲しみの底を割ったと思われるのは、其後両親に死なれた時である。》(『平凡』八)

祖母の死によって、それまで脇役的な存在だった両親が前に出る——だから、(七)の後に続けられる(八)は、「世を去った祖母に関する総括」があって、「祖母亡き後の三人家族の話」になってしかるべきである。別に「そうあらねばならない」というのではなくて、「普通そうなってしまうだろう」ということである。ところが『平凡』の(八)はそのような続き方さえもしない。「祖母の死→そのことによってしみじみと一つになった家族→その家族の死→そこから知られる家族というものの意味」という続き方をするのである。

『平凡』の展開の仕方は、単なる「イメージの連鎖」というようなものではない。連歌や俳諧の付合《つけあい》のように、前句を承けた次の句がどのように展開されて行くかということが周到に計算されているのである。普通の「論理的展開」とは違う。単なるイメージ連鎖とも違う、「流れ、進み、展開して行く」ということを計算する、連歌俳諧的な「日本の論理」によって出来上がっているのである。

川は流れる——流れる水は、ただ「流れる」というそのことによって一定しているようだが、その流れの水は、途中で岩に当たって飛沫《しぶき》を上げる——川の中から、魚が跳ね上がる。跳ね上がった魚を、飛来した鳥が咥《くわ》えて去る——そしてまた川の水は流れる、というように、「流れることで一定している川」は、次の瞬間に突然の「転換」を見せたりもする。そのようにして「流れる」ということを一定させているのだが、『平凡』の展開はこれなのである。

静かな流れが急な流れに変わる。岩に当たって波飛沫を立てる。渦を巻いて、流れの方向を転換させる。「波飛沫を立てる」は、たとえて言えば、《……が、待てよ。何ぼ自然主義だと云って》云々のボケである。突然その「違和」が登場して、しかし『平凡』という川は、「流れる」ということに於いて一定している――そのように、二葉亭四迷は叙述の展開を計算しているのである。だから、《其後両親に死なれた時である。》と言って、その後にはこう続けられる――。

《去る者日々に疎しとは一わたりの道理で、私のような浮世の落伍者は反て年と共に死んだ親を慕う心が深く、厚く、濃《こま》かになるようだ。》（同前）

この一文によって、（七）の末尾にあった《私の泣くのを見て母も泣いた。父も到頭泣いた。親子三人向合って、黙って暫く泣いていた。》が、鮮烈に蘇る。ただ《泣いていた》としか描かれない家族の中に、どれほどの交流、一体感があったかが、なにも書かれていないのに、明確に暗示される――それを実現させるのが「付合の論理」である。

親子の交流や一体感は、まだなにも描かれていないようなものだが、もしかしたら「祖母との関係」に比べれば特筆するほどのことがないようなものかもしれない――だから気がつかれない。しかし、あるのである。それは「なんだか知らないけど、連鎖的に泣いてしまった」であるような段階から、既にして明らかだったのである――「明らかだった」であるように、後続の一文は見せてしまうのである。

人は、終わった後で気づくというような生き物である。だからこそ、この後文による旋回は強烈な印象を与える。そしてそうなってしまえば、もうこの一文の後に「両親と共に過した懐しき日々」などという記述は不要なのである。だから、《親を慕う心が深く、厚く、濃かになるようだ》の後は、もう「遠い過去の記憶」にはならない。《去年の事だ。》として、「現在の《私》にまつわる話」へとつながって行く。《去年》に《私》は、墓参りのために故郷へ帰ったのである。話は「その時のこと」へつながって行く――。

両親が死んだのがいつのこととも明記されないが、当然、故郷の町は変貌を遂げている――《寺の在る処は旧《もと》は淋しい町端れで、門前の芋畠を吹く風も悲しい程だったが、今は可なりの町並になって居て、昔能く憩んだ事のある門脇の掛茶屋は影も形も無くなり、其跡がBarber's Shop《バーバース ショップ》と白ペンキの奇抜な看板を掲げた理髪店になっている。》（同前）

もちろん、寺は荒廃している。記憶の拠り処となる寺は荒廃していて、しかしその寺のある付近は妙な具合に発展し、都市化している――これが後への微妙な伏線になる。

《私》は寺の門を入って墓地へ向かう。墓の様子は更に荒れていて、《祠堂金も納めてある筈、僅ばかりでも折々の附け届も怠らなかった積だのに、是はまた如何な事！》ということになる。

苔に覆われ草に埋もれ、鳥の糞で汚され木の葉の堆積の中にある墓を掃除するしようもなく、《私》は呆然としている。

――が、待てよである。《祖母の死後数年、父母《ちゝはゝ》も其跡を追うて此墓の下に埋まってから既に幾星霜を経ている。》という風に引用していると、「斯う如何もダラ〳〵と引用していた日には、『平凡』を語るのに、どれほど掛かるか分からない」になってしまう。この墓の前に立っている《私》に関する描写は素晴らしいのだけれども、「少し省略《はしよ》ろう」と言わざるをえない。が、もう少しだけ――。

《颯《さつ》と風が吹いて通る、木の葉がざわ〳〵と騒ぐ。木の葉の騒ぐのとは思いながら、澄むだ耳には聴き覚えのある皺嗄《しやが》れた声や、快活な高声や、低い繊弱《かぼそ》い声が紛々《ごちや〳〵》と絡み合って、何やら切《しき》りに慌しく話しているように思われる。一しきりして礑《はた》と其が止むと、跡は寂然《しん》となる。》（同前）

《私》は厭世的になって、《あゝ、成ろう事なら、此儘此墓の下へ入って、もう浮世へは戻り度ないと思った。》（同前）という状態になるが、《私》がそうなってしまうのは、四十を間近にする《私》が「相変わらず祖母が恋しい、父や母が恋しい」と思っているからではない。「一人前の人間の務め」として久し振りに故郷の墓参りへ行って、そこで記憶の縁《よすが》となるものが荒廃していることを知ったからだ――それを取り巻く外部は荒廃せず、逆に「新しい顔」を見せて発展しているにもかかわらず。

改めて、彼は現在が嫌いなのだ。新しく平明に開け行く現在は、彼の「記憶の縁となるもの」を荒廃させて行く。だからこそ彼は、草や木の葉に埋もれてしまったものの中から、まだ十分に生きて健在な彼の「記憶」を再生させる。その記憶が蘇るにつれて、「自分の現在がいやだ」という実感が改めて強くなって来る。重要なのは、この「改めて」である。

そもそも、この『平凡』を書く《私》は、現在が嫌いなのだ。その嫌いさは、《もう斯うなると前途が見え透く。》（『平凡』一）というような、展望のなさに由来する。だから《老込んだ》という状態になり、《少し暇だと直ぐ過去を憶出す。》になる。『平凡』と題されるものを《兎に角書いて見よう》とする《私》は、自分の内的事情によって、どういうわけか現在にうんざりして、ともすれば過去に入り込もうとしている。しかし、（八）になって《もう浮世へは戻り度《たく》ない》と思ってしまう私の現在嫌悪は、個的な内部事情ではない。生きて健在な《私》の記憶を埋れさせてしまおう、放棄させてしまおうとする外的な力が働いているからなのだ。

墓参りに行ったのは、この『平凡』を書き始めた現在の「一年前」で、そう考えれば、既に《老込んだ》という状態になって過去に逃避することを習い性にしてしまっている《私》には、そうなる以前、そうなるように働きかける外的条件があったということにもなるが、まさか「墓参りに行ったおかげで現在がいやになった」などということもないだろう。つまり、ただぼんやりと《もう斯うなると前途が見え透く。》と思っている《私》には、そういう内部事情とは別の、「ああ、いやだ」と思わせる「現在」もあるということである。だから、《もう浮世へは戻り度ないと思った。》と「現在への嫌厭」を明白にしてしまった《私》の前には、その「不快なる現在」が姿を現す。そうしてこの『平凡』は、ようやくその「正体」を明らかにして行く——。

六　「隠されたテーマ」がやって来る

《もう浮世へは戻り度ないと思った。》で（八）が終わると、話は再び「現在」に戻って、《先刻《さつき》旧友の一人が尋ねて来た。》という（九）が始まる。最早お馴染みとなった突然の転回、唐突なる展開だが、この《旧友》の出現は、（二）にあった「ぼんやりと思い出の中にさ迷っている《私》の目を覚ます御用聞きの出現」と同種のものでもある。つまりは、この（九）全体が「余分な饒舌」でもあるのだが、その「余分な饒舌」こそが、『平凡』の真のテーマでもある。

この「今日はいいよ」で一蹴されてしまう御用聞き並みの登場の仕方をする《旧友》は、《今でも文壇に籍を置いてる人》（『平凡』九）である。

前文からすれば、この《私》は、「文壇から退いて、既に没交渉になって久しい人物」のようにも思われる——《実は、極く内々の話だが、（中略）昔は是れでも何の某といや、或るサークルでは一寸名の知れた文士だった。流石に今でも文壇に昔馴染が無いでもない。》（『平凡』二）

しかし、（九）の記述からすると、《私》はまだ文士仲間と当たり前のように交流のある人のように思える——《先刻旧友の一人が尋ねて来た。此人は今でも文壇に籍を置いてる人で、人の面《かお》さえ見れば、君ねえ、ナチュラリーズムがねえと、グズリ〳〵を始める人だ。》（『平凡』九）

どうもこの《旧友》は、かなり頻繁に《私》のところへやって来る。そして《私》を不快にさせる。

どう不快にさせるのかということは、この（九）全体に亘って書かれているが、「酔漢の愚痴」のようなものを引用するのも不快だから、引用はしない。これは、二葉亭四迷が当たり前に知る、当時の文士＝小説家のそう誇張もされない戯画化だろう。だから、《こんなのは文壇でも流石《さすが》に屑の方であろう。しかし不幸にして私の友人は大抵屑ばかりだ。》（同前）と十把一からげにされてしまう。

しかしそうなって、《私》のあり方は微妙に変わっている。なにしろ《私の友人は大抵屑ばかり》なのだ。《私》は、文壇の《屑》に囲まれている。しかもふらりとやって来た《屑》の一人は、《君も然《そ》う所帯染みて了わずと、一つ奮発して、何か後世へ残し玉え。》（同前）と言って去って行く。《私》の方は、《見掛倒しの、内容に乏しい、信切な忠告なんぞは、私は些《ちッ》とも聞き度ない。》と拒絶するが、おかしいというのは、これを言う《私》が、現在『平凡』と題されるものを執筆の真最中だということである。《私》が自分の半生を『平凡』と題して書き始めたのは、「うっかりすると過去の記憶ばかりが浮かび上がって、無駄に時間が過ぎて行く——だったらいっそ、これをまとめて金に換えた方がいい」という、文学者らしからぬ動機からである。それを言う《私》は、どうあっても周囲の文士連中とは没交渉で無関係である。そこに《屑ばかり》の友人が当たり前に存在していたら、口うるさい彼等のために「なんらかの通りのいい理屈」を立てなければならないだろう。立てるか立てないかは別にして、「書かずにいたものを改めて書くようになる」という転換を果すのは、そうそうすんなりと行くものではないはずである。しかし、そこら辺の鬱陶しい状況は、『平凡』の初めでまったく述べられてはいなかった。その代わりに、《私は兎に角書いて見よう。》という、謎めいた力説があっただけである。

結論を先に言ってしまえば、《私》のありようが微妙に変わるというのは、矛盾でも間違いでもなんでもない。『平凡』という作品は、そうであってしかるべきように構成された作品だからである。

既に言ったように、『平凡』の最後は「文学への絶望」である。

《文学は一体如何《どう》いう物だか、私には分らない。人の噂で聞くと、どうやら空想を性命とするもの丶ように思われる。文学上の作品に現われる自然や人生は、仮令《たと》えば作家が直接に人生に触れ自然に触れて実感し得た所にもせよ、空想で之を再現させるからは、本物でない。写し得て真に逼《せま》っても、本物でない。本物の影で、空想の分子を含む。之に接して得る所の感じには何処にか遊びがある、即ち文学上の作品にはどうしても遊戯《ゆうげ》分子を含む。現実の人生や自然に接したような切実な感じの得られんのは当《あた》然《りまえ》だ。私が始終斯ういう感じにばかり漬っていて、実感で心を引締めなかったから、人間がだらけて、ふやけて、やくざが愈《いと》どやくざになったのは、或は必然の結果ではなかったか？　然らば高尚な純正な文学でも、こればかりに溺れては人の子も戕《そこな》われる。況んやだらしのない人間が、だらしのない物を書いているのが古今の文壇の、、、、（略）》（『平凡』六十一）

《況んや》以下の最後の一文だけを見れば、これは「文学への絶望」であるが、そこに至るまでの部分を見ると、どうもそうではない。同じ「絶望」ではあっても、これは《文学は一体如何いう物だか、私には分らない。》と言う《私》の「いい加減になってしまった自分への絶望」である。もう少し広げてしまえば、「文学に携わって、でも文学がどういうものだか分からないと思う自分への絶望」で、その絶望する自分へ如何なる指針をも与えようとしない《古今の文壇》に対する「八つ当たり」である――そういう広げ方をすると、これもまた「文学に対する絶望」にはなるが、果してそうなんだろうか？

作中人物の絶望が作品の最後に置かれた場合、その絶望は「作者の絶望」と重なるもののように、普通は思われている。しかし、この『平凡』の最後に置かれた「絶望」は、そうした種類のものなんだろうか？ これはあくまでも、作中人物である《私》の絶望で、独白体で書かれてはいても、『平凡』は二葉亭四迷の私小説ではないのだ。ここに書かれていることは、二葉亭四迷＝長谷川辰之助の事実に沿ったものではない。これは、私小説に見せかけたフィクションなのだ。だから、《私》の絶望には、ちゃんとした理由がある。

この《私》は、いつの間にか《お糸さん》という女と親しくなっている。そうしていい気になっている間に、父親が死んでしまうのである。故郷の母親から、「父親が病気だ」と手紙で知らせて来る。「たいしたことはないのだろう」と思って放っておくと《父危篤直戻れ》（『平凡』六十）の電報が来て、慌てて駆けつけた時にはもう死んでいた。それで《私》はショックを受ける。《全く私の不心得で、まだ三年や四年は生延びられる所をむざ〳〵殺して了ったように思われてならなかった》（『平凡』六十一）ということになり、《お糸さん》とは別れて真面目に作家生活に精進しようとするが、《もう小説も何だか馬鹿らしくて些とも書けない。》（同前）という状態になり《或年意を決して文壇を去って、人の周旋で今の役所へ勤めるようになった》（同前）ということになる。

この《私》は、《私は元来実感の人で、始終実感で心を苛めていないと空疎になる男だ。(中略)それだのに早くから文学に陥《はま》って始終空想の中に漬っていたから、人間がふやけて、秩序《だらし》がなくなって、真面目になれなかったのだ。》(同前)という人物である。父の死が、そんな彼の目を覚まさせてくれたというのである。そういう《私》だから、《文学は一体如何いう物だか、私には分らない。》と言っても不思議ではない。

この《私》は、「主観」を放り出した自然主義者でもなく、空想に遊ぶエンターテインメント系の書き手でもない。隔たりのあるその二つを《実感》で繋ぎ止めていたい作家——あるいは「そうした作家たらん」とした人物なのである。そう思いながら、しかしそれが出来ぬままに終わった。だから、《文学は一体如何いう物だか、私には分らない。》という絶望があって、しかもこの絶望は当人の能力のなさによるものだから、愚痴であり八つ当たりでもある。しかし、そういう主人公を書ききってしまったのがこの『平凡』なのだから、これは「二葉亭四迷の絶望」ではない。最後の《私》の絶望と「二葉亭四迷の絶望」とは、大きく隔たるものであってしかるべきなのである。

『平凡』とは、「この最後の〝絶望〟はなんなのか?」ということを問いかける小説で、グダグダとしたこれまでを引っくり返すドンデン返しが、この作品には隠されているのである。

第六章　《、、、、》で終わる先

一　『平凡』がちゃんとした小説であればこそ——

二葉亭四迷は、当時の文壇きっての理論家である。その彼は、「理論で小説は書けない」と知っていて、「理論と小説は別物だ」ということも知っている。その彼が「だから小説は書かない、書けない」という立場に立つのなら簡単だが、しかしその彼は《余は今日にいたるまで小説家にて世を送る望みなしといひつゝも尚ほ小説家とならむことのみをつとめり、他よりみれはをかしくみゆべし》（『落葉のはきよせ　二籠め』）の人なのである。

その彼にとって、『浮雲』——ことに第三篇の失敗は痛かっただろう。雑誌に掲載されたものを見るなり、彼は頭を抱える。そして、そうであるにもかかわらず、世間はこれにあまり気づかないのである。『浮雲』第三篇がどのように失敗しているのかは後に譲るが、「これはだめだ」と自分で気づき、世間はそれに気がつかないというのが、二葉亭四迷のポジションなのである。

失敗を自覚した彼は、小説の筆を執らなくなる。翻訳をしたり、理論家としての文章を書いたり談話を発表したり、内閣官報局の人間になったり東京外国語学校の教授になったり、中国に行ったり喧嘩をしたりして、ついにちゃんとした小説を書いた――それが『平凡』である。

『平凡』がどのようにすぐれた小説であるかに関して、私はまだちゃんと言えてはいないが、『平凡』を書く二葉亭四迷は、自分の書いているものが傑作であることだけは自覚していただろう。だから、最後の「《私》の絶望」へと至る。

この絶望する《私》は、どうあっても二葉亭四迷ではない。「絶望」の中に、いかにも二葉亭四迷的な見解は存在しても、これは彼の絶望ではない。文壇を覆った《屑》でしかない人間達に対する喧嘩状で、絶縁状である。そう理解した時、作中の《私》は、ついに二葉亭四迷から離れた「文学のことがよく分かっていない自称文士」に変わってしまうのである。

そこにある「二葉亭四迷的見解」とは、文学に関して、《空想で之を再現させるからは、本物でない。》(『平凡』六十二)というところである。《本物の影で、空想の分子を含む》(同前)から《何処にか遊びがある》(同前)というところである。《何でも作者の経験した愚にも附かぬ事を、聊《いさゝ》かも技巧を加えず、有《あり》の儘に、だら〳〵と、牛の涎《よだれ》のように書く》(『平凡』二)の自然主義大流行の中で、誰が「文学の中に遊びが入るのは必須である」などということを認めるだろうか? ところがこの『平凡』は、これまで語ったように、全篇が「遊びだらけ」なのである。

語り手の《私》のように、二葉亭四迷だって《文学は一体如何いう物だか、私には分らない。》（『平凡』六十二）という台詞を持ち合わせているだろう。しかしそれは「嘘に近い謙遜」でもあって、『平凡』を書いた二葉亭四迷は、もう分かっているのである。彼にとって、「遊びがある」ということは真実で、それこそが彼の《実感》なのだ。ところが、「遊び」の分からない連中は、「実感から遊離した〝自称の真実〟」ばかりを書いている。「真実への実感」によって「遊び」を存在させる二葉亭四迷からすれば、その真実を排除して「実感」さえも仮構する文学などは、「浅ましい」の極みだろう。だから、最後の一文へ至る――《況《いわ》んやだらしのない人間が、だらしのない物を書いているのが古今の文壇の》（同前）とは、「私は分かっているが、お前達は分かっていないだろう」という挑発なのである。だから、「これ以上言ったら野暮になる。大人げがない」ということになって、その後の《此稿本は夜店を冷かして手に入れたものでござりますが》（同前）という韜晦《とうかい》へ至る。そして、「だからもう、おさらば」なのである。

『平凡』とは、「文学とはこうあってしかるべき」という、二葉亭四迷の解による小説なのである。もう一度《先刻《さつき》旧友の一人が尋ねて来た。》の（九）にまで戻ろう。《屑》の言う《内容に乏しい、信切な忠告》なんぞは聞きたくないと言う《私》＝二葉亭四迷は、《親の口から今一度、薄着して風邪をお引きでない、お腹《なか》が減《す》いたら御飯にしようかと、詰らん、降《くだ》らん、意味の無い事を聞きたいのだが……》（『平凡』九）と言っている――その先が二葉亭四迷による「解」なのだ。

考えてみれば、『平凡』は《意味の無い事》の集成である。つまり、『平凡』を書く二葉亭四迷は、面倒でどうでもいいことばかり口にしている文壇常識に反して、《詰らん、降らん、意味の無い事》と文壇人士からは思われるであろう方のことをこそ、「文学であれぞかし」と位置付けているのである。だから、《親から今一度》以下のことを言う。そんな彼が「問題にしたいこと」と思うことの典型例として持ち出されるのが、この後に続く「犬の話」なのである。

《あゝ、嬉しいにつけ、悲しいにつけ、憶出すのは親の事……それにポチの事だ。》(同前)というとぼけた形でこの(九)は結ばれるが、唐突に持ち出される《ポチ》は犬の名前で、この後十一回に亘って続く《ポチ》にまつわる話は、『平凡』中最大の読ませどころの一つでもある。

二 「ポチの話」はどのように位置付けられるのか

《ポチは言う迄もなく犬だ。

来年は四十だという、もう鬢《びん》に大分白髪もみえる、汚ない髭の親仁《おやじ》の私が、親に継いでは犬の事を憶い出すなんぞと、余り《あんま》馬鹿気ていてお話にならぬ――と、被仰《おつしや》るお方が有るかも知れんが、私に取っては、ポチは犬だが……犬以上だ。犬以上で、一寸まあ、弟……でもない、弟以上だ。何と言ったものか?……… そうだ、命だ、第二の命だ。恥を言わねば理が聞こえぬというから、私は理を聞かせる為に敢《あえ》て恥を言うが、ポチは全く私の第二の命であった。其《その》癖初めを言えば、欲しくて貰った犬ではない、止《や》むことを得ず……いや、矢張《やつぱり》あれが天から授かったと云うのかも知れぬ。》(『平凡』十)

例のだらだらした《牛の涎》調で始まる「ポチの話」は、《あゝ、嬉しいにつけ、悲しいにつけ、憶出すのは親の事……それにポチの事だ。》という、惘《あき》れるほどとぼけた（九）の終わりの導入部を見事に承けている。だから、ここまでは、まだ「ふざけているのか真面目なのかよく分からない」という趣もあるのだが、自分自身を《平凡》と規定してしまった主人公の語ることは、一見ふざけているように見えて、すべて「本気」なのである。だからここにも「重要なこと」がちゃんと述べられている。それはつまり、《恥を言わねば理が聞こえぬというから、私は理を聞かせる為に敢て恥を言うが》の部分である。

大方の人間にすれば、「突然〝ポチ〟などという犬の名前を持ち出すとぼけた男が、なにを大袈裟な――」というようなものではあろうけれど、この『平凡』の（十）から（二十）までに続く「ポチの話」は、それだけの重みを持つもので、だからこそこの「ポチの話」を続ける作者は、一見とぼけた様子で、公然と《理》を語る――あるいは、「私は重大な理を語っているのである」ということを公然とさせるのである。しかも、「それを信じるか信じないかはあなた次第」と、読者に預けてしまっているところが、並ではない『平凡』という小説のありようで、であればこそ、ここで作者及び「平凡人」である語り手の《私》が自分の体面を犠牲にしてまで語る「ポチの話」は、どのような《理》が語られているのかが曖昧なままになる――というよりも、曖昧にな、、、、、るように語られる。それが、《況んやだらしのない人間が、だらしのない物を書いているのが古今の文壇の、、、、》という形で締め括られる、そうして「文学」に対して爆弾を投げつけるようなことになる、『平凡』という小説の「周到なる仕掛け」なのだ。
「ポチの話」の語ることは、「人間の根本にあって、生きることを支える愛情というものの切実さ」である。ポチという名の犬が、その《理》を体現する。だからこそ彼《ポチ》は《第二の命》で、これを語ることは、《理を聞かせる為に敢て恥を言う》になるのではあるけれど、『平凡』という小説は、その《理》を読者に分からせるために書かれたものではない。それを言うなら、「なぜ〝遊び〟という実感を許容しない！」という訴えかけをするのが『平凡』なのである——そう思った時、タイトルの『平凡』の二文字が大きな振幅を持ったものとして感じられるだろう。

「ポチの話」は、《私》の子供時代の物語で、ある雨の夜に迷い込んで来た小さな捨て犬が飼われ、やがて《私》の弟のような存在になって心を通わせ合い、しかし突然野犬狩りによって殺されてしまうまでの話である。これを語る作者の視点は、小さな子供と等身大のところにまで下りて、子供時代の《私》とポチとの交流は、温かい息遣いと共に感じられるような素晴らしいものになっている。私なんかは、『平凡』のこの部分を小学校か中学校の国語の教科書にそのまま載せてもいいのではないかと思う——それくらいのものだから、ここに敢えて《理》を持ち出す必要はない。読めば分かる切々たる美しさに満ちたものを、《理》と言い切るような必要はないのだ。これを《理》とするには、別の理由がある——その理由こそが『平凡』という小説を「当時の文学に対する爆弾」に変えるのだ。

今更言うまでもないことだが、この『平凡』という小説は、作者が読者への「指示」を曖昧にする小説である。だから、《あ、、嬉しいにつけ、悲しいにつけ、憶出すのは親の事……それにポチの事だ。》という、ふざけているのか真面目なのかよく分からない文章がいくらでも飛び出して来る。記述が曖昧なのではなくて、そこに存在する作者の意図――つまりは読者への「指示」が曖昧だから、読者はたんびたんびに、「え?! こりゃなんだ?」と思う――「そうあってしかるべし」と思う作者は、その点で十分意図的なのである。

たとえば、私の引用部分だけ見れば、ポチという名の犬が、いつ《私》によって飼われていたのかが、よく分からない。前掲の引用部分にすぐ続けて《忘れもせぬ、祖母の亡なった翌々年の、春雨のしと〳〵と降る薄ら寒い或夜の事であった。》(『平凡』十)とあるから、これが「《私》の子供時代のエピソード」ということは分かるが、そこに至るまではっきりしない。《汚ない髭の親仁の私が、親に継いでは犬の事を憶ひ出すなんぞと》とあるから、うっかりすると「この犬は、最近まで《私》が飼っていた犬なのか?」と思ったりもしてしまう。なにしろ、二葉亭四迷は、《ポチは言う迄もなく犬だ。》とだけ言って、「子供の時に飼っていた犬だ」とは言わない。「汚ない髭の親仁の私が、親に継いでは子供時分(の犬)の事を憶い出すなんぞと」とも言わないのだから。

筑摩書房版明治文学全集17『二葉亭四迷　嵯峨の屋おむろ集』の巻末にある清水茂氏編の年譜によれば、大人になった後の二葉亭四迷はこの「ポチ」のモデルになった犬を飼って、失っている。行方不明になったというのだが、それは彼が三十歳の年で、だからこそ《汚ない髭の親仁の私が》という部分には「愛犬を失って嘆く、子供ではない大人の私」というものも、幾分は投影されているのだろう。ポチは、作者自身の子供時代に直結するような犬ではないはずで、『平凡』のポチもまた、《私》の子供時代の記憶を呼び起こすような存在ではない。まず「ポチ」がいて、その背後に《私》の「子供時代」がある。だからこそ、いきなり《憶出すのは親の事……それにポチの事だ。》《ポチは言う迄もなく犬だ。》ということになる。ポチは「時間を超越して存在する犬」で、だからこそ《私》は、このポチの喪失を、現在形に近い形で悲しむのである。

微妙なのは、「ポチの話」を終わらせる（二十）の記述である――。

《ポチの殺された当座は、私は食が細って痩せた程だった。が、其程《それ》の悲しみも子供の育つ勢には敵《かな》わない。間もなく私は又毎日学校へ通って、友達を相手にキャッ〳〵とふざけて元気よく遊ぶようになった……》（『平凡』二十）

ここへ至るまでに、野犬狩りに遭ったポチを失った幼い《私》の心情は明確かつ丁寧に綴られている。ポチが殺される現場には居合わせず、犬の死骸を乗せた荷車とすれ違った時の不安感から、「殺されたらしい」と聞いて家に駆け戻り、その事実を知って嘆き悲しみ、周りの人間に対して怒りをたぎらせるまでの少年の胸の内は、真実胸に迫るものがあるのだが、その記述は《ポチの殺された当座は、》以下の文章でピリオドが打たれる。しかし、ピリオドが打たれるのは、「ポチと共にあった子供時代の記述」

だけで、「ポチを失った悲しみ」に関しては、一向にピリオドが打たれてはいない。だから、引用部分の最後は、《遊ぶようになった……》のままで、結びの句点（。）を欠いている。そうしておいて、その後に「一行空き」の処置を施して罫線を引き、以下のように続く——。

《今日は如何《どう》したのか頭が重くて薩張《さつぱ》り書けん。徒書《むだがき》でもしよう。
愛は総《すべ》ての存在を一にす。
愛は味うべくして知るべからず。
愛に住すれば人生に意義あり、愛を離るれば、人生は無意義なり。》（『平凡』二十）

《恥を言わねば理が聞こえぬというから》と啖呵を切って始められた「ポチの話」を締め括る形でこの《理》は登場する。それを《徒書》と言ってしまうのが作者のシャイな心性でもあろうけれど、しかしこれもまた「シャイな人間が言いにくい真実を語るためのはぐらかし」というのとは、微妙に違う。なぜかと言えば、『平凡』は「理を説く論」ではなくて、自身を《平凡》と規定する一人物の半生記であるような小説で、そうした形を取りながら「スタートしてしまった日本近代文学の問題点を問う」という、ややこしい内容を持つ「論であるような小説」でもあるからだ。だから、「愛の前にすべての存在は等価になる。愛を経験したことのない奴に、愛のなんたるかが分かるはずはない。愛がなければ人生は無意味だ」という《理》——《理》の形を取った「本音」は、徐々に「当時の文学者の上を覆った

《理》に対する攻撃」へと変わって行く。二葉亭四迷が《私》に《徒書》と言わせるのは、この部分であるはずである――。

《人生の外に出で、人生を望み見て、人生を思議する時、人生は遂に不可得なり。人生に目的ありと見、なしと見る、共に理智の作用のみ。理智の眼を抉出して目的を見ざる処に、至味存す。

理想は幻影のみ。

凡人は存在の中に住す、其一生は観念なり。詩人哲学者は存在の外に遊離す、観念は其一生なり。

凡人は聖人の縮図なり。

人生の真味は思想に上らず、思想を超脱せる者は幸なり。

二十世紀の文明は思想を超脱せんとする人間の努力たるべし。

此様《こん》な事ならまだ幾らでも列《なら》べられるだろうが、列べたって詰らない。皆噓《うそ》だ。噓でない事を一つ書いて置こう。

私はポチが殺された当座は、人間の顔が皆犬殺しに見えた。

是丈《これだけ》は本当の事だ。》（『平凡』二十）

ビートルズ流に言えば「愛こそすべて《オール・ユー・ニード・イズ・ラヴ》」である。「思想」だのなんだのという面倒臭いものに囲まれてしまった人間は、「そんなことはどうでもいい、愛こそすべてだ」と言ってしまうが、しかしこの《私》は、それさえも「どうでもいい」とする。遠い以前にポチを失った私は、それを語った後の現在に於いても、まだその悲しみの中に浸っていたいのである。悲しみに浸っていたいと思うことを正当だとするから、「私は奪われる理由のないものを奪われた」と思い、《私はポチが殺された当座は、人間の顔が皆犬殺しに見えた。》と言う。それこそが《実感》である。だから、ここに「それでどうした？」という面倒な疑問を登場させる理由もないはずなのだが、しかし『平凡』という小説は、この面倒な疑問を内在させる小説なのである。

『平凡』という小説には、「余分な記述」がいくらでも登場する。その点でこれは饒舌《じょうぜつ》体の小説でもある。だから、《私はポチが殺された当座は、人間の顔が皆犬殺しに見えた。／是丈は本当の事だ。》の前に置かれた、《今日は如何したのか頭が重くて》以下の文章は余分で、《徒書》でもあるのだ。《愛は総ての存在を一にす。》を《私》に教えてくれたポチを失ってしまった——奪われてしまった悲しみは、《間もなく私は又毎日学校へ通って、友達を相手にキャッ〳〵とふざけて元気よく遊ぶようになった……》の後に「しかし」の一語をくっつけて、《私はポチが殺された当座は》と続ければよいのだ。その前の（十）にあった《恥を言わねば理が聞こえぬというから》云々も、その意味で余分である。シャイな作者、及び語り手である《私》のメンタリティを反映して、余分な饒舌が繰り広げられているだけだと考えることも出来る——がしかし、そういうことになると、なぜこの「ポチの話」が登場したのかという「理由」も見えなくなってしまう。

「ポチの話」が登場したのは、その前の（九）にあった《こんなのは文壇でも流石に屑の方であろう。》として締め括られてしまう「現今の文壇のあり方に対する拒絶」ゆえである。「そんなことよりも重要なのは、私の愛情を結集させて存在していたポチがいたことだ――それが奪われてしまったことだ」という、一人の人間の本音として「ポチの話」は登場する。そのような周到さを持つからこそ、『平凡』は、《私》の子供時代を語りながら同時に「現在の文学のあり方に対する嫌厭と拒絶」をも語る、二刀流の小説になるのだ。

三　尻切れトンボになることの真実

『平凡』では、「ポチの話」を第一にして、三つの「愛に関する物語」が腰を据えて語られる。三つのエピソードは、子供時代から始まり、それが終わって上京し、文壇人士の一人となって結局はそこを去ることになってしまう、《私》の「少し前までの半生記」という、時間軸に刺さった三つの団子のような形で存在している。団子を刺す串が「主軸」なのか、それとも串に刺さった団子の方が眼目なのか。串がなくなれば三つの団子はバラバラになってしまうが、三つの団子はしっかりと一つの串に刺されて、しかもその全体に「饒舌」というタレがかけられ、「串に刺さった団子」という全体像が曖昧にされている――それが『平凡』という小説である。

「ポチの話」に次ぐ二つ目の団子は、中学を卒業して上京した《私》が下宿をする、その遠縁の家の娘「雪江さんとの話」で、三つ目が前章で触れた「お糸さんの話」である。この三つはそれぞれ、「性的なものの介在がない子供時代の愛情」「性的なものに翻弄される十代の恋」「遊びの要素さえ存在してしまった大人の恋」に対応する。もちろん、『平凡』という小説は、主人公の《私》がこの三つの団子状のエピソードを経験して成長して行くという話ではない。結局、「すべては無意味だ」ということになって、文学を捨ててしまう――そういう《私》の戻るところは、《私はポチが殺された当座は、人間の顔が皆犬殺しに見えた。／是丈は本当の事だ。》である。『平凡』という小説の中で、《私》と二葉亭四迷の二人が饒舌をやめ、声を揃えて断言するのはこの一文だけだと言ってもよいだろう。

そこに「だからなんだ?」という問いはない。その問いは、『平凡』という小説に立ち合ってしまった受け手が抱くだけのもので、たった一つの《本当の事》を提出してしまった二葉亭四迷には関係がない。だからこそ、その《本当の事》を抱えた二葉亭四迷は、ここで小説を書くことをやめてしまう――そう言っても間違いはないはずである。

しかし、この私＝橋本の言うことはよく分からない。以前には、ここに「それでどうした?」という問いがあると言い、今はまたないと言う。この矛盾はなんなのか?

『平凡』という小説は、仕組まれた二重構造の小説である。だからこれを「《私》の半生記」として読めば、「ポチの話に戻れ、子供の時の純粋な愛情こそがすべてだ」という理屈を読み取ることも出来る。しかし一方『平凡』は、「小説家でありたい」と思う二葉亭四迷によって書かれた、「小説のあり方に関する小説」でもある。『平凡』の中に存在する「余分」とも思える饒舌は、そのように理解することによって初めて意味を持つようなものなのだ。前章でも言ったことだが、『平凡』の中には「言わないこと」や「言えないこと」が満ち満ちている。『平凡』の中に存在する奇妙な飛躍や、はぐらかしに近いような饒舌は、この「言わないこと」「言えないこと」を存在させて、それで『平凡』という小説自体を破綻させないためのテクニックでもあって、団子状に存在する三つのエピソードは、これを実践する「小説に対する実験」の意味を持つ。

たとえば、「ポチの話」の中には、「言えないこと」や「言わないこと」がなにもない。その出会いから別れまで――成就せずに引き裂かれてしまった愛情のすべてが書かれている。知らぬ間にポチを殺されて失ってしまった後の嘆きと悲しみ、喪失感――一度はそのことにピリオドが打たれはしたものの、愛するものを奪われた悲しみ、犬の形をしていても「自分と等価であるようなもの」が問答無用で殺されてしまうことに対する怒りが、現在にまで続いて生々しく存在していることや、それが現在の《私》にどのような作用を及ぼすのかということまでもが、《今日は如何したのか頭が重くて薩張り書けん。》の一行で表現されていて、この一件に関して《私》がなにかに対して口を鎖《とざ》した形跡がない。「口を鎖さざるをえない衝撃」や、「言いにくいことをためらいながら言う」という、「愛情を語る上での当然の心理状態」までもが、余すところなく明確に表現されている。ところが、後の二つの「雪江さんとの話」や「お糸さんの話」は、どちらも尻切れトンボで終わっているのだ。尻切れトンボで終わらせて、それを読者に気づかせない――「こういう小説もあるのか」と思わせてしまう小説が、『平凡』なのである。

「ポチの話」が「事の一部始終を完結させて語り終える」ということを実現させているのに対して、「雪江さんとの話」や「お糸さんの話」が尻切れトンボになっている理由は簡単である。ここには、ポチとの間に存在しなかった「性欲」という要素や、「自分とは違う人格を持った他者」という要素が存在しているからである。

『平凡』の(二十六)から(四十一)まで続く「雪江さんとの話」は、上京した《私》の初恋の話であり、もっと直截《ちよくせつ》に言ってしまえば、「年頃の若い女と一つ家の中で暮らすことになった《私》が、そのことによって発動してしまった性欲に振り回される話」である。別に暗く悶々とした話ではない。少し間の抜けたドタバタ劇の趣を持つ話である。

雪江に関心を持った――というか、自ずと性的な関心が向けられてしまった《私》は、徐々に雪江と親密になって行く。《私》はそのように理解しているが、相手の雪江がどう思っているのかは、まったく書かれていない。なんとも思わず、ただ「一家の書生」状態になった《私》と当たり前に接しているだけなのか、それとも、《私》の初心《うぶ》さを見抜いてからかっているのか、あるいはまた、彼女には彼女なりの「関心」があって、それで《私》を自分の部屋に引き入れる。それでどうして、二人きりで平気でいられるのか――そこのところがまったく書かれていないので、その理由がまったく分からない。そのように書かれるのが「雪江さんとの話」である。だから、ヒロイン雪江のありように関する「男の側からの余分な当て推量」がなくなり、若い女に対して独善的な童貞青年のありようをストレートに伝えることになって、「少し間の抜けたドタバタ劇」の色合いが強くなる——そこのところが見事でもある。ところが、そうして「雪江と二人きりで部屋にいる」ということを当たり前のように獲得した《私》が、あるところで突然逃げ出してしまうのである。

《私》は、雪江の部屋にやって来て、中へ入る。それを雪江は拒まず、《遊《あす》んでらッしゃいな》と受け入れる——。


《「遊《あす》んでらッしゃいな。」

と私の面《かお》を瞻上《みあ》げた。え丶とか、何とかいって踟蹰《もじ》〳〵している私の姿を、雪江さんはジロ〳〵視ていたが、

「まあ、貴方は此地《こっち》へ来てから、余程《よっぽど》大きくなったのねえ。今じゃ私とは屹度《きっと》一尺から違ってよ。」

「まさか……」

「あら……屹度違うわ。一寸然《ちょツとそ》うしてらッしゃいよ……」

といいながら、衝《つい》と起ったから、何を為《す》るのかと思ったら、ツカ〳〵と私の前へ来て直《ひた》と向合った。前髪が顋《あご》に触れそうだ。芬《ぷん》と好い匂が鼻を衝く。

「ね、ほら、一尺は違うでしょう?」と愛度気《あどけ》ない白い面が何気なく下から瞻上げる。

私はわな〳〵と震い出した。目が見えなくなった。胸の鼓動は脳へまで響く。息が逸《はず》んで、足が竦《すく》んで、もう凝《じっ》として居られない。抱付くか、逃出すか、二つ一つだ。で、私は後の方針を執って、物をも

言わず卒然《いきなり》雪江さんの部屋を逃出して了《しま》った……》（『平凡』三十九）

「明治の肉食系女子は、そうやって草食系男子を誘ったか」とでも言いたいような描写だが、時には「戯れ口《たわむ》」まで登場させて往時を語る《私》の筆はここで窮してしまい、《逃げ出して了った……》の後では、もう「雪江さんとのこと」が具体的に語られなくなる。「ポチの話」の例で言えば、「野犬狩りの車とすれ違った私が不安に戦《おのの》く」というところで話が終わってしまったようなものである。そうして、「雪江さんとの話」は終結部へと向かう——。

《何故彼時《あのとき》私は雪江さんの部屋を逃出したのだというと、非常に怕《おそ》ろしかったからだ。何が怕ろしかったのか分らないが、唯何がなしに非常に怕ろしかったのだ。》（『平凡』四十）

《何が怕ろしかったのか分らない》というのは当時的な真実で、後になって振り返れば、これが「性欲というものが作り出す意識の断絶」だということは分かる。だから、こうして始められた『平凡』の（四十）は、「《私》の性欲論」となって続く——《女を知らぬ前と知った後との分界線を俗に皮切りという。私は性慾に駆られて此線の手前迄来て、これさえ越えれば望む所の性慾の満足を得られると思いながら、此線が怕ろしくて越えられなかったのだ。越えたくなくて越えなかったのではなくて、越えたくても越えられなかったのだ。》（同前）

「越えたくても越えられないジレンマ」の存在を明言した《私》は、「そういうものが存在するのは自分だけではない」として、《人は大抵皆然うだと云う。》（同前）とまで言って、更には「セックスを語るのに、人はなぜ憚るのだ！」という怒りの論にまで向かう——《私の様に斯うして之を筆にして憚らぬのは余程力むから出来るのだ。何故だろう？　人に言われんような事なら、為《せ》んが好いじゃないか？敢てするなら、誰の前も憚らず言うが好いじゃないか？　敢てしながら恥るとは矛盾でないか？　矛盾だけれど、矛盾と思う者も無いではないか？　如何《どう》いう訳だ？》（同前）

一度火が点いてしまった《私》の怒りは収まらず、トルストイまで引っ張り出して来て、「人のありようと性欲は、どうやって折り合いをつけるんだ？　いくら偉いトルストイだって、適当なことを言ってるだけだ。ごまかされんぞ！」というところまで行ってしまう。

この《私》は、人の性欲と人のあり方とがうまく折り合いがつけられず、ただ矛盾のままに放置されている——その結果、自分が翻弄されてしまっているということが、許せないのだ。そこに怒って《力む》になってしまった《私》の頭は、「人の性欲にまつわる矛盾」という方に行ってしまって、「雪江さんとの話」はどうでもよくなってしまう——《其後間もなく雪江さんのお婿さんが極った。お婿さんが極ると、私は何だか雪江さんに欺かれたような心持がして、口惜《くや》しくて耐らなかったから、国では大不承知であったけれど、口実を設けて体《てい》よく小狐《おぎつね》の家を出て下宿して了った。》（『平凡』四十一）

「小狐」というのは雪江一家の姓で、この家の主人の地方への栄転が決まり、一家は東京を去る。そして、《私も終《つい》に雪江さんの事を忘れて了った。これでお終局《しまい》だ。》（同前）ということになる。《私》に

《欺かれたような心持》を与えた女の姓が《小狐》であるというのは、「ここまでは恥ずかしい笑い話だぜ」とでも言う作者の意図の反映でもあろう。

《私》自身、あるいは作者自身が《これでお終局だ。》と言っているのだから、「雪江さんとの話」は、別に尻切れトンボではない。形の上ではまとまっている――がしかし、ここに明らかな「省略」があることは明白だろう。《私》は、《物をも言わず卒然雪江さんの部屋を逃出して了った……》で、《何故彼時私は雪江さんの部屋を逃出したのだというと、非常に怕ろしかったからだ。》で、その後は延々と「性欲論」が続く――そして《其後間もなく雪江さんのお婿さんが極った。》で、《これでお終局だ。》ということになる。普通の小説なら、雪江の部屋を逃げ出して《怕ろしかった》ということに気がついた《私》が、その後どうしたかというような記述が続いたりもするものである。「ポチの話」の時はそうだった。だから、「次の朝、雪江はどんな風だったか」というような記述だって、あってもおかしくないのである。

たとえばそれは、「次の朝、私は雪江さんと顔を合わせたが、恥ずかしくて、ろくに雪江さんの方を見られなかった。しかしふと見ると、雪江さんはいつもの朝と変わらぬ様子でいる。私は居ても立ってもいられなくなった。私の頬は真っ赤になっていたが、これを恥ずかしいと思うより先、いつもと変わらぬ様子でいる雪江さんに腹が立った。朝食もそこそこに部屋へ戻り、独りになるや、怒りよりも悲しみが押し寄せて来た。なにが私を怕ろしくさせるのだろうと思うと、私は自分の体を壁に打ちつけたくなった」――というような描写である。こういう記述は『平凡』の中に存在しない。だからこそ私は

「尻切れトンボ」と言う。

「性欲論」より先、《怕ろしかった》と思う《私》のその後が延々と書かれてしかるべきでもあるのに、それがない。だから、「雪江のその後」も、《其後間もなく雪江さんのお婿さんが極った。》に至るまで、なにもない。なぜないのかというと、書きようがないからである。

なぜ「雪江のその後」がないのかと言えば、それは雪江に「《私》との愛情関係を成り立たせる実体」がないからである。「小狐雪江」という名を持って、《私》の前で好き勝手に生きている彼女は、「《私》とは関係のないところで実体を持つ女」で、それを描写する《私》からすれば、彼女は「実体のない女」で、「小狐雪江」という名は便宜的なもの。やって来た下宿先にその女がいたというだけのことだから、彼女は別に「小狐雪江」でなくともよいのである。その点で、雨の夜に《私》の家へ迷い込んで来たポチが「ポチ以外のなにものでもない存在」であるのとは、大いに違う――こう考えてみれば、二葉亭四迷の「構成力」は驚くべきものである。

『平凡』の（十）でポチのことを語り始めた時、こう言っている――《ポチは全く私の第二の命であった。其癖初めを言えば、欲しくて貰った犬ではない、止むことを得ず……》

この《私》は、そもそも犬好きなのだ。だから犬を飼うのだったら、そのつもりでまず「どの犬が飼いたいか」の意思が存在するのである。にもかかわらずポチは、《私》のありようとは無縁に、向こうから勝手にやって来た――その点でポチは、「遠縁の家に下宿をするためにやって来たら、そこに雪江がいた」というのと、同じなのである。初めに雪江に対する「感情」があったわけではない。「そこにいる女」を見ている内、いつの間にか気持ちが傾斜して行ったというだけである。そこは同じなのだが、「迷い込んで来たポチを見ただけでもう手放せなくなってしまった」という「愛情」の存在に関しては違う。ポチは「ポチ」であらなければならないが、雪江は別に「雪江」でなくともよい——そのような対比が可能になるように、《其癖初めを言えば、欲しくて貰った犬ではない》の一文がある。これを置くことによって二葉亭四迷は、後に登場する雪江とポチを同一線上に置く。置かれて、ポチと雪江は「愛情の実体があるもの」と「ないもの」の差を表現する。だからこそ、ポチを喪った悲しみは長く尾を引いて、雪江の方は、さっさと《これでお終局だ。》になってしまうのだ。

《私》にとって雪江は、「人としての実体を持つ女」ではない。「《私》の性欲を発動させてしまう〝若い女〟というものの中の任意の一人」なのである。だから私は、『平凡』の（二十六）から（四十一）まで続くエピソードを、「雪江さんの話」ではなく「雪江さんとの話」と言う。このエピソードの主題は「雪江さん」ではなくて、「雪江さんに触発されて作動してしまう《私》の性欲」だからである。

このことは、語り手の《私》にも作者の二葉亭四迷にも明確に理解されていて、『平凡』の（四十一）にはこう書かれている——《私の雪江さんに於けるが、即ち殆ど其《それ》だ。私共の恋の本体はいつも性慾だ。》

こんな一文がどうして登場してしまうのかと言えば、《これでお終局だ。》として「雪江さんとのその後」にピリオドを打った後で、《私》がこう続けるからである——。

《余り平凡だ、下らない。こんなのは単純な性慾の発動というもので、恋ではない、恋はも少《ちッ》と高尚な精神的の物だと、高尚な精神的の人は言うかも知れん、然うかも知れん。唯私のような平凡な者の恋はいつも斯うだ。》（『平凡』四十一）

この一文が《私の雪江さんに於けるが、即ち殆ど其だ。》云々へ続く。「ポチの話」も「雪江さんとの話」も「お糸さんの話」も、みんな「愛に関する物語」だが、つまりは「〝愛〟と言われるものに関する物語」なのだ。「雪江さんとの話」は一種の恋愛物語だが、二葉亭四迷は「こんなものは恋の物語ではない」と言われることを承知した上で、「〝恋〟と言われるカテゴリーの中に投げ込まれてしまうもの」の実体を暴いている。もちろん、それを暴くことが目的ではない。「恋愛と言われるものの多くがそういうものであるのは、仕方のないことではないか」と言っているのである――「怒る」という様子を取りながら。

小狐雪江は、明治の世に当たり前に棲息する一人の女学生である。と同時に、彼女は《私》の性欲を発動させるような存在でもあるが、このことはソフィスティケイトされて隠されている。なぜ隠すのかと言えば、いきなりかつ明からさまに「性欲」を前面に出して語る習慣が、まだないからだ。だから、これが隠されている間は、雪江を見る《私》の目はシニカルで、「少し間の抜けたドタバタ劇」にもなるが、そのような語り方をする《私》が、雪江を「男の性欲を発動させる存在」と明白に理解してしまったら、もう書きようはない。なにしろ、二葉亭四迷の前には「納得の行くような形で性欲の位置付けを語る論理」がないからである。

語るためのバックボーンを持たないことは、語りようがない。前章に言った「まだ十全な理解が及んでいないから、そのことをきちんと把握して言葉に出来ない」というのはここである。

かくして、『平凡』第二のエピソードである「雪江さんとの話」は、雪江の部屋を《私》が逃げ出して、これを《非常に怕ろしかったからだ。》と理解した後では、尻切れトンボになって終わる――終わるしかない。そしてこれを「中途半端な尻切れトンボだ」と言う人も、今やそういないだろう。『平凡』の（四十）や（四十一）にある片のつけ方は、これが今から百年前に書かれた小説とは思えないほど新鮮で、私のようなへんな突っ込み方をしない限り、「尻切れトンボだ」とは思われないはずだからである。

四　『浮雲』の不始末を完結させる『平凡』

私にしてみれば、『平凡』の中で最も重要な意味を持つエピソードは、この二つ目の団子である「雪江さんとの話」である。どうしてかと言えば、このエピソードが未完に終わった『浮雲』の設定とそっくりだからである。言うまでもない、『浮雲』の主人公の文三が『平凡』の《私》で、文三との間に縁談が持ち上がる彼の下宿先の娘――文三には従妹となるお勢が、『平凡』の雪江である。

『浮雲』がどういう内容の小説かということは第三章でも少し触れたが、実のところ「『浮雲』はかかる内容の小説である」という手っ取り早い断言はしにくい。だからその時の私は、これを「お勢と文三の物語」とは言いつつも、これが「お勢と文三の恋」なのか、「お勢と文三の縁談」なのか、はたまた「〝お勢〟という任意の名を持つ女に代表される〝外界〟に振り回される文三の物語」であるのかどうかはよく分からないと言った。よく分からないのは、『浮雲』が未完の小説だからということもあるが、そんなことよりも、主人公の内海文三がグズグズとして煮え切らない男であることの方が大きい。だからこそ、書かれなかった『浮雲』のその後に於いて、内海文三は発狂することになっている――そのような二葉亭四迷のメモが『くち葉集　ひとかごめ』に残されているが、作者にとっても、文三は動かしにくい男なのだ。

主人公文三の胸の内が、『浮雲』でははっきりしない。お勢が好きなのかどうか――どうやら「好き」ではあるらしいが、『浮雲』の主人公は、そんなことよりも自分自身のプライドばかりを問題にしている。若き官吏の内海《うつみ》文三は、開巻いきなり勤め先をクビになっていて、この以前に、「お勢と結婚するかもしれない」という方向へ進んでいたものがダメになる――正確には「ダメになりそうな方向へ進んで行く」になって、この周囲の変化に文三は振り回される――それが『浮雲』である。

お勢と文三が相思相愛であるのなら、文三の境遇の変化にお勢だって振り回されてもいいのだが、どうもそうはならない。だったらお勢はどうなのかというと、これもはっきりしない。三人称の文体で書かれながら、『浮雲』はもっぱら「文三の側」に立っているから、お勢のありようがはっきりとはしない——はっきりと分かるように書かれてはいない。《私》の一人称独白体による『平凡』が「独善的な童貞青年」の胸の内を書くことに終始して、雪江のありように関する当て推量を欠く——そのことによって、いかにも当世的な明治の女学生のありようがリアルに浮かび上がるのとは違って、三人称の文体で書かれる『浮雲』のお勢は、これを書く作者の焦点が定まらないから、お勢が文三をどう思っているのかが、よく分からない。『平凡』では「書かれていないからリアルに浮き上がる」になるものが、『浮雲』では「書かれていてしかるべきものが書かれていないから分からない」になるのである。

文三の方も、お勢を好きで愛しているかどうかよりも、「どうやら一人前の小役人になった文三であるから、我が娘のお勢と一緒にしてやってもいいか」と思うお勢の両親の意向を察知してその気になっている、というようなものだから、「お勢と文三の恋」だか「お勢と文三の縁談」だか、はたまたそうではないのかがよく分からない、ということになる。

『浮雲』は、文三がプライドを傷つけられる話で、そのストーリーは、敵役として存在するお勢の母親お政《まさ》と、腰の軽い年増盛りのお政に気に入られる、文三の（一瞬にして〝旧〟になってしまう）同僚の本田昇《ほんだのぼる》によって進められる。一家の主人であるお政の夫園田《そのだ》孫兵衛《まごべえ》は、仕事の都合で横浜に行っていて、現存する本篇にはほとんど登場しない。本田は女に如才のない男で、上司に平気でおべっかも使う。文三が勤務先をクビになった理由ははっきりしないが、どうも「上司におべっかの一つも使えないクソ真面目さ」がその原因らしい。文三は「真面目で模範的な近代青年」で、本田はそれとは対照的な世慣れた俗物——これが夫の留守中の園田家へ遊びに来て、年増女のお政とベタベタしている。お政と本田、それにお勢も加わって、家の中は平気でベタベタしていて、ついこの間までは「婿さん候補」だったはずの文三一人が仲間はずれにされて、彼のプライドはズタズタに傷つけられて行く。

文三の叔父である園田孫兵衛は《慈悲深く憐ツぽく加之《しか》も律義《りちぎ》真当《まつたう》の気質ゆゑ人の望《う》けも宜《よ》いが惜哉《をしいかな》些《ち》と気が弱すぎる。》（『浮雲』第一篇第二回）という人物だから、父を亡くして仕送りも期待出来ぬまま十五歳で上京した文三を迎え入れる。しかし妻のお政は、江戸の戯作にある「性悪女」を丸出しにした俗物だから、一銭の得にもならない居候の文三をいじめる――言ってみれば、シンデレラの継母の役処で、それが文三の就職が決まったとなれば、掌を返したように「お勢と一緒にしてもいいか」と思い、文三がクビになったと知れば、また掌を返す。そういうお政と本田、それと女扱いに慣れた本田にちょっかいを出されてキャーキャー言っているお勢――「時流にかなった俗物達に虐げられて、不運な内海文三はいかが相成るのでありましょうか」というのが現存する『浮雲』だが、そういうシチュエイションの中で、ぐずぐずするばかりの文三はなにもしないから、結局は「発狂する」というところへ行くしかない。「俗物がはびこるしかない中で、明治二十年の真面目な近代青年は敗北するしかない」という構想を立てられたのが『浮雲』ではあるけれど、そういう構想を立てた当の二葉亭四迷がこれに納得をしていたのかという話もある。

明治二十年（一八八七）に第一篇を刊行し、一年一篇のペースで続いたものが、明治二十二年には『都の花』という雑誌で第三篇の連載が始められる。そして、すぐに中絶されてしまう。その時の胸の内を、彼の日記である『落葉のはきよせ　二籠め』から引くと、《我作を求め出せしかバまづ之を手に持ちて歩みながらに読みもてゆくほどに手先おの丶き出せり　その前よりおの丶きをりしや否やは知らずた丶その時になりて心附きしなり　次いて忽然《こつぜん》として顔を真紅にそめたり　「かほとまて拙《つた》なしとはおもはさりしが印刷してみれバ殆と読むにたへぬまでなり」と心のうちにおもへり》ということになる。

『都の花』に掲載が決まっていて、その発売を心待ちにしていたのだが、発売当日になっても版元から送って来るはずのものが届かない。それで二葉亭四迷は本屋にまで買いに行くのである。それほど彼は自分の作品に自信があった――というのではないらしい。どこかで自信がなくて、「雑誌に載ったらなんとかなっているのではないか」と思っていたらしい。ところが手にした雑誌を見て、『浮雲』の載っている頁を開いて読みながら歩き始めたら、「こんなに下手だとは思わなかった――」という結果になってしまうのである。なぜ《かほとまて拙なしとはおもはさりし》と彼が思ったのか、その理由は書かれていないが、かくして「真面目な近代青年が俗なる現実に敗れる」という話は、途中で放棄されてしまうのである。

なぜ『浮雲』が放棄されたのかと言えば、「まずその設定、構想に無理があった」としか言いようがない。「おべっか使いの出来ない真面目な近代青年」とは言っても、文三には「内在するなにか」があるはずである。それがあるからこそ、人は動きもする。ところがプライドを傷つけられるばかりの文三は、「傷つけられる」以外になにもしないのである。「真面目とは被虐の性《さが》の別名か」と言いたいようなもので、「発狂への道を辿る」と構想された文三のあり方には、説得力がないのである。「内在するものによって動く」ということを欠いて、文三は周囲の「俗物」という名の敵役《かたき》に翻弄されるだけなのである。これではまともな小説にならない。発売当日に本屋で『都の花』を手にした二葉亭四迷がこのことに気づいたかどうかは別として、『浮雲』の最大の欠陥は、主人公が「内在するもの」を欠いているところなのである。

一方の『平凡』には、これがしっかと存在する。だから、(三十九)末尾の《物をも言わず卒然雪江さんの部屋を逃出して了った……》から、(四十)冒頭の《何故彼時私は雪江さんの部屋を逃出したのだというと、非常に怕ろしかったからだ。》があり、その後の「性欲論」も存在する。はっきり言ってしまえば、『平凡』の「雪江さんとの話」の部分は、「こう書いておけば、『浮雲』が中途半端に終わることはなかったはずだ」ということを示す、『浮雲』の後日譚ならぬ「前日譚」なのである。

『浮雲』の文三は《二十二三》という年齢設定で、クビになってはいるが一人前の社会人――これに対して、小狐家へやって来て娘の雪江と出会う『平凡』の《私》は、中学を卒業した十代の若者である。今で言えば、高校を卒業して東京へ出て来たばかりの少年がいきなりその下宿先で出会う雪江は、《雪江さんは私よりも一つ二つ、それとも三つ位年下かも知れないが、お出額《でこ》で、円《まる》い鼻で、二重顋で、色白で愛嬌が有ると謂《い》えば謂うようなもの丶、声程に器量は美《よ》くなかった。が、若い女は何処となく好くて、私がうッかり面《かお》を視ている所を、不意に其面が此方《こちら》を向いたのだから、私は驚いた。驚いて又俯向いて、膝前一尺通りの処を佶《きっ》と視据えた。》(『平凡』二十八)というようなものである。

『浮雲』のお政に該当するのが小狐家の女主人だが、お政が前近代的な「意地悪でだらしのない年増」であるのに対して、こちらは「権高な官吏の妻」という近代的な山の手夫人でもある。故郷では《伯父さん》《伯母さん》と呼んでいた小狐家の主人夫婦は、《私》の想像には反してエラソーな人間達で、主人の留守に小狐家へ着いた《私》は、この権高な女主人を相手に緊張して座るしかない――そこへ《華やかな若い艶のある美《い》い声》(『平凡』二十七)を響かせる若い女がやって来る。雪江は屈託のない、今時の女子中学生や高校生と同じで、やって来た部屋に見知らぬ若い男がいるのに気づくと《「誰方《どなた》?」/「此方が何さ、阿父《おとう》様からお話があった古屋さんの何さ。」/「さう。」》(同前)ということになる。気づきはしても関心はない。だから、そのまま母親相手に物ねだりを始めてしまう。その声だけを聞いた《私》は、「お、女だ」と思い、しかしこっそりと盗み見て、「なんだ、たいして可愛くもないじゃないか」と思うのだが、それでも相手が「若い女」だから、雪江と目が合ってしまうとドギマギして頬が紅くなる。『平凡』の私には、明らかに「内在するもの」があるのである。

一方、『浮雲』の文三にはこれがない。十五の年に園田の家へやって来た文三は、そこでお勢と会うのだが、『平凡』の《私》のようなことにはならない。どうしてならないのかというと、文三が園田家へやって来た時、お勢はまだ十二歳の子供で、文三はすぐに給費が貰える某学校に入ってそこの寄宿舎へ移り、お勢もまたお勢で、「女の学問が流行だ」と知って、親にせがんで私塾へ入塾してしまうから、こちらも園田家を出る。二人はろくな接点を持たぬまま大人になって、そこから『浮雲』の物語は始められるから、若い女を見ていきなり性欲が発動してしまう『平凡』の《私》のようなストレートな展開にはならない。「さァ、縁談だ」というところから「文三の中に感情が生まれた」になるのが『浮雲』だから、内在するものを欠いた文三は、とてもお行儀がいい。

「内在するもの」は、理性によってきちんと抑圧され、「クビになった文三は、お勢との縁談をあきらめさせられる方向へ進んで、プライドばかりがズタズタになる」ということになるから、『浮雲』の文三は「真面目とは被虐の性の別名か」ということにもなってしまっている。「内在するもの」は、別に性欲に限ったわけではない。モノローグだって、「心中に内在するもの」である。

小狐家にやって来た『平凡』の《私》は、『浮雲』の文三とは違って両親も健在だし、小狐家の主人は《私》の父親にとって《昔困っていた時、家で散々世話をして遣《や》った人だから、悪いようにはして呉れまい》（『平凡』三十）というような存在でもある。にもかかわらず、いざやって来てみれば《私》への待遇はすこぶる悪い。与えられた部屋は、玄関脇にある薄汚れて日当たりの悪い、雨漏りの跡歴然で、古畳がボコンボコンになっている四畳間。「伯父さん、伯母さん」と思っていたものを、「もう子供じゃないのだから〝先生〟と呼べ、〝奥さん〟と呼べ」と言われて、玄関脇で来客相手の取り次ぎその他雑用を果たす書生にされてしまう。ところが「内在するもの」が旺盛の《私》だから、仕方なしに言いつけには従ったものの、内ではいやみや皮肉を平気で並べる。「先生と呼べ」と言った相手に対して、《伯父さんの先生——私は口惜しいから斯ういう》（『平凡』三十一）で、一向に被虐の性にはならない。

それが可能になるのは、もちろん『平凡』が一人称の独白体で書かれていて、ぶつぶつと文句を言う十代の《私》の背後に、皮肉を弄することに長《た》けた《私は今年三十九になる。》というもう一人の《私》がいるからだが、しかしその三十九の《私》であっても、十代の《私》をスーパーな存在にすることは出来ない。性欲の発動が身内をくすぐるような快感でもある内はまだいいが、それが本格的に鎌首をもたげて未知の領域へ踏み込みそうになってしまうと、もう抗弁のしようはない。十代の《私》は、ただ《逃出して了った……》としか語りようがなく、三十九歳の《私》に《何故彼時私は雪江さんの部屋を逃出したのだというと、》とバトンタッチをせざるをえなくなる。

十代の《私》には、《何故彼時私は》以降は語りにくい——「語りにくいのだ」ということだけが三十九歳の《私》には表明出来て、だからこそその後は「性欲論」になる。そうなってしまえば、もう「雪江の部屋を逃げ出した、その直後の《私》」もなければ、「翌日の雪江」もない。それは「語りようのないこと」で、だからさっさと雪江は結婚して、《これでお終局だ。》になる。「なにか」はあったはずなのだが、それは「語りようのないこと」だから、飛躍して時間を繰り上げるしかない——それが『平凡』の「雪江さんとの話」が語る真実で、『浮雲』は実のところ、この「語りようがない」になってしまった袋小路から語り始められるようなものなのだ。だから、語りようがない——だから、中絶するしかない。

「怕ろしくなって逃げ出した」を歴然とさせる『平凡』の《私》は、ともかく「逃げ出す」という行為をした。だから話は動く。ところが、性欲をはじめとする「内在するもの」を抑圧して欠いてしまった『浮雲』の主人公は、動きようがない。だからその代わりに、敵役達に活躍してもらうしかない。本田はズカズカと園田家へ入り込み、お政は「シンデレラの継母」性を歴然とさせ、である以上お勢も「文三に恋愛感情を抱く」という側面を欠落させて、なんだかよく分からないものになる。

『浮雲』のお勢は「学問をする娘」になって、だからこそ中途半端な口もきき、その一方で「さすがにお政の娘」であるような一面も歴然とさせて、「いい気な尻軽女」にもなる。文三のプライドが傷つけられるのは分かるが、しかし「何故文三はお勢に執着するのか」というのがよく分からなくなる。お勢はただの「いやな女」になってしまってもいいのだが、「文三のお勢に対する執着」を成り立たせるために、そうもなりきれない。だから、本田がお勢にちょっかいを出して、お勢が本田に傾斜してしまった後を語る『浮雲』の第三篇は、話が膠着状態に陥って一向に進まなくなる。「下手」であるのかどうか以前に、もう話が進まないのだ。

　これに対する『平凡』の《私》は、《雪江さんの部屋を逃出して了った……》の後になっても、雪江への執着を持続させている。雪江の縁談が決まって小狐の家を出た《私》は、それでも《馬鹿な事には下宿してから、雪江さんが万一《ひょッと》鬱《ふさ》いではいぬかと思って、態々《わざわざ》様子を見に行った事が二三度ある。》（『平凡』四十二）ということをする。

《私》の執着は分かる。《逃出して了った……》で、雪江との間を中途半端にしてしまったから、収まりが悪いのだ。それを「性欲の発動ゆえに怕ろしくて踏み止まらざるをえなかった」とすんなり理解出来ない十代の《私》は、「性欲の発動≠恋」と位置付けて、「こっちにとって恋なら、雪江さんにとっても恋だろう」と考える――だから、「本当は私のことが好きなはずなのに、好きでもない男と結婚させられるのをいやがっているのではないか」という、独善的な理解も生まれる。この執着は、その年頃ならではの執着で、だからこそ《私》の思惑に反して、《雪江さんはいつも一向鬱いで居なかった。》（同前・傍点筆者）ということになる。

内在する私の性欲とは無縁に存在する雪江は、《声程に器量は美くなかった》と書かれることも含めて、リアルな像を結ぶ「いかにもそうでありそうな女」なのだ。

五　「悪態小説」としての『浮雲』

私＝橋本にとっての『浮雲』は、「十分な用意をせぬまま〝書きようのないこと〟を書き始めてしまった二葉亭四迷の、『平凡』以前の習作」である。だから、二葉亭四迷は『平凡』を書いて、「書きようのないことを抱えている人間の物語」を明快に描き出さなければならない。それをするのが、「小説家でありたい」と思う二葉亭四迷の義務なのだ。『平凡』を書くことによって、二葉亭四迷は『浮雲』という作品を書いてしまった「傷」を帳消しにすることが出来る――もちろん、こんなことは私の勝手な考えではあるけれど。

後になって二葉亭四迷が『平凡』という小説を書かなかったなら、今まで私がして来たような『浮雲』へのツッコミはない。「文三には内在するものがなにもない」というのは、『平凡』の後になって生まれる視点だからだ。『浮雲』の失敗はそういう観点で語られるものではないし、本屋で『都の花』を買った二葉亭四迷が自作を読みながら《かほとまで拙なしとはおもはさりしが》と愕然《がくぜん》としたのも、「文三には内在するものがなにもない」というのとは、別の理由からだろうと思われる。読めば分かるが、『浮雲』の第三篇は、それ以前の第一篇や第二篇とは明らかに文章の質が違うのである。

たとえば『浮雲』第三篇の冒頭に当たる第十三回は、こんな文章で始まる——。


《心理の上から観《み》れバ、智愚の別なく人咸《ことごと》く面白味ハ有る。内海文三の心状を観れバ、それハ解らう。前回参看。文三ハ既にお勢に窘《たしな》められて、憤然として部屋へ駈戻《かけもど》ツた。さてそれからハ独り演劇《しばゐ》、泡を噛《かむ》だり、拳《こぶし》を握ツたり。どう考へて見ても心外でたまらぬ。「本田さんが気に入りました、」それハ一時の激語、も承知してゐるでもなく、又居ないでも無い。から、強《あなが》ち其計《そればかり》を怒ツた訳でもないが、只腹が立つ、まだ何か他の事で、おそろしくお勢に欺むかれたやうな心地がして、訳もなく腹が立つ。》（『浮雲』第十三回）

『浮雲』の第一篇の文章は第三章にも引用してあるから、それと比較してもらえば分かるだろうが、この文章は大分違う。第三章での引用は、『浮雲』第一篇にある情景描写を引いて、「これが果して言文一致体なのだろうか?」という趣旨のことを言ったものだが、第三篇の文章はかなり違う。言文一致体の文章としてはかなりの進歩を遂げていて、句読点の位置は昔風だが、センテンスは短くなって、論理的な文章でさえある。つまり「饒舌」は影をひそめて、「説明する」に主体が置かれた機能的な文章になっているということである。一見「いいこと」のようだが、実は逆なのだ。

『浮雲』の文章は、そもそも饒舌であることを前提にした文章なのだ。『浮雲』の情景描写が長過ぎるほど長くて、「話の筋が見えなくなってしまう」ということは第三章でも言った。情景描写に限らず「文章が延々と切れ目なく続く」というのは、近代以前の和文体の特徴ではあるが、『浮雲』の文章は、その古さから脱しきれていないという質のものではない。「そういう文章のスタイルがある」ということを承知した上で、『浮雲』の文章は延々と長いのだ──だからこその饒舌ではあるが、なぜそうなるのかというと、『浮雲』が「語るべきことをきちんと語る」ということを前提にしているわけではないからだ。そうではなくて、《何か一つ書いて見たいとは思つたが》（『余が言文一致の由来』）で始められた『浮雲』は、「語るべきことを面白おかしく語る」を前提とした作品だからだ。そのために「余分なこと」が入りまくる──「思いついたことを全部使ってからかいまくる」という姿勢が作者の方にあるから、その結果の饒舌と歩調を合わせて、情景描写の方も本筋を踏みはずすほどに長くなる。その点で『浮雲』は「悪態小説」を本来とするもので、作者の姿勢は最初から明らかである。

『浮雲』第一篇の第一回には《ア、ラ怪《あや》しの人の挙動《ふるまひ》》という章題がつけられていて、この言文一致体の最初とも言われる小説は、次のように始まる──。

《千《ち》早振《はやふ》る神無《かみな》月《づき》も最早跡二日《あとふつか》の余波《なごり》となツた廿八日の午後三時頃に神田見附の内より塗渡《とわた》る蟻、散る蜘蛛《くも》の子とうよ〱ぞよ〱沸出《わきい》でゝ来るのは孰《いづ》れも顋《おとがひ》を気にし給ふ方ゞ、》（『浮雲』第一篇第一回）

これはつまり、仕事終わりのビジネス街の風景である。仕事終わりのビジネス街の建物から出て来る人の群れ（ここは男ばかりだが）を俯瞰《ふかん》で捉えて《蟻》や《蜘蛛の子》と描写するのは、今では「適確」を通り越した当たり前の表現だろう。移動するビジネスマンの群れを俯瞰で捉えた映像なら何度も見たことはあるが、その元祖は二葉亭四迷である。問題は、今では当たり前でもあるこの描写が、発表時の明治二十年にはどうだったかということである。《頤を気にし給ふ方〻》というのは、「髭自慢の男達」ということで、だからこそこの後には「当時の男達の髭のあれこれ」という記述が続くが、そうした「紳士」であるような男達を《蟻》や《蜘蛛の子》にたとえるのはいかがなものかということである。明治二十年当時の《頤を気にし給ふ方〻》は、自分達が《蟻》や《蜘蛛の子》にたとえられていることを知ったら、「無礼な」と怒るだろう。「虫けらにたとえる」というのは、《頤を気にし給ふ方〻》への愚弄なのである。だからこそここに《給ふ方〻》の敬語表現が存在する——つまりは、「上げたり下げたり」なのである。だから、うっかりと書かれた「髭」を指し示す《頤を気に——》も、「髭が自慢」の意味の外に、「頤《おとがい》を養う」＝「食って行く」という意味も匂って来る。「髭自慢の紳士だが、食って行くことばかりをもっぱらに考えている」という余分な揶揄もこっそりと入り込んで匂う——それがそもそもの『浮雲』なのである。だから冒頭には「神」にかかる枕詞の《千早振る》もある。「ふざけたことを言うために、あえて儀式張ったスタイルを取る」というのは、江戸の戯作の常套でもあるのだ。

明治二十年の現代風俗を小説に書こうとした二葉亭四迷は、これを描写するに際して、まず「小バカにする」という姿勢を取った。だから、冒頭に《蟻》や《蜘蛛の子》と評される男達が登場するのは、俯瞰なんかではなくて、ただの「上から目線」なのである。

通り相場として、『浮雲』は「日本初の言文一致体小説」ということになっているが、そうだろうか？　そんなことよりもまず、『浮雲』は明治二十年当時の現実に対して片っ端から皮肉やからかいをぶつける「日本初の現代小説」で、それは実質に於いて「悪態小説」と言うべきものだと考えた方がいいと思う。その悪態は、敵役であるお政や本田だけに対してではなく、「内在するもの」を抑圧してプライドにしか縋れなくなった文三にも及ぶ。最早引用は略するけれども、文三のあり方もまた、からかいの対象にはなっているのだ。『浮雲』のタイトルは、「さまようしかない近代青年文三」のあり方を象徴するものかもしれない。しかしそのタイトルはまた、「〝浮雲〟でしかねェんでやんの」という揶揄につながる可能性だって秘めてはいるのである。

ところが、その話が進むに従って、主人公の文三は追い込まれ、作者の筆もこれをからかう余裕をなくしてしまう。だから、第三篇になると、作者の筆は文三、本田、お勢の三人のありようをただ説明するしかなくなる。言文一致体の文章としては成熟するが、そうなった時、『浮雲』が本来持っていた「からかう余裕」――つまり「上から目線」の態度を取れる客観性がなくなってしまうのである。「『浮雲』は、遊戯性と一致するような客観性が身上」として、二葉亭四迷は書き進めて来たはずである。だから、その身上とするものがなくなって、ただ筋を追い、グルグル回りに終わるかもしれない「説明」に終始するようになった『浮雲』の第三篇を見た時、「俺はこんなにも下手だったのか」と愕然としてしまうだろう。

六　分からないのは、「他人のこと」ではなくて、まず「自分のこと」である

そろそろこの「日本の近代文学史のようなもの」の第一部である「言文一致体篇」は終わりにしなければならない。理由は、「いつまでもここでグズグズしていると先に行けない」ということなのだが、言文一致体創出レースの勝者となった二葉亭四迷の周辺には、いろいろな問題が未解決となって残されたままであることは確かである。

二葉亭四迷は、自然主義というものに対して懐疑的である──というよりも、《近頃は自然主義とか云って、何でも作者の経験した愚にも附かぬ事を、聊かも技巧を加えず、有の儘に、だら〳〵と、牛の涎のように書く》(『平凡』二)と揶揄しているのだから、「懐疑的」を通り越して、「拒絶している」に等しい。だから、彼の書いた『平凡』は、「作者の経験したこととは違うことを、技巧をもって、自然主義とは別種のだらだらした文体で書いた小説」になっている。その文体こそが、戯作の饒舌を止揚《しよう》させた「彼の言文一致体」と言うべきもので、これを書くことによって二葉亭四迷は、単調なる自然主義へ挑戦する。だからこそ、その最後に至って「文学への絶望」や「拒絶」を歴然とさせてしまうのだが、一体彼は、なにに怒っているのだろう?

二葉亭四迷は、私小説作家ではない。しかし彼は「小説家でありたい」と念じ続けた人である。ではその彼は、どういう小説を書く小説家になりたかったのだろうか? 『浮雲』に始まり『平凡』で終わ

る彼の小説家としてのあり方を一直線に結んでしまえば、「こんな現実は嘘っぱちだ！」と喝破出来るような小説を書きたかったようにも思える。しかし、彼が最後に書いた小説は、自然主義的私小説のパロディであり、と同時に「完璧なる架空の私小説」という高い完成度を持つ小説である。だから私は「これで二葉亭四迷はなにを訴えたかったのだろう？」と考える。この完成度の高い小説は、不思議な形で「なにか」を明らかに訴えているのだ。

なにを訴えていたのかというあらかたは、もう書いてしまったような気がするが、『浮雲』で「内在するものを持たない文三」を書いて、その失敗に気づいた二葉亭四迷は、『平凡』で「人に内在するものをきちんと位置付けない限り、小説というものは書けない。書いたとしても意味はない」と言っている——その点で『平凡』は「小説の書き方に関する小説」でもある。そういうことを押さえておいて、二葉亭四迷は次へ行く——『平凡』の三つ目の団子である「お糸さんの話」である。そこで二葉亭四迷は、「文士を廃業するだめな男」を自演して、「それでいいのか？」と、当時の文壇人士に対して啖呵《たんか》を切っているのである。

『平凡』の四十から始まった「性欲論」は、《これでお終局だ。》というところで終わらない。雪江のことは「もう関係ない女」で終われるが、身内に宿る性欲はそう簡単に終われない。だから、当時に合法で存在していた「売春」という方向に話は進む。あるいはまた「自慰」という方向に進む。『平凡』の《私》は、その金もないし、売春には抵抗があるしで、「自慰」の方向に進んでしまうのだが、そのことを語って、やっと例の「中絶」が登場する。こうだ——。

《あゝ、今日は又頭がふら〳〵する。此様《こん》な日にゃ碌《ろく》な物は書けまいが、一日抜くも残念だ。向鉢巻でやッつけろ！》（『平凡』四十二）

言いたくないことを言った後はいやな気分になるというのは「ポチの話」の時と同じだが、こちらはもう少し大人になっての話だから、「自慰をしてたよ、年長の友人に〝お前は遊びに行かないで、一人でやってるんだろう〟と言われて、悔しいから殴り合いの喧嘩したよ」とまでは書いたが、そこで話を止めておくことは出来ない。だから、《あゝ、今日は又――》のいやな気分になって、《向鉢巻》で一気に、「性欲→堕落→文学に走る」というコースを取って、「文士になった」というところへ行くのである。

いっぱしの「文士」になった《私》は、当時にあった「滞在型旅館」のような下宿に入る。お糸さんというのは、そこにいる「色気のあるバイトの仲居」のような存在である。《私》とお糸さんはそこで「いい仲」になるのだが、前章で言ったようにここに「父親の死」が絡むのである。女との「いい気な遊び」にうつつを抜かしている間に父親が死んで、そこで我に返った《私》は、小説の筆を折る――ということになる。

「お糸さんの話」は、とてもうまく書けているのだが、これがまたそのまんま《何でも作者の経験した愚にも附かぬ事》を書いている当代文士のあり方に対するパロディで、痛撃にもなっている。つまり、「自分が経験した女との関係を書くのが文学になるのなら、そんなものはやめてしまえ！」になって、最後の「文学への拒絶」へと至るのだが、普通の「当時の文士」だったら、そう簡単に「筆を折る」ということにはならないだろう。なにしろ「私と女の関係」を書くのが、自然主義文学の最大のテーマでもあるのだから。そこを、二葉亭四迷はどうかわすのか？　こうかわす——。

《父の葬式を済せてから、母を奉じて上京して、東京で一戸を成した。もう斯う心機が一転しては、彼《あ》様《ん》な女に関係している気も無くなったから、女とは金で手を切って了った。其時女の素性も始めて知ったが、当人の言う所は皆虚構《でたらめ》だった。しかし其《そ》様《ん》な事を爰《ここ》で言う必要もない。止めて置く。》（『平凡』六十二）

下宿で「お糸さん」なる女を見つけた《私》は、彼女と関係を持とうとして、あれこれと小細工をする。お糸さんもどうやら《私》への関心を持ち始めて、ついに「彼女となんとかなれそうだ」という段階にまで来るのだが、そうなった日の夜に、実家から「父親の病気がよくない」という手紙が来る。「さて、どうしたものか」と落ち着かなくなってもう床に入っている《私》のところへ、お糸さんがやって来る。夜の十二時過ぎで、そんな時間に部屋へそっとやって来る以上、彼女の中にＯＫサインはある。《私》の方も《泊ってかないか?》（『平凡』五十九）と言ってお糸さんの手を取るが、親のことが心配になってわずかにためらう。そのためらいを感じたお糸さんは、知らん顔をして、《本当《ほんと》にお眠いのにお邪魔ですわねぇ。どれ、もう行って寝ましょう。お休みなさいまし》（同前）で、部屋を出て行こうとする。仲居の彼女は、出て行くついでに《灯火《あかり》を消してきますよ》（同前）と言って部屋のランプを吹き消し、そして、《私》の上にのしかかって来る――《ふッと火を吹く息の音がした。と、何物か私の面の上に覆さったようで、暖かな息が微かに頬に触れ、》ということになる。暗闇の中で二人は関係を持つのだが、《「憎らしいよ！」と笑《わらい》を含んだ小声が耳元でするより早く、夜着の上に投出していた二の腕を痛《したゝ》か抓《つね》られた時、私はクラ〳〵として前後を忘れ、人間の道義畢竟《ひつきよう》何物ぞと、嗚呼父は大病で死にかゝって居たのに……》（同前）というところで終わって、その後の描写はない。この一文自体がウネウネと旋回するような文章で、「二人の行為は夜の中に溶け込んだ」ということを表現するのに効果的でもある。そのような形で、「お糸さんとの関係」はぼんやり消える――つまり「中絶」ということになっているのだが、それがまた曖昧にぼかされている。

「二人の行為」は夜の中に消えるが、翌朝になればペンディングになっていた「父の病気」が改めて問題になる――そうして「お糸さんの話」は中絶に向かうのだが、この中絶もまた絶妙で、《翌朝《あくるあさ》は夙く発《た》つ積《つもり》だったが、発てなくなった。尾籠な事には自ら尾籠な鉄則が有るから、既に一種の関係が成立った以上は、女に多少の手当をして行かなきゃならん――と、さ、私は思わざるを得なかった。》（『平凡』六十）という、例によってのダラダラぶりで、「女との話は尾を引くのか、引かないのか？」と思わせておいて、話は一気に父親の危篤から死へと至ってしまう。だから、《父の葬式を済せてから、母を奉じて上京して、東京で一戸を成した。》と続き、《其時女の素性も始めて知ったが、当人の言う所は皆虚構だった。》ということになる。それは「お糸さんの話に関する唐突なエンディング」でもあるようなものだが、「夜の中に溶け込む中絶」というものがあったから、この終わらせ方が唐突には響かない。《当人の言う所は皆虚構だった。》ということになれば、「お糸さんはいかなる女だったか？」という説明も、あるいはそういう疑問形にした「執着」も成り立たない。雪江への執着が《これでお終局だ。》であるのと同様に、「お糸さんの話」も、「もうお終局」である。「《私》と女の関係」を書きながら、実はそれを書いていないから、「もうお終局」の唐突が、唐突には響かない。二葉亭四迷の関心は、そちらにはないのだ。

こういう二葉亭四迷のあり方を「虚無的」と考える人もいるかもしれない。二葉亭四迷に「虚無的」のレッテルが貼られていたこともあった。しかし「お糸さんの話」を《止めて置く。》で終わらせてしまうのは、「二葉亭四迷が書いた『平凡』という小説の中のこと」である。

私は、よく出来た「お糸さんの話」を《当人の言う所は皆虚構だった。》《止めて置く。》で終わらせてしまう二葉亭四迷の言うことは、至って簡単なことだと思う。分からないのは、「他人のこと」ではなくて、まず「自分のこと」なのだ。「自分のことを書くその書きようが分からない男が、女という他人のことを、〝関係を持った〟という理由だけで、〝自分〟なる男を語る道具にするのはやめた方がいい」――これが『平凡』全体を通して言われていることだと思う。

『平凡』の連載が終わった翌々年、二葉亭四迷は感冒をこじらせた末に死んでしまう。文士社会に「そういうのはもうやめた方がいい」と言った二葉亭四迷が、その後になにを書きたかったのかは分からない。「小説はそんな風に書くもんじゃない」という小説を外に向かって書き上げてしまった以上、二葉亭四迷の仕事は「もうお終局」であってもいいのかもしれない。ただ《、、、、、、、、、、、、、、、、》と続けられる長い保留は残るが、日本の近代文学に「自然主義」という流派のようなものはあっても、「二葉亭四迷派」というものの存在はあまり聞かないから、「保留」は保留のままで終わるしかないのかもしれない。

はっきりしているのは、今から百年前に、『平凡』という「私小説を題材にした小説」が存在していたということだけである。

第二部　「自然主義」と呼ばれたもの達

第一章 「自然主義」とはなんなのか？

一 森鷗外と自然主義

田山花袋が『蒲団』を発表した翌月——即ち明治四十年（一九〇七）の十月末から新聞連載が始められた二葉亭四迷の『平凡』は、前巻『失われた近代を求めてI』（本選書版第一部）で既に言ったように、こう始められる——。

《近頃は自然主義とか云って、何でも作者の経験した愚にも附かぬ事を、聊《いさゝ》かも技巧を加えず、有《あり》の儘に、だら〳〵と、牛の涎《よだれ》のように書くのが流行《はや》るそうだ。好い事が流行る。私も矢張《やっぱ》り其《それ》で行く》（『平凡』二）

二葉亭四迷にとって「自然主義」というものは以上のような揶揄《やゆ》で片づけられてしまうようなものでもあるが、これだけだと「自然主義」というものがどういうものかよく分からない。当時の人にとって

「自然主義」がどういうものだったかを、もう一人、森鷗外にも語ってもらうことにする。『蒲団』『平凡』が発表された二年後の明治四十二年（一九〇九）に発表される『ヰタ・セクスアリス』である。その名も「生活《ヰタ》・性的な《セクスアリス》」と題されたこの作品は、冒頭にこんな一節を持っている——。

《金井君は自然派の小説を読む度に、その作中の人物が、行住坐臥《ぎょうじゅうざが》造次顚沛《ぞうじてんぱい》、何に就《つ》けても性欲的写象を伴うのを見て、そして批評が、それを人生を写し得たものとして認めているのを見て、人生は果してそんなものであろうかと思うと同時に、或《あるい》は自分が人間一般の心理的状態を外《はず》れて性欲に冷澹《れいたん》であるのではないか、特にfrigiditas《フリジディタス》（註：不感症）とでも名づくべき異常な性癖を持って生れたのではあるまいかと思った。》（森鷗外『ヰタ・セクスアリス』）

『ヰタ・セクスアリス』は、金井湛《しずか》という人物の手記の体裁を取っているが、その初めと終わりに作者森鷗外による「金井湛」に関する註記めいた記述がある。金井湛は森鷗外と重なるような人物であって、だからこそこの作品は森鷗外による「私の性的半生」と思われもし、「森鷗外も自然主義的な私小説を書いている」と言いたくなるようなものだが、そう簡単ではない。森鷗外だから高級なひねりがある。それが先の引用部を含めた冒頭の註記である。

《金井湛君は哲学が職業である。》という書き出しの一行からして、妙に皮肉めいていて、それが、《哲学者という概念には、何か書物を書いているということが伴う。金井君は哲学が職業である癖に、なんにも書物を書いていない。文科大学を卒業するときには、外道《げどう》哲学とSokrates《ソクラテス》前の希臘《ギリシヤ》哲学との比較的研究とかいう題で、余程《よほど》へんなものを書いたそうだ。それからというものは、なんにも書かない。》（同前）ということになると、この主人公がかなり変わった人物だということが見えて来る。

金井湛は、哲学を学び哲学の講義をしているが、その講義は本筋からはずれることを旨《むね》とするようなもので、彼自身はディレッタント的な人物である。だから《小説は沢山読む。》（同前）ということになる――。

《新聞や雑誌を見るときは、議論なんぞは見ないで、小説を読む。併《しか》し若《も》し何と思って読むかということを作者が知ったら、作者は憤慨するだろう。芸術品として見るのではない。金井君は芸術品には非常に高い要求をしているから、そこいら中にある小説は此要求を充《み》たすに足りない。金井君には、作者がどういう心理的状態で書いているかということが面白いのである。それだから金井君の為めには、作者が悲しいとか悲壮なとかいう積《つもり》で書いているものが、極て滑稽《こっけい》に感ぜられたり、作者が滑稽の積で書いているものが、却《かえっ》て悲しかったりする。

金井君も何か書いて見たいという考えはおりおり起る。哲学は職業ではあるが、自己の哲学を建設しようなどとは思わないから、哲学を書く気はない。それよりは小説か脚本かを書いてみたいと思う。併し例の芸術品に対する要求が高い為めに、容易に取り附けないのである。》（同前）

森鷗外の筆になる金井湛は、文壇という業界の端っこの方にいて一人でなんだかんだぼやいてはいるが、それだけでなんにもしない人である。どう見ても「なんだかんだ言いうるだけの見識を備えた立派な人物」ではない。森鷗外自身とも重ならない。この金井湛が、私の目には『平凡』（九）に登場した《私》の《旧友》のようにも見える――。

《先刻《さつき》旧友の一人が尋ねて来た。此人は今でも文壇に籍を置いてる人で、人の面《かお》さえ見れば、君ねえ、ナチュラリーズム（註：自然主義）がねえと、グズリ〳〵を始める人だ。

神経衰弱を標榜している人だから耐らない。来ると、ニチャ〳〵と飴を食ってるような弁で、直《すぐ》と自分の噂を始める。やあ、僕の理想は多角形で光沢があるの、やあ、僕の神経は錐《きり》の様に尖《とん》がって来たから、是で一つ神秘の門を突ついて見る積《つもり》だのと、其様《そんな》事ばかり言う。でなきゃ、文壇の噂で人の全盛に修羅を燃し、何かしらケチを附けたがって、君、何某《なにがし》のと、近頃評判の作家の名を言って、姦通一件を聞いたかという。また始まったと、うんざりしながら、いやそんな事僕は知らんと、ぶっきらぼうに言うけれど、文士だから人の腹なんぞは分らない。》（二葉亭四迷『平凡』九）

この《旧友》は、《其中に世間の俗物共を眼中に措《お》かないで、一つ思う存分な所を書いてみようと思う》（同前）とも言うのだが、『ヰタ・セクスアリス』の金井湛も似たようなものである。金井湛は、夏目漱石が『吾輩は猫である』を発表したのを読んで、腕がムズムズしてしまう（技癢《ぎよう》を感じる）のである。

《そのうちに夏目金之助君が小説を書き出した。金井君は非常な興味を以て読んだ。そして技癢を感じた。そうすると夏目君の「我輩は猫である」に対して、「我輩も猫である」というようなものが出る。「我輩は犬である」というようなものが出る。金井君はそれを見て、ついつい嫌《いや》になってなんにも書かずにしまった。

そのうち自然主義ということが始まった。金井君は此流義の作品を見たときは、格別技癢をば感じなかった。その癖面白がることは非常に面白がった。面白がると同時に、金井君は妙な事を考えた。》（森鷗外『ヰタ・セクスアリス』）

ということになって、話はようやく最初の引用――《金井君は自然派の小説を読む度に、その作中の人物が、行住坐臥造次顛沛》云々というところへ行き着くのである。そして、延々と引用を続けたこの私がなにを言いたいのかというと、「自然主義の悪口は言いにくい」ということである。

自然主義を《牛の涎》と言いきって、二葉亭四迷はそれ以上に自然主義の悪口を言わない。言っているのは「文壇人士の悪口」である。しかし、二葉亭四迷が森鷗外と同様に、《その作中の人物が、行住坐臥造次顛沛、何に就けても性欲的写象を伴うのを見て、そして批評が、それを人生を写し得たものとして認めている》ということを不快に思っていたのは間違いがない。だから、『平凡』の真ん中には、「そんなものは書きようがない」ということを骨子とする性欲論がある。森鷗外の『ヰタ・セクスアリス』は、そこから一歩進んだ、「じゃ、性欲というのはどういうものなんだ？　書いてやろうじゃないか」という質の「我が性的半生記」でもある。

『ヰタ・セクスアリス』が二葉亭四迷の『平凡』に刺激されて書かれたものでもあることは、間違いがないと思う。二葉亭四迷は、『ヰタ・セクスアリス』が雑誌『昴《すばる》』に発表される二月前の明治四十二年五月に、ロンドンから帰国の途中、船上で病死した。場所はベンガル湾洋上である。八月には坪内逍遥と内田魯庵《うちだろあん》編集による『二葉亭四迷』という追悼本が出されているが、そこに森鷗外は『長谷川辰之助』と題する一文を寄せていて、こう書かれている——。

《平凡が出た。

私は又逢いたいような気がした。併し此人の所謂《いわゆる》自然主義の牛のよだれが当って、「しゅん」外れの人に「しゅん」が又循《めぐ》って来たのが、即ち葬られて更に復活したのが、却って一層私を尋ねて行きにくゝしたような心持がした。

流行る人の処へは猫も杓子も尋ねて行く。何も私が尋ねて行かなくても好いと思う。こういう考も、私を逢いたい人に逢わせないでしまう一の原因になっている。》（森鷗外『長谷川辰之助』）

この追悼文は《逢いたくて逢わずにしまう人は沢山ある。》という書き出しで始まっている。森鷗外と二葉亭四迷は、その生前に一度しか会っていない。二葉亭四迷が外国に出発する直前のことで、二葉亭四迷の方から鷗外の家にやって来た。おそらく「洋行をするので一度ご挨拶を」というような理由でもあろう。森鷗外は二葉亭四迷より二歳年上で、互いに敬愛し合う二人がこの時まで会わず、この時を最後にして会う機会を永遠に失ったというのもドラマチックだが、それも二人のシャイな心性ゆえだろう。『ヰタ・セクスアリス』の書き方に倣えば、「そのうちに長谷川辰之助君が『平凡』を書いた。私は非常な興味をもって読んだ。そして技癢を感じた」ということになるのではないかと思う。

『ヰタ・セクスアリス』を発表した明治四十二年が、森鷗外にとって重要な年であるのは確かだと思う。というのは、それまで「文語体の巨匠」であった森鷗外が、この年になってついに言文一致体——口語体の文章で小説を書くからである。

明治になって登場した言文一致体にとって一番重要なことは、《どこまでも今の言葉を使って、自然の発達に任せ、やがて花の咲き、実《み》の結ぶのを待つとする。》（二葉亭四迷『余が言文一致の由来』）という、その成熟を待つことだったはずである。二葉亭四迷の『余が言文一致の由来』は、中絶に終わった『浮雲』第三篇の刊行から十七年がたった、明治三十九年（一九〇六）のものである。田山花袋の『蒲団』が登場する前年のこの年には、日本自然主義のもう一つのスタートラインともなる島崎藤村の『破戒』が登場している。『ヰタ・セクスアリス』の金井湛の腕をムズムズさせた『吾輩は猫である』は、その前年の明治三十八年。言文一致体も成熟して「口語体」と言われてしかるべきものになっていただろう。そしてこの時期、明治四十二年になるまで、小説家としての森鷗外は開店休業状態でもある。明治三十七年に田山花袋は『露骨なる描写』という一文を発表したが、そこには《近時の文壇を見るに、紅露逍鷗の諸大家は既に黙して》という言葉もある。《紅露逍鷗》とは言うまでもない、尾崎紅葉《おざきこうよう》、幸田露伴《こうだろはん》、坪内逍遥、森鷗外の四人である。田山花袋は礼儀正しい人だから、「古い大物は黙れ」などとは言わない。他人の言として「そのように言われている」と言っているのだが、明治三十七年はそんな状況であったとも思われる。

なぜ明治三十七年かと言えば、大流行作家であった尾崎紅葉が、この前年に胃癌で死んでしまったことが大きいだろう。尾崎紅葉の死は、日本近代文学の黎明《れいめい》期に一つの区切りをつけるもの、あるいは、日本近代文学の十九世紀と二十世紀を分けるものと考えてもいいだろう。近代日本——十九世紀の日本文学を引っ張って来た大家達は、ここでその役目を一段落させて沈黙に入る——そのように思われていた中で、森鷗外は「新文体を駆使する作家」として復活するのである。明治四十二年はそのような年でもあるが、注目すべきは、その森鷗外が新しい文体でなにを書いたかである。

明治四十二年三月、『ヰタ・セクスアリス』に先立って発表された初の口語体小説『半日』は、なんと、自分の家庭内の不和である。鷗外を育てた厳母と妻の折り合いが悪い——ただそのことだけが書かれている。この作品は雑誌『昴』に発表されただけで、その後は単行本にも全集にも収録されず、第二次世界大戦後に新しい全集が編まれた時になって、やっと陽の目を見た。なぜそんなことになったのかと言えば、鷗外に悪口を書かれた奥さんが「だめ!」と言ったからである。ついでに、『ヰタ・セクスアリス』を掲載した号の『昴』も発禁になった。『ヰタ・セクスアリス』のせいである。当時の鷗外——森林太郎は陸軍省の医務局長だったから、「こんなものを書きやがって!」という官憲の怒りも当然だろう。ということになると、明治四十二年になって口語体小説を書き始めた四十八歳の森鷗外は、「外聞の悪さを恐れずに書く」という点で、そんじょそこらの自然主義文士以上の度胸を持って率直だったということになる。

二　自然主義の悪口はうまく言えない

二葉亭四迷と森鷗外の二人が、自然主義をバカにしていることだけは確かである。二葉亭四迷は《牛の涎》の一言で、『ヰタ・セクスアリス』本篇の語り手である金井湛は、《此流義の作品を見たときは、格別技癢をば感じなかった。その癖面白がることは非常に面白がった。》である。この《面白がった》はもちろん、その前にある《作者がどういう心理的状態で書いているかということが面白いのである。》の《面白い》である。金井湛という人物は、「なにを考えてこんなものを書いてるのかなァ」と思いながら、自然主義の小説を読んでいたということである。

《面白がった》なのだから、この「なにを考えてこんなものを——」というのは、厳粛に顔をしかめて作者のありようを分析しているのではない。「ニヤニヤ笑って、〝へー〟とあきれている」に近い。その点でも金井湛は、二葉亭四迷の『平凡』に出て来る《旧友》のありように近い。『平凡』の《今でも文壇に籍を置いてる人》は、《君、何某《なにがし》のと、近頃評判の作家の名を言って、姦通一件を聞いたか》と言うのだが、金井湛の方は、そういうスキャンダルめいたことにではなく、「あいつの頭の中はこんなもんだよ」というバカに仕方である。

気にしない人は気にしないかもしれないが、『ヰタ・セクスアリス』の中には明白なギャップがある。それは、森鷗外によって造形された「金井湛」のあり方と、『ヰタ・セクスアリス』本篇の筆を執る金井湛のあり方の差である。冒頭の註記からすれば、「金井湛」というのは妙に斜に構えた人物である。ところが、『ヰタ・セクスアリス』本篇の筆を執る金井湛は、いたってまともで内省的でもあって、「斜に構えたへんな人物」の色彩はまったくない。更に冒頭には《文科大学を卒業するときには、外道哲学とSokrates前の希臘哲学との比較的研究とかいう題で、余程へんなものを書いたそうだ。それからというものは、なんにも書かない。》とあるが、本篇の終局近くになって彼＝金井湛が大学を卒業――しかも哲学科を優等で卒業すると、新聞社から彼に執筆の依頼が来る。「匿名ならいい」という条件を付けて承諾すると、ライバル紙に《哲学科を優等で卒業した金井湛氏は自由新聞に筆を取られる云々《しかじか》》(森鷗外『ヰタ・セクスアリス』)とすっぱ抜かれて「いやだ」ということにはなるが、それを平あやまりにされて《好《い》いよ。書くよ。》(同前)とあっさり承諾してしまう。しかも、森鷗外の筆になる「金井湛」らしからぬことさえも付け加えて――。

《好いよ。書くよ。併し僕には新聞社の人の考が分らない。僕がこれ迄にない一番若い学士だとか、優等で卒業したとかいうので、新聞に名が出た。そいつにどんな物を書くか書かせて見ようというような訳《わけ》だろう。そこで僕の書くものが旨《うま》かろうが、まずかろうが、そんな事は構わない。Sensation《センセイション》は

Sensation だろう。併しそういうのは、新聞経営者として実に短見ではあるまいか。（後略）》（同前）
　金井湛的なあり方からすれば、これは「いやだよ。書かないよ」に続くようなものである。しかし「書く」と了承した「金井湛」は、「若気の過ちで」というような弁明を付け加えることもしない。彼は、いたってあっさり書いている。そして、《僕の書いたものは、多少の注意を引いた。二三の新聞に尻馬に乗ったような投書が出た。僕の書いたものは抒情的な処もあれば、小さい物語めいた処もあれば、考証らしい処もあった。今ならば人が小説だと云って評したのだろう。》（同前）ということになる。これはどうあっても「卒論以後はなんにも書かない」の金井湛ではなくて、若き日の森鷗外自身だろう。いたって出来のいい森鷗外は、数えで十三歳の年に後の「東大医学部」である第一大学区医学校（東京医学校）の予科に、「十五歳」と年齢を偽って入学した。だからその二年後、まだ十五歳でしかない彼は、本科である東大医学部の学生になってしまう。《これ迄にない一番若い学士》とは、森鷗外のことである。
　冒頭の註記部分と本篇になってからの「金井湛」像のブレは、「上手の手から水が漏れた」というようなものであるのかもしれないが、そうではないだろう。森鷗外によって説明される冒頭の「金井湛」像は、その先に書かれる自然主義の悪口を緩和するための「挨拶」のようなものだからだ。
　森鷗外という人は、人の悪口を言わない。言ったとしても、それを悪口ではない「揶揄《やゆ》」に変えてしまうようなテクニック、あるいは余裕を持ち合わせている。まともな知性で正面から自然主義を否定分析してしまったら大喧嘩になる——その程度に森鷗外は自然主義を低く見ているから、無駄な衝突を避けるため、悪口を言う側の人間を「へんな人間」にしてしまった。二葉亭四迷の『平凡』の主人公である《私》が叙述を飛躍させるような形で「へんなぼやき」を連発するのも同様で、『ヰタ・セクスアリス』の金井湛は、まず作者の森鷗外から突っ込みを入れられるような「へんな人物」なのである。「へんな人間がへんなことを言っているぞ」という挨拶があって、そこからこの作品は始まって行く——。

《小説家とか詩人とかいう人間には、性欲の上には異常があるかも知れない。此問題はLombroso《ロンブロゾー》なんぞの説いている天才問題とも関係を有している。Möbius《メビウス》一派の人が、名のある詩人や哲学者を片端から摑まえて、精神病者として論じているも、そこに根柢を有している。併し近頃日本で起った自然派というものはそれとは違う。大勢の作者が一時に起って同じような事を書く。批評がそれを人生だと認めている。その人生というものが、精神病学者に言わせると、一々の写象に性欲的色調を帯びているとも云いそうな風なのだから、金井君の疑惑は前より余程深くなって来たのである。》（同前）

　これはいかにも森鷗外らしい、日本の自然主義文学のあり方に関する冷静な分析と批判で、最後の《金井君》の《疑惑は》以下を「困ってしまう」とか「バカげている」にしてしまえば、「自然主義」への明確な「悪口＝批判」にもなる。しかし、森鷗外はこれをはぐらかして、《金井君の疑惑は前より余程深くなって来たのである。》にする。そうしてしまえば、「金井某ごとき浮わついた人間のぼやきなど、恐るるに足らん」ということにもなる。

この引用部分だけではいささか分かりにくいところもあるのだが、《大勢の作者が一時に起って同じような事を書く。》ということに続けて、前年——明治四十一年（一九〇八）に東京の西大久保で起こったデバカメ事件が語られると、俄然分かりやすくなる。

《そのうちに出歯亀《でばかめ》事件というのが現われた。出歯亀という職人が不断女湯を覗《のぞ》く癖があって、あるとき湯から帰る女の跡を附けて行って、暴行を加えたのである。どこの国にも沢山ある、極て普通な出来事である。西洋の新聞ならば、紙面の隅《すみ》の方の二三行の記事になる位の事である。それが一時世間の大問題に膨脹する。所謂自然主義と連絡を附けられる。出歯亀主義という自然主義の別名が出来る。出歯亀るという動詞が出来て流行する。金井君は、世間の人が皆色情狂になったのでない限は、自分丈《だけ》が人間の仲間はずれをしているかと疑わざることを得ないことになった。》（同前）

ここまで来れば、「あまりのバカらしさに口をあんぐり開けて惘《あき》れている金井湛の顔」が浮かび上がって、自然主義に対する森鷗外の揶揄は歴然とする。

前巻〔第一部〕の第四章でも言ったが、デバカメ事件の起こった明治四十一年という年は、日本で初の美人コンクールが開かれ、警視庁が猥褻《わいせつ》文書の取り締まりを大々的にやって、女優というものを存在させるために日本で最初の女優養成所が設立される——つまりは「女の生々しさが表面化する年」なのである。森鷗外はそういう時代状況も含めて、「自然主義騒動」に惘れているのである。私は時々、日本文学に於ける「笑いの表現」――その内でも「洗練された揶揄」というものがほとんど問題にされずにいることに疑問を感ずるのだが、『ヰタ・セクスアリス』本篇の前に置かれた註記はそれである。

平安時代以来、日本に都市文化の歴史は長い。身内以外の他人がそこに平気で混在していて、人と人との間の距離が近い――そこでの生活を成り立たせる根本が「人間関係」というものになってしまえば、どうしたって「面と向かっての怒鳴り合い」は起こりにくい。だからこそ、「距離を置いての揶揄」も生まれる。なにを言っているのかすぐには分からないような形で相手を批判する――「批判」ではありながらも「攻撃」にはならないように中和する。そのテクニックが揶揄でもある。「江戸三百年」と言われる時間の中で、日本人はこのソフィスティケイションを発達させて来て、その知性は二葉亭四迷や森鷗外に歴然と宿っている。

森鷗外は二葉亭四迷の『平凡』を《此人の所謂自然主義の牛のよだれが当って》と言っているが、『平凡』は「自然主義牛の涎派」と言ってもいいような作品である。なにしろ真ん中には「性欲論」がある。《何に就けても性欲的写象を伴う》という鷗外自身の規定をもってすれば、『ヰタ・セクスアリス』もまた「森鷗外の自然主義作品」ということになるが、二葉亭四迷や森鷗外を「自然主義の作家」と考える人はいないだろう（島村抱月は、『文芸上の自然主義』という論文の中で、『平凡』の前作である『其面影』を書いた二葉亭四迷を「自然主義の書き手」としてはいるが）。

二葉亭四迷や森鷗外は、自然主義をからかっている。しかし、性急に自然主義を否定してはいない。

「自然主義にはなにか意味がある」と思っているから、自然主義のあり方をなぞり、自然主義の悪口をストレートに言わないのである。

ということになって、「では、その自然主義が抱えている〝意味〟とはなにか？」である。二葉亭四迷の書いたものが「性欲論」を中核に置く『平凡』で、森鷗外の書いたものが明からさまにも『ヰタ・セクスアリス』であるということからすれば、この答は簡単に出るようにも思う。「人の枢要でもあるような性欲のあり方を書く」である。しかし、これが正解であるかどうかは分からない。というのは、二葉亭四迷の書いた『平凡』も、森鷗外の『ヰタ・セクスアリス』も、その最後に於いて、同じような、、、、終わり方をしてしまうからである。

三 「『性的人生記《ヰタ・セクスアリス》』と題される書物に関する物語」

既に知る通り、二葉亭四迷の『平凡』のラストは、《二葉亭が申します。此稿本は夜店を冷かして手に入れたものでござりますが、跡は千切れてござりません。一寸お話中に電話が切れた恰好でござりますが、致方がござりません。》（『平凡』六十一）であるが、一方、森鷗外の方はこうである――。

《金井君は筆を取って、表紙に拉甸語《ラテン》で VITA《ヰタ》 SEXUALIS《セクスアリス》

と大書した。そして文庫の中へばたりと投げ込んでしまった。》（森鷗外『ヰタ・セクスアリス』）

こちらもまた主人公が書きかけのものを途中でやめ、ポイと放り出してしまうのである。「なにか意味はあるのかもしれない」と思って性急に否定することはやめ、「自然主義のありよう」を汲んではみたが、しかし結局は「無意味だ！」ということになって投げ出してしまう――その点で、二葉亭四迷の『平凡』と森鷗外の『ヰタ・セクスアリス』は同じなのである。

ここまではたやすく分かる。しかし、この二人がなぜ投げ出してしまったのかということになると、よく分からない。「当時の文壇状況、あるいは文学状況に絶望して投げ出してしまった」と言ってしまえば話は簡単になるが、しかし、彼等を絶望させた「状況」というのがどんなものかは分からないし、もっと大きな理由――二葉亭四迷や森鷗外を自然主義から隔てて揶揄を発させてしまい、「こんなものに意味はねェや！」と自分の書いたものを投げ捨てさせてしまいながらも、そのことによって『平凡』や『ヰタ・セクスアリス』が作品として完結している理由が、よく分からないのである。

金井湛が「VITA SEXUALIS」と題されるものを書き始める理由は二つある。一つは、《自然派の小説を読む度に》《或は自分が人間一般の心理的状態を外れて性欲に冷澹であるのではないか》と思ってしまった、その疑問を解くためである。

「自分のあり方はどこかおかしいのか？」と思った金井湛は、《一体性欲というものが人の生涯にどんな順序で発現して来て、人の生涯にどれ丈関係しているか》（同前）ということを考え、そうした類の著作があまりないということに気づく。そして、《おれは何か書いて見ようと思っているのだが、前人の足跡を踏むような事はしたくない。丁度好いから、一つおれの性欲の歴史を書いて見ようか知らん。》（同前）と、『平凡』に出て来て《私》をうんざりさせた《旧友》のようなことを考える。もちろん、金井湛の第一目的は「自分で自分のありようをはっきりさせたい」なのだが、森鷗外は、彼の作中人物にそんな大上段の振りかぶり方をさせない。だから、当時的には一般的でもあっただろう「一発当てて世間をあっと言わせてやる！」的な大言壮語を吐かせて、金井湛の軽薄ぶりを強調したりもする――それで金井湛は、《勿論書いて見ない内は、どんなものになるやら分からない。随《したがっ》て人に見せられるようなものになるやら、世に公《おおやけ》にせられるようなものになるやら分からない。兎に角暇なときにぽつぽつ書いて見ようと、こんな風なことを思った。》（同前・傍点筆者）ということになる。手記を書き出さんとする『平凡』の《私》と似たようなものになる。

　既にして「この男はなにを問題にしようとしているのだろうか？」とお思いの方も多くあるだろうが、私は、「自然主義にはなにか意味があるかもしれない」と思い、「しかしやっぱりそれを考えても無意味だ」というところに至る森鷗外の思考の軌跡を辿ろうとしているのである。

　森鷗外は周到な人物だから、「自分のありようをはっきりさせるために小説を書く」などということを、第一義にはしない。「自分のありようをはっきりさせるために書く」というのは、近代日本文学のあり方からすれば「まっとう極まりない考え方」でもあろうし、それは私小説というものを成り立たせる根本動機でもあろうけれど、森鷗外はそのように考えない。少なくとも『ヰタ・セクスアリス』という小説は、そのように構想されていない。だからこそ、金井湛が「VITA SEXUALIS」と題される手記を書き始めるための第二の理由も登場する。それがなんと「性教育のテキストにするため」である。《一つおれの性欲の歴史を書いて見ようか知らん》と思い、《兎《と》に角《かく》暇なときにぽつぽつ書いて見よう》と思った金井湛のところに、ドイツから郵便物が届く。そこにドイツでの《性欲的教育は必要であるか、然《しか》り、做《な》し得らるるであろうか、然りという答に帰着している。》(同前)という研究報告があるのを発見し、そのためには《人の性欲的生活をも詳しく説かねばならぬ》という結論にまで至っていることを知って、金井湛は深くうなってしまうのである。

《金井君はこれを読んで、暫く腕組をして考えていた。金井君の長男は今年高等学校を卒業する。仮に自分が息子に教えねばならないとなったら、どう云ったら好かろうと考えた。そして非常にむつかしい事だと思った。具体的に考えて見れば見る程詞《ことば》を措《お》くに窮する。そこで前に書こうと思っていた、自分の性欲的生活の歴史の事を考えて、金井君は問題の解決を得たように思った。あれを書いて見て、どんなものになるか見よう。書いたものが人に見せられるか、世に公にせられるかより先に、息子に見せられるかということを検して見よう。金井君はこう思って筆を取った。》(同前)

『ヰタ・セクスアリス』は「森鷗外の書いた自身の性的半生記」と思われてもいる。それは間違ってはいないけれど、この作品はもっとややこしい構造を持っている。『ヰタ・セクスアリス』を書いた年、森鷗外は四十八歳で、離婚した前妻との間に生まれた長男は、金井湛の長男と同じ年頃になっている。だからと言って、あの森鷗外が「成人する長男の性教育のために自身の性的半生記を書いた」などということが、まともに信じられるだろうか？　金井湛は哲学の教師で「教育界に籍を置く人物」だから、それまでの彼のありようとしてはいささか唐突だが、「性教育のために書こう」という動機は、まァ、なくもない――その程度に森鷗外は周到ではあるけれど、これは「真実」なんだろうか？　真面目な顔をして、森鷗外は「とぼけた大嘘つき」であるのかもしれない。がなんであれ、「性教育の必要」を考える金井湛は、《息子に見せられるかということを検して見よう。》で筆を執り、結局は中途で投げ出してしまうのである。《我子にも読ませたくはない。》（同前）と思って《文庫の中へばたりと投げ込んでしまった。》ということになる前に、金井湛は中絶した自身の手記に「VITA SEXUALIS」というラテン語のタイトルを付ける。それがラテン語であるのは、金井湛自身の高踏趣味と気恥かしさによるものだろうが、そうした形で最後に「VITA SEXUALIS」の語を登場させるこの小説のタイトル『ヰタ・セクスアリス』は、「誰かの性的半生記」ということを意味しない。そのことを歴然と連想させながら、この小説は「『VITA SEXUALIS』と題される書物に関する物語」でしかないのである。読んでみれば分かるが、森鷗外はそうなるように、この小説を周到に構築しているのである。

森鷗外は、なんでそんなややこしいことをしたのか？――というよりも、どうして森鷗外は『ヰタ・

セクスアリス』という気を持たせるようなタイトルを付けた小説の最後に、そのような皮肉なオチを用意したのか？　私に考えられる理由は一つしかない。そうやって、「私は自然主義の悪口を言っているわけではない」ということにしたかったからである。つまりこの小説は、「自然主義の悪口」を言ってはいないが、全体として「自然主義に対する揶揄」になっているということである。

　そもそも、金井湛が《我子にも読ませたくはない。》と断定した、その理由が分からない。普通なら、「自分の性的半生を振り返ったらあまりにもえげつのないことだらけで、どうにも人には見せられない」ということであるはずなのだが、金井湛が「VITA SEXUALIS」と題した手記の中味は、その逆なのである。えげつのないことが、あまりにもなさすぎる――だからこそ金井湛は、その初めに於いて《或は自分が人間一般の心理的状態を外れて性欲に冷澹であるのではないか》と思うのである。第一、その手記を含む『ヰタ・セクスアリス』は、ちゃんと『昴』誌に発表されているのである。この作品ゆえに掲載誌が発禁になったとしても、『ヰタ・セクスアリス』には、「官に身を置く者がこんなものを書きやがって」以外のワイセツさはゼロなのである。

　金井湛が自分の書いた手記を仕舞い込んでしまう最大の理由は、「自分が教育界に籍を置いているから」で、書いたものが「どうしようもなくえげつのないもの」だからではないのである。

　森鷗外は、彼の考えるところに従って『ヰタ・セクスアリス』を構想し、その中に「金井湛の手記」を存在させた――である以上、この作品がその初めから「書きはしたが、こんなものは無意味である」と結論付けられ、「放り出されることによって完結する」という仕組を持っているのは、当然なのである。

「性欲がらみの懊悩」ばかりを問題にして、「それが人生だ」ということにしてしまう自然主義の悪口は、言いにくい。森鷗外は、「性欲だけが人生か?」と考えるが、性欲が人の枢要に位置を占めるようなものであることを知っている以上、そう簡単に自然主義を否定し去ることは出来ない。「ああか、こうか」と分析して、「じゃ、自分でもやってみるか」ということになるのだが、やってみても身にしみない。なぜ身にしみないのかというと、金井湛が「ままにならぬ性欲を抱えて悶々とする」というタイプの人間ではないからである。おそらくこれは森鷗外自身のあり方でもあって、森鷗外は「性的な自分」にあまり関心がなく、「性的な日本」の方に目が行ってしまう。性的な事柄に悶々とする以前、金井湛の周りには様々な性的なものが遍在している。それと出会い、あるいは出会わされた金井湛は困惑し、翻弄され、「これはなんだろう?」と自問し続ける――それが彼の書く「VITA SEXUALIS」と題された手記の中味で、そうである以上、「えげつない」などということは起こりようがない。

四　なにが彼を翻弄するのか?

金井湛の手記は、彼が六歳のところから書き始められる。六歳の金井湛は、廃藩置県によって寂れてしまった中国地方のある城下町にいて、近所に住む《四十ばかりの後家さん》（同前）の家へ遊びに行くのだ。

その後家さんは、湛の見知らぬ若い娘と二人で、彩色の春画絵本を見ている。幼い湛が《おば様。そりゃあ何の絵本かのう。》（同前）と言うと、《おばさんは娘の伏せた本を引ったくって開けて、僕の前に出して、絵の中の何物かを指ざして、こう云った。》（同前）ということになる——。


《「しずさあ。あんたはこれを何と思いんさるかの。」

娘は一層声を高くして笑った。僕は覗いて見たが、人物の姿勢が非常に複雑になっているので、どうもよく分からなかった。

「足じゃろうがの。」

おばさんも娘も一しょに大声で笑った。足ではなかったと見える。僕は非道《ひど》く侮辱せられたような心持がした。》（同前）

明治の初め、廃藩置県の後の地方の城下町はまだ「前近代」の中にあって、そこに「性的なもの」は当たり前に存在している。それを大っぴらにするかしないかだけの話であって、近所の後家さんは若い娘と一緒に、当たり前のように「ＡＶ鑑賞」である。

近所に住む別の貧乏爺さんは、育ちのいい湛を見ると、平気で《坊様。あんたあお父《とつ》さまとおっ母《か》さまと夜何をするか知っておりんさるかあ。あんたあ寝坊じゃけえ知りんさるまあ。あは、、。》（同前）

と呼びかける。性的なものは当たり前のように存在していて、それがひょいと顔を出すと、それまでの日常の風景は一変する。幼い子供に《おば様》と呼びかけられる近所の後家は、容赦のない高笑いを浴びせるし、「あんたの両親が夜何をしてるか知らんだろう」と言った爺さんの《あはゝゝ》は、《じいさんの笑う顔は実に恐ろしい顔である。》(同前)というようなものになる。爺さんには、湛と同じ年頃の男の子もいて、《子供も一しょになって、顔をくしゃくしゃにして笑うのである。》(同前)になる。《僕は返事をせずに、逃げるように通り過ぎた。跡にはまだじいさんと子供との笑う声がしていた。》(同前)というのだから、《僕は非道く侮辱せられたような心持がした。》は一貫してしまうだろう。

売春は、まだ公認されている。公認の野放しで「十八歳未満お断り」という規定があるわけでもない。年頃になって「学生」という身分を獲得してしまっている十代の少年達は、そういう売春風俗施設へ「行こう」と思えば平気で行ける——仲間同士で平気で行ってしまう。しかし、同じ学校に所属する金井湛少年は、基準より二歳も若く入学していて「まだ子供」だから、別に「行きたい」とも思わない。それならそれですんでいればいいが、彼の属する学校の寄宿舎は、男色系の「硬派」と呼ばれる学生と、女色系の「軟派」の二派に分かれてもいるから、「まだ幼い」に属する彼は硬派学生の少年愛の対象にされかかって、護身用の短刀を隠し持つというようなことにさえなってしまう。「性的世界に投げ込まれた少年の冒険」みたいな話だが、だからと言って、金井湛が「性欲嫌悪」という方向へ進むわけでもない。へんな抑圧が彼の中に生まれないのは、彼が「自分のいるところは性的なもので満ち満ちた世界である」ということを、根本のところで了解しているからだ。

だから彼は、自分の内部で鎌首をもたげる性欲を抑圧するよりも先、「分かってはいるが、なんなのこれは?」と、周囲に対して疑問の首をかしげるのに忙しい。彼はなにかに翻弄されているのだが、彼を翻弄するものは、彼の身内に宿った性欲ではなくして、彼の周りに存在する「当たり前に性欲的な人々」なのだ。だから、二十一歳になってドイツへ行き、そこまで書いて筆を置いてみた金井湛は、「書いて来たこれまで」と「書かんとするこれから」を等分に頭に置いて、「もうやめた」という結論を出すしかなくなる。そこのところを、金井湛ではない作者の森鷗外は、こう説明する――《併し金井君は一度も自分から攻勢を取らねばならない程強く性欲に動かされたことはない。いつも陣地を守って丈はいて、穉い Neugierde《ノイギールデ》（註：好奇心）と余計な負けじ魂との為めに、おりおり不必要な衝突をしたに過ぎない。》（同前）

いわゆる「日本の自然主義」は、「書き手が自身の抱えた性欲で悶々とする」という前提がなければ始まらないという一面を持っている。だからこそ《その作中の人物が、行住坐臥造次顚沛、何に就けても性欲的写象を伴う》になり、《批評が、それを人生を写し得たものとして認めている》になる。田山花袋の『蒲団』はその典型で、森鷗外はそこをこのように分析しているが、しかし、森鷗外の金井湛はそのような「悶々」を持ち合わせていないのである。「自然主義」を批判するつもりで書き始められた金井湛の手記は、一向に「自然主義」にはならない。書き手の根本が「自然主義」のそれと違っているのだから、「批判」になる以前にすれ違いになってしまう。金井湛がどう思おうと、森鷗外がどう言おうと、「VITA SEXUALIS」と題されることになる金井湛の手記が中絶される理由は、その「すれ違い」

以外にない。

五　本家の自然主義と日本の自然主義

それを言うならば、金井湛が書いて「VITA SEXUALIS」と名付けられた手記は、「日本の自然主義」であるより、十九世紀後半のフランスに登場した「本家の自然主義」を志向している。森鷗外は、既にそのように自然主義を学んでいたからだ。

「自然主義」がリアリズムと同じものであるのなら、別にたいした問題はない。しかし、「自然主義」は「ナチュラリスム」の訳語なのである。十九世紀の後半になって「文学運動の用語」として定着してしまう「自然主義《ナチユラリスム》」は、そもそもが哲学用語で、これは「宗教の支配に抗する考え方」でもある。

キリスト教の世界観では、「すべてのもの」が神の創造にかかるものだから、自然もまた「神の支配下にあるもの」になる。「自然は神の支配下にある。だから、自然は本来、世界を管轄する宗教と調和的である」ということになる。「自然が宗教と調和的であるならば、そこに属する人間もまた宗教と調和的であらねばならない」ということになるわけで、自然主義《ナチユラリスム》は「それはおかしくないか？」という疑問から生まれる。「自然は自然で、神の支配とは別個の、自然独自の法則性によって存在している」という「科学」の考え方が生まれてしまえば、「すべてが宗教勢力の御《ぎよ》する〝調和〟の中に収まっていなければならない」という考え方は動かざるをえなくなる。哲学用語としての「自然主義《ナチユラリスム》」はこうしたところから生まれて来るもので、つまりは「教会勢力による聖なる支配からの、俗の独立」なのである。だから、「自然主義《ナチユラリスム》」は「無神論者の主義」というようなことにもなる。

「あんたは気に入らないかもしれないが、現実はこうなってるんだから、その現実を認めろよ」と、既成の宗教観、あるいはそれによって醸成されたモラルに対して挑戦するのが、本家の自然主義《ナチユラリスム》であると言ってもいいだろうと思う。それで言えば、十九世紀の文学に於ける自然主義《ナチユラリスム》は、十四世紀イタリアのボッカチオによる『デカメロン』や、同じ〔十四世紀〕イギリスのチョーサーによる『カンタベリー物語』以来の流れの上にあるものでもある。違うのは、理屈っぽくなった十九世紀のフランス人が、「そこに調和からはずれたものがある」ということを、「遺伝」とか「環境」という科学的なトゥールで説明したかったというところだけだ。

十八世紀末のフランス革命で「旧体制」を放擲《ほうてき》してしまった後の十九世紀フランスに、「秩序維持」の勢力と、「旧秩序打破」の勢力が混在していたことは、美術に於ける印象派の登場を例とすれば、簡単に分かる。それ以前のフランス美術界は、官展のアカデミスムによって支配されている――「絵というものは、かく描かれねばならない」ということが決まっていて、そこに一石を投じるのが、エドゥアール・マネの『草の上の昼食』である。

男二人が緑の中へピクニックに行く。二人が弁当を開いているその横に、全裸の若い女がいる――これを見て、「一体何事！」と騒ぐ人間は騒ぐ。当時の絵画的常識として、「神話に登場する女性なら、どこで全裸の肉体を露出してもかまわない」というものがあった。『草の上の昼食』は、「ここにいるのが全裸の女神ならよくて、全裸の普通の女だとなぜいけない？」という抗議の声を発するものである。これで、「この当時、ピクニックに行った女性は全裸で食事をするのが当然であった」という常識でもあれば、マネの『草の上の昼食』は、その「現実」を描いた自然主義みたいなものになってしまうだろうが、あいにくそういう「現実」はなかったので、自然主義にはならず、官展アカデミスムの「決まりきった絵の描き方」に抗する印象派の尖兵となるだけの話である。

砕けた言い方をしてしまえば、本家フランスの自然主義《ナチユラリスム》は「そこにそういうものがあるんだから、いやがらずに認めろよ」という、既成のモラルに対する挑戦、挑発である。だから、『ヰタ・セクスアリス』の初めの方で、金井湛に自身を託した森鷗外は、本家自然主義《ナチユラリスム》に対してちょっとした疑問を呈する。森鷗外＝金井湛は、本家フランス自然主義の「家元」と言ってもいいエミール・ゾラのルゴン・マカール叢書――「これぞ自然主義中の自然主義」というべき大著を読んで、「炭坑労働者のストライキの話で、切羽詰まった人間達の話なのに、どうしてそこにわざわざ〝男女が逢い引きしているのを覗きに行く〟などという挿話を書いているのだろう？」という疑問を抱く。「自分の性的淡白は行き過ぎているのだろうか？」と思う金井湛だから、「なんでこんな余分なことに筆を削《さ》くのだろうと思った」ではあるのだが、そういう疑問を持つ金井湛は、「ストライキ中に男女が逢い引きをしていて、それをまたわざわざ覗きに行く人間などいるはずはない」という考え方をしないのである。

《労働者の部落の人間が、困厄《こんやく》の極度に達した処を書いてあるとき、或る男女の逢引をしているのを覗きに行く段などを見て、そう思ったのであるが、その時の疑は、なんで作者がそういう処を、わざとらしく書いているだろうというのであって、それが有りそうでない事と思ったのではない。そんな事もあるだろうが、それを何故作者が書いたのだろうと疑うに過ぎない。》（『ヰタ・セクスアリス』・傍点筆者）

日本の読者である森鷗外は《そんな事もあるだろうが》と、「存在しうる現実」を認めてしまうが、エミール・ゾラのいるフランスの読者は、《そんな事もあるだろう》とは思わないのである。だから作者は「そういう現実があるんだよ、それが現実なんだよ」という喚起をするために、《そんな事》を書くのである。「別に、それがあっても不思議はないな」と思う日本の森鷗外にとって《わざとらしく書いている》と思えることでも、フランスの読者達はそう思っていないから、作者はそれを敢えて書くのである。その書き方を《わざとらしく》と森鷗外に感じさせる日本は、自然主義《ナチユラリスム》を生まざるをえなかったフランスより、文化的には進んでいるのである。

前近代の日本は、ある面でフランスよりも自由で、だからこそ進んではいるのだが、進んでいる西洋の「近代文明」を取り入れてしまった日本の近代青年達は、結果として、進んでいた日本の「前近代的現実」を放擲してしまうことになる。だから、進んだ近代青年達は、「我が身の性的不自由」を嘆くことになる。

前近代の日本で「性的不自由」を嘆く男は「もてない男」だけだった。だから、江戸時代に「性的飢餓を訴える男の嘆き」は、文学というステージに上がらなかった。そのステージに乗るのは「もてる」

ということを達成した男だけで、「青春の悩み」でもあるような「性的飢餓を訴える声」は、どこにもなかった。だから近代になって「自然主義」という窓口が出来た時、前近代的な平穏を見失った近代青年達はここに殺到してしまう。しかし、自分が「フランスよりも進んでいる前近代の日本」に生きていることを知っている近代人の森鷗外は、そんなにみっともなく短絡的なことが出来ないのだ。

金井湛の手記が、日本の自然主義より本家フランスの自然主義《ナチユラリスム》に似てしまった理由は、金井湛が日本の前近代的土壌の上にいて、「性的なものに満ち満ちている日本の現実」を、ただ「ここにそれがあるよ、こっちにはこういうものもあるよ」と、淡々と記述しているからなのである。「主義」を言う以前に、それはただ「当たり前の事実」で「現実」で、森鷗外の自然主義《ナチユラリスム》が本家のそれと違って淡々としているのは、「ここにこういう現実があるよ」と言われて、日本の読者が「まさか?!」などという拒絶的な態度を見せないからである。これを読まされた当時の人間は、「あ、知ってる」と思って、笑みを浮かべる程度だろう。これを「だめ!」というのは、ようやく出来上がって来た日本近代の「官憲」という制度だけなのである。

本家の自然主義《ナチユラリスム》は、外部に対して挑戦的なだけで、「性的なものを抱えて悶々とする」などということはしない。「外部にそれはある」と言っても、「私の内部にそれがある——であればこその人生である」などというムチャな展開はしない。

真面目な森鷗外は、『ヰタ・セクスアリス』で無意識的に本家自然主義《ナチユラリスム》的展開をした。そしてそれが日本的現実の上で空回りをすることを、おそらくは知っていた。だからこそ初めの「金井湛に関する註記」があるし、未完の手記を《文庫の中へぱたりと投げ込んでしまった。》という終わり方もある。「自然主義とはなんなのか?」と考え、本家ナチュラリスム的なモノサシで「日本の自然主義的な作物」を書こうとした結果が『ヰタ・セクスアリス』だとは思うが、ここではっきりするのは、「日本の自然主義に本場のモノサシを持ち出してもなんの役にも立たない」ということだけである。

六　もう一人の「自然主義」の作家、島崎藤村の場合

話は相変わらず「近代の日本文学に於ける〝自然主義〟というものはなんなのか?」ではあるのだけれど、もちろん私にはその答がよく分からない。私は日本の近代文学の重要な転換期が「自然主義」に底辺《そこらへん》あるのではないかと思って、「自然主義とはなんなのか?」と考え始めたのだが、どうもはっきりしない。

『平凡』を書く二葉亭四迷の前に「自然主義の小説」が存在していることははっきりしている――だから彼は《近頃は自然主義とか云って、何でも作者の経験した愚にも附かぬ事を、聊《いさゝ》かも技巧を加えず、有《あり》の儘に、だら〳〵と、牛の涎《よだれ》のように書くのが流行《はや》るそうだ。》(『平凡』二)と書く。それはいいのだが、二葉亭四迷がどの作家のどのような作品を指して《自然主義》と言っているのかは、よく分からない。私はこの揶揄を、『平凡』の連載が開始される前月に発表された田山花袋の『蒲団』を念頭に置いたものと勝手に決めつけてしまっているが、そんな決めつけをしてもいいという保証など、どこにも

ない。

『ヰタ・セクスアリス』を書く森鷗外だって、《金井君は自然派の小説を読む度に、その作中の人物が、行住坐臥造次顚沛、何に就けても性欲的写象を伴うのを見て、そして批評が、それを人生を写し得たものとして認めているのを見て、人生は果してそんなものであろうか》云々と書いてはいるが、この《自然派の小説》がなにを指すのかは分からない。

『平凡』の中に「自然主義＝ナチュラリーズム」の語が登場するのは、《牛の涎》と《先刻《さつき》旧友の一人が尋ねて来た。此人は今でも文壇に籍を置いてる人で、人の面《かお》さえ見れば、君ねえ、ナチュラリーズムがねえと、グズリ〳〵を始める人だ。》の部分の二箇所だけだが、《君ねえ、ナチュラリーズムがねえと、グズリ〳〵を始める》と書かれただけで、当時の「自然主義」なるもののありようが、なんとなく知れる。

この《旧友》が「自然主義系の書き手」でないことだけは確かである。しかしかと言って、この人物が「強硬なる反自然主義の書き手」でないこともまた確かである。流行の「自然主義」を横目に見て、つまらない嫉妬心を燃やしている。だから、この人物が「俺にだってそんなものは書けるさ」と言って「自然主義の作物」を書き上げてしまっても不思議はない。このことに関する精細な記述などというものはないけれど、《君ねえ、ナチュラリーズムがねえと、グズリ〳〵を始める》だけで、その程度のことは分かる。描写とはそういうものだ。

明治四十年――『蒲団』が発表された後で『平凡』の新聞連載が始まる前の時期、国木田独歩《くにきだどつぽ》が新聞でおもしろいことを言っている。その一部を要約してみると、「明治四十年のこの時期、どこからともなく〝自然主義、自然主義！〟の声がお題目のように上がり、と同時に無名の新人達が大量の短篇小説を発表しだした。それが〝自然主義〟であったかどうかは別として、その短篇小説を読んで不快に思った人達は、〝新人達の愚劣な短篇小説＝自然主義〟と捉えてしまった」である。二葉亭四迷に《牛の涎》と言わしめたものは、どうやらその「歴史に名を残さない作品群」のことであるらしい。そしてその「自然主義ブーム」は、森鷗外に『ヰタ・セクスアリス』を書かせる明治四十二年まで（少なくとも）続いていたことになる。

二葉亭四迷に《牛の涎》と揶揄される「自然主義」は、「底の浅い文士をグラつかせる当時の流行物」で「歴史に残らない粗雑品」らしいが、しかし「自然主義」は日本の近代文学史に大きな足跡を残すものなのである。「一時の流行ですぐに消え去っても不思議がないようなもの」が、日本の近代文学に大きな足跡を残して「文学の本流」とも言われるようなものになって行くのは、どうしてもおかしい。当然そこには「一時の流行から超然として歴史に名を残す作品」はあってしかるべきなのである。だから、「それはなんだ？」と考える。考えてまたおかしくなる。

《愚にも附かぬ事》と言ってしまえば田山花袋は傷つくだろうが、『平凡』が書かれた明治四十年段階で、二葉亭四迷の悪口に該当して歴史に残るものは、『蒲団』くらいしか思いつかない。田山花袋の『蒲団』は、日本の自然主義文学を代表する作品の一つで、《愚にも附かぬ事》かどうかは別として、《有の儘に、だら〳〵と》と言われてしまえば、「そう言われても仕方がない」というところはある。森鷗外の言う《何に就けても性欲的写象を伴う》にだって、この『蒲団』は該当する。しかし、田山花袋が『蒲団』を発表する前年には、田山花袋と並ぶ「自然主義の作家」である島崎藤村《しまざきとうそん》の『破戒』が登場している。島崎藤村の『破戒』は、《何に就けても性欲的写象を伴う》というのとは違うもので、田山花袋一人ならともかく、彼の友人でもあるもう一人の「自然主義」の書き手島崎藤村を登場させると、二葉亭四迷や森鷗外的な「自然主義の規定」はぐらついてしまう。

島崎藤村の長篇小説第一作である『破戒』が刊行されたのは、明治三十九年（一九〇六）である。江戸時代に「穢多《えた》」と呼ばれた被差別階級出身者の瀬川丑松《せがわうしまつ》を主人公とする『破戒』は、「作者の経験した事」を書くものではないし、その文章も従って《聊かも技巧を加えず、有の儘に、だら〳〵と、牛の涎のように書く》というようなものではない。主人公の丑松は、自分の出生と自分の生きる現実社会との間のギャップ――つまり偏見による差別に苦悩するが、その書かれ方はもちろん、《行往坐臥造次顚沛、何に就けても性欲的写象を伴う》というようなものではない。時間順に並べれば、明治三十九年に『破戒』、明治四十年に『蒲団』と『平凡』、明治四十一年に藤村の二作目長篇『春』、明治四十二年に『ヰタ・セクスアリス』ということになって、二葉亭四迷や森鷗外が揶揄の形で「自然主義」に対するアンチの声を上げるのは、日本の「自然主義」が勃興する真っ只中なのだが、しかし、二葉亭四迷と森鷗外の評語は、もう一人の偉大なる「自然主義の作家」であるこの時期の島崎藤村には当てはまらないのである。しかも、更に言ってしまえば、島崎藤村が「自然主義」の二作目『春』を朝日新聞に連載するようになったのは、夏目漱石と二葉亭四迷二人の推挙によるもので、島崎藤村はどうあっても、森鷗外や二葉亭四迷が規定する「自然主義」には該当しないのだ。

島崎藤村は「自然主義」の作家ではないのか？——この答は、今のところ「分からない」である。はっきりしているのは、「日本の自然主義は当初から混乱の中にある」ということだけで、だからこそ「日本の自然主義文学とはなにか？」ということがよく分からなくなってしまうのである。

島崎藤村は、田山花袋と並ぶ近代日本文学の「自然主義」の人である。近代文学史の一般的な叙述では、「日本の自然主義はこの二人で確立された」ということにもなる。島崎藤村は「友人もいない、弟子もいない」というような可哀想な人になってしまうが、その彼にとって例外的なのが田山花袋である。田山花袋と島崎藤村は、田山花袋が昭和五年（一九三〇）に死ぬまでその友人関係を持続させて、同年齢の二人を結びつける「なにか」はあった。それを普通は「自然主義」という文学的な姿勢で理解してしまうのかもしれないが、その理解が正しいのかどうかは、よく分からない。

七　果たして近代の日本に「自然主義の文学」は存在していたのか？

愚かな私は、「近代日本文学の〝自然主義〟ってなんだ？」と考える。そう考えるのは、私が「日本の自然主義」という分かりにくいものを前にして、「西欧にある自然主義文学というもののすごさを知った明治期の作家達は、なんとかして日本にも自然主義の作品を実現させようと頑張りはしたが、ある種の誤解や錯覚によって、いたって日本的で特殊な〝日本の自然主義文学〟を生み出してしまったのではないか？」という考え方をするからである。そういう考え方をするのは、しかし私一人ではないはずである。なにしろ日本には、「自然主義の作家」や「自然主義の作品」がちゃんと存在している。自然主義の存在を否定する近代日本の文学史はないはずである。それが「特殊に日本的なもの」になってしまったと考えるかどうかは別として、「自然主義」が存在している以上、日本の作家――小説の実作者達が「日本の自然主義の実現」に努力したと考えるのは当然のことだろう。西洋文明を取り入れることに熱心であった明治期日本の例にもれず、「日本の小説の実作者達も自然主義の日本に於ける確立に苦心をした」と考えて、おかしいことはない。だからこそ、新たに登場した日本の「自然主義」に対して奇異なものを感じた森鷗外は、本家のエミール・ゾラまで引き合いに出して「自然主義そのものへの疑問」を提出する。

しかし、もしかしたら、この私の「日本の〝自然主義〟ってなんだ？」と考える考え方は、見当はずれな徒労かもしれない。私はうっかり、「日本の実作者達は日本に自然主義を確立するために努力をしたんだろうな」と考えるが、よく考えると、「誰がそんなことを言ったんだ？」である。そう考えるのは私の勝手で、誰もそんなことを言っていないのかもしれない。

「俺は自然主義だ」と言いたがる三文文士は大勢いたかもしれないが、「日本の自然主義確立のために！」と健闘してその実績を残した実作者がどれだけいたのかは分からない。近代日本文学史の中に「自然主義」の語は歴然と存在して、その「既定の路線」に従って私はうっかり「自然主義」を考えてはいたが、そうではないかもしれないのだ。それを教えてくれるのが明治の文芸評論家島村抱月である。
明治四十一年の一月——二葉亭四迷の『平凡』の新聞連載が終わった直後と言ってもいい頃である。島村抱月は雑誌『早稲田文学』に『文芸上の自然主義』という評論を発表した。そこにはこういうことが書いてある——。

《自然主義という語の始めて我が小説界に掲げられたのは、多分小杉天外《こすぎてんがい》氏からであろう。氏は六七年前しきりにゾラを読んでいたようである。其《そ》の標榜《ひょうぼう》するところの由来もおのずから察せられる。併《しか》し天外氏はまた後年同じ脈、同じ態度の作を写実と呼んでいる。(中略)而《しこう》して天外時代の自然主義は、或時は写実主義の蔭に蔽《おお》われ、或時はロマンチシズムの反動に圧せられて、未だ一世の風潮となるに及ばなかった。思うに天外氏の自然主義は、其の理論に於いても、はた其の作に見《あら》われた所に徴しても、今のいわゆる自然主義中の要素を、少なくとも其の傾向とし目的として含蓄していたことは争い難き事実である。描写方法の純客観的ならんとすること、題材の肉に及び醜に及ぶを避けざらんとすること等、いずれか自然主義の主要元素でなかろう。唯それらの外に、尚《なお》一呼吸の合致せざるものあるため、我が自然主義にも前期後期の区画を生ずるに至った。天外氏の自然主義は其の前期を代表するものである。

自然主義論に此の作者の名を逸してはならぬ。

　後期の自然主義は昨年来現に吾人の眼に新たな現象である。仮りに時を限れば、島崎藤村氏の『破戒』、国木田独歩氏の『独歩集』等が世の批評に上った頃を其の端緒と見てよい。前期にあっては、天外氏みずから其の主義を意識していたが、後期にあっては、独歩氏は以前から同一若《も》しくは近似した作風を続けながら、世間が其の傾向を自然主義と認めるに至らず、現在にあっても、作者みずからは何主義でもないと新聞紙などに公言している。また藤村氏も嘗《かつ》てみずから自然主義だと宣言したとは聞かぬ。此等を自然主義と呼び做《な》すに至ったのは世間若しくは評壇からの事である。》(『文芸上の自然主義』一)

《昨年来現に吾人の眼に新たな現象》と言われ、《後期の自然主義》を歴然とさせる作が、この前年の九月に発表された田山花袋の『蒲団』であることは言うまでもない。『独歩集』は、『破戒』登場の前年――明治三十八年(一九〇五)に刊行された、『武蔵野』に次ぐ国木田独歩の二番目の小説集で、島村抱月に言わせれば、「『独歩集』や『破戒』で明らかになり始めた新しい流れが、ついに『蒲団』で歴然となった」ということだろう。それは、「小杉天外の段階では〝未《いま》だし〟であった日本の自然主義が、ついに本物になった」ということでもあろう――島村抱月の言わんとすることはそういうことであるはずだが、しかし島村抱月はそのように言ってはいない。島村抱月の言っていることは、「小杉天外は〝自然主義の文学者たらん〟と明確に自覚していたが、〝本物の自然主義〟を実現させた国木田独歩や島崎藤村に、その自覚や自負はない」なのである。「日本の自然主義文学誕生」の秘密はここにあると、私は思う。

日本の「自然主義」は、「我、自然主義者たらん」と志す実作者によって実現されたものではない。日本の「自然主義」は、それを書いた作者の意志あるいは意思とは別箇の、評論家をはじめとする第三者による「これが日本の自然主義だ！」という認定によって出現させられ、確立されてしまったものなのである。日本に「自然主義の文学」を誕生させてしまったのは、国木田独歩でも島崎藤村でも田山花袋でもない。明治四十一年の一月に『文芸上の自然主義』という評論を発表してしまった島村抱月なのである。

当人にその気がないところに違うレッテルを貼られてしまうのはいい迷惑みたいなものでもあるが、さすがに島村抱月で、そこのところばかりは分かっている。だから『文芸上の自然主義』には、次の文章も続く——。

《文芸上の名目は其の作家から出ると評家から出るとを問わず、一代の風潮を自覚せしめ改新せしめ、繁栄せしむる上に尠《すく》なからぬ便益を与える。主義とは畢境《ひっきょう》或種の傾向風格を統括した総名ではないか。之れを未来に押ひろげんとするの努力が主義の努力である。自己の為さんとする所に信念と自意識との伴う限り、如何なる形に於いてか、如何なる名目に於いてか、はた如何なる明確の度に於いてか、主義標榜の生じ来たるは誠に止《や》み難き近代思想の特徴である。》（同前）

右の引用と先の引用との間には、「書き手が〝違う〟と言っても、私が〝そうだ〟と言うからそれでいいのだ」という趣旨のこういう一行がある——《しかも吾人の見るところを以てすれば、是れに聊かの不思議も無く、また不適当な嫌いも無い。》（同前）

自分から「我は自然主義だ」と表明していない国木田独歩や島崎藤村を「自然主義だ」と言ったのは《世間若しくは評壇からの事》と、まず客観を先に立てておいて、「私（吾人）もこの認定に大賛成だ」と言うのが、主観に溺れて論の公平を欠くことを厭う島村抱月だが、しかし島村抱月はもちろん、《評壇》の中で「これは自然主義だ！」の声を真っ先に上げた人物の一人でもある。

《文芸上の名目は――》と続けられる文章の前に《吾人の見るところを以てすれば、》というような言い訳がましい一文があるということは、島村抱月の中に「当人達が〝自然主義だ〟と言ってもいないものを、傍《はた》で勝手に〝自然主義だ〟と言ってもいいものだろうか？」という微妙なためらい、あるいは冷静さがあってのことだが、その冷静さは「ついに出現してしまった日本の本格的自然主義小説」を目の前にすると、あっさり後退してしまう。それが《文芸上の名目は其の作家から出ると評家から出るとを問わず、》以下の文章である。

島村抱月にとって、日本に本格的な「自然主義」が出現したということは、「待望久しい」と言ってもいいような大感激なのである。だから、文章のトーンは熱く激しくなる。

《主義とは畢境或種の傾向風格を統括した総名ではないか。之れを未来に押ひろげんとするの努力が主義の努力である。》という二つの文の間には大きな飛躍がある。前半《主義とは畢境或種の傾向風格を統括した総名ではないか。》は、「私が〝自然主義〟を進んで名乗らない作家達に〝自然主義〟のレッテルを貼ったとしても、そう迷惑はかからないはずである」という、一種の申し開きである。「そこに意味のあるものがあって、それがまだ命名される以前のものであるのなら、意味を明確にするためにも、なんらかの名を与えられるべきである」というのが《一代の風潮を自覚せしめ改新せしめ、繁栄せしむる上に尠なからぬ便益を与える。》という前文で、《主義とは畢境――》がこれに続く。ここまでは、実作者ではない、書かれたものを受け止める評論家の立場で書かれている。「他人の仕事」を論じているのだから、これを言う島村抱月には「遠慮」がある――自と他の差が明白に意識されている。しかし、その後の《之れを未来に押ひろげんとするの努力が主義の努力である。》になると、もう自他の差がない。まるで島村抱月自身が「自然主義の小説」を書いて、「自分の書いたものには意味がある！」というアピールをしているようになる。これを言う島村抱月は、もう「自然主義の作家」で、彼の言う「自然主義の小説作品」は、「島村抱月のもの」なのである。

「当人達が〝そうだ〟とは言っていないものに、勝手に〝自然主義〟のレッテルを貼るのはいかがなものか」という、ほんの少し前まであった「ためらい」あるいは「自他の差」はもうない。だから、《之れを未来に押ひろげんとするの努力が主義の努力である。》と言う島村抱月は、もう「自然主義」の上に立って、他の「自然主義の作家達」に「進め！　進め！」と号令を発しているようにも見えてしまう。でもしかし、島村抱月は小説の実作者ではない。である以上、彼の「進め！」という号令は、「実作者ではない読者」――つまり『早稲田文学』を読む人に向けられているということになる。

文芸評論家である以上、島村抱月がなにかを目指し、誰かに号令をかけていたとしても不思議ではない。しかし、その号令をかけられる対象から明白にはずれるものは、「べつに私は、西洋の自然主義に合致させるためにやっているわけではない」と思う、当の実作者達なのである。

島村抱月は、文芸を管轄する理論家だから、《自己の為さんとする所に信念と自意識との伴う限り、如何なる形に於いてか、如何なる名目に於いてか、はた如何なる明確の度に於いてか、》と力説して、《主義標榜の生じ来たるは誠に止み難き近代思想の特徴である。》と断言するが、しかしその《特徴》の二文字は「病弊」の二文字に置き換えられてしまうようなものでもある。

島村抱月には「日本の自然主義」あるいは「日本での自然主義の出現と確立」が必要だったのである。なんのために必要なのか、私には分からない。べつにそれを「分かりたい」とも思わない。私が知りたいのは、島村抱月が「自然主義」と呼んだもの――「自分のやっていることは自然主義だ」とは言わない国木田独歩や島崎藤村の胸の内で、それに見合った名称を与えられずに「自然主義」という括られ方をしてしまったもの――「なにか名称を与えずにはいられない」と思われるような「新しい小説」が、明治の四十年前後の時期に生まれて来てしまった、その経緯なのである。

国木田独歩のことに関しては改めて触れるが、「自然主義の作家」と見做される、あるいは「自然主義の作家」と思われることもある国木田独歩は、島村抱月が言う通り、《みずからは何主義でもない》と公言した作家である。そして、彼の第二作品集である『独歩集』を、当時読売新聞に記者としていた、これまた「自然主義の作家」と目される正宗白鳥《まさむねはくちょう》が読んだ。正宗白鳥は、『独歩集』を「新しい形の小説」と思い、「ああいうものなら自分にも書けるだろう」と思って、作家への道を進むことになる。国木田独歩と正宗白鳥のために用意される括りは「自然主義」だが、彼等の中に「自然主義たらん」という志向はない。彼等の択《と》ったあり方を括る言葉もない。
小説を書く彼等の胸の内を言葉にすれば、「我の書くものもまた小説」という、ただそれだけのことだろう。拍子抜けのするようなことだが、この時代、そこに「新しい形の小説」が生まれていたのは確かである。ちなみに、「現代に於いても当たり前のように読まれる明治時代作の唯一の小説」でもある夏目漱石の『坊っちゃん』が『ホトトギス』誌上に発表されたのは、『独歩集』が刊行された翌年で、島崎藤村の『破戒』が自費出版の形で刊行された翌月の明治三十九年四月のことなのである。

その時代に「新しい形の小説」は登場して来る。しかし、その時代の文学上の動きを表す言葉は「自然主義」しかない。その言葉しかなくて、その言葉を使いたい人は「自然主義」という言葉でその時代を語ろうとするが、実はその「自然主義」という括りは、かなり恣意的なのである。

再び島村抱月の言葉に戻ろう。彼はこう言っている——。

《斯くの如くして藤村独歩の諸氏はむしろ外間から其の傾向によって自然主義と総称せらるるに至ったが、作者みずからも目下の自家の作風態度が最も此の称呼中の意味に近いものであることを承認しているであろうと信ずる。更に其後では、近時の諸短篇に見える小栗風葉氏、徳田秋声氏、『蒲団』に見える田山花袋氏、『其面影』に見える長谷川二葉亭氏、『紅塵』に見える正宗白鳥氏、乃至《ないし》其の他の新作家、すべて益〻自己の傾向主義に対する自覚を明《あきらか》にして行くのでは無いかと察せらるる。而して此等諸家の主義、傾向を一括して、最も便宜な名を与えれば、自然主義であろう。勿論一旦名を与えれば、名に役《えき》

せられるという弊もあろう。けれどもそれは何の場合にも存する利害対立の一面に過ぎぬ。》（同前・傍点筆者）

島村抱月は、それでもまだ「これらを自然主義と総称してしまってもいいのだろうか」という微妙なためらいを見せている。島村抱月の中には「これらが自然主義ではないという可能性もある」という、冷静な判断もあるのだが、しかし「日本に自然主義は誕生した。そのことによって日本は如何なる方向へ進んで行くべきなのか」を言いたい島村抱月は、《けれどもそれは何の場合にも存する利害対立の一面に過ぎぬ。》と一蹴して、本論である「自然主義のなんたるか」を説く方向に進んで行く。私の引用した『文芸上の自然主義』の部分は、「日本の自然主義」と題されるその前書き部分にすぎず、「自然主義のなんたるか」を知りたかったら――あるいは明治四十年に日本の文芸批評のリーダーの一人である島村抱月が「自然主義」をどのようなものと理解していたかを知りたかったら、これ以降の本論部分を読むべきなのだが、しかし、明治四十一年一月の島村抱月の前に存在していたものが「自然主義とは違っているもの」だったら、それを読むこと自体が無意味になる。

島村抱月は《けれどもそれは何の場合にも存する利害対立の一面に過ぎぬ。》と、よく分からない結び方をしているが、《一旦名を与えれば、名に役せられる》――その名称が一人歩きを始めてしまうというのは事実で、だからこそ、明治も末の二十世紀になった日本には「自然主義の文学」が堂々と存在してしまう――そしてそれが本当に「自然主義」だったのかどうかは分からない。その時の日本に「新しい小説」が登場したのは確かだが、それが本当に「自然主義を志向する小説」であったのかどうかが分からない以上、日本の近代文学の中に「自然主義の文学」が存在したかどうかは、分からないのである。

第二章　理屈はともかくとして、作家達は苦闘しなければならない

一　通過儀礼としての自然主義

かくして「近代の日本文学に於ける〝自然主義〟というものはなんなのか？」という私の立てた問いは、水泡に帰してしまった。べつに失望する理由もない。別の考え方をすればいいだけの話で、「自然主義」というよく分からない思想用語の前で「ああか、こうか」と首をひねるよりも、私にとっては気楽である。

そもそも、この日本に「本場に引けを取らない自然主義」を確立して、どれほどの意味があるのか？それは一つのプロセスであって、ゴールではない。そのことは島村抱月も理解していて、別のところではこう言っている――。

《僕は自然主義賛成だ。少くとも今のところ、日本の文壇では是れが一番新しい趣味だ。（中略）長い前途をひかえている我が文壇が、一歩でも前へ進めば——前へ進むとは今までに無かった新しいものを経験することだ——進んだだけの利益はある。此の意味で新しいものは結構である。》（『「蒲団」評』）

これは『文芸上の自然主義』の三月前に書かれたもので、『蒲団』を評して《此の一篇は肉の人、赤裸々の人間の大胆なる懺悔録《ざんげろく》である。》の一文を登場させるものでもある。

書かれたのは、田山花袋が『蒲団』を発表した翌月の明治四十年十月——二葉亭四迷が『浮雲』を発表した二十年後で、その頃になってようやく「新しい小説の時代」が始まろうとしていたと私は思うから、《長い前途をひかえている我が文壇》と島村抱月が言うのを「もっとも」と思う。《一歩でも前へ進めば》から《進んだだけの利益はある》と言って、島村抱月は「自然主義の登場は日本文学を成長させる一過程である」ということを示している。ここのところは「いかにももっとも」とうなずけるところだが、その先になると、実作者ではない理論家の大飛躍になってしまう——。

《無論思潮というものは何所の国でも変って行く、変らなければ思潮ではない。今の自然派でも、乃至《ないし》は理想主義でも、写実主義でも傾向となり思潮となって出て来る以上、万年不易《ふえき》であられてはたまらない。何年かの後には、フランスの跡を追っかけて、自然主義が神秘主義なり、標象主義なりに変って行くかも知れぬ。けれども単に将来変って行くということを予想するために現在のものが価値を失う訳はない。フランスではもう一立て場前に行っているから、自然主義を過去のものとして取り扱わんとする者もあるのだろう。日本では自然主義が正にプレゼント、テンスだ、ひょっとすればまだフューチュア、テンスかも知れぬ。真に其《そ》の意義を理解し味得するのは是れからである。好い自然派の作品が盛に出で、、特色が十分認められるようになった、其の後にこそ自然派は次の思潮に地を譲っても差支《さしつかえ》はない。また譲るのが当然の時も来るだろう。まだ現在にすらなりきらぬものを、新しいというので、寄ってたかって過去へ担いで行こうとは、不心得の事だ。》(同前)

明治四十年当時、自称他称の「自然主義作品」は数多くあって、これに対する賛否両論が渦巻いていた。そこに『蒲団』が登場して、田山花袋を「自然主義の書き手」と思い『蒲団』を「自然主義の小説」と思う島村抱月は、その作品を評する――当時的に正当な位置付けをするために、まず「自然主義の擁護」をする。『「蒲団」評』にはそのために多くの筆が費やされているのだが、「ステップボードとしての自然主義」あるいは「通過儀礼としての自然主義」という説き方をする島村抱月の論は正しい――もちろん、皮肉な見方をしてしまえば、「自然主義を過大に評価し過ぎて将来的に自分の立場を危うくしかねないことへの留意に満ちている」と言えないこともないのだが。

島村抱月は、「今、自然主義は必要だ」と言っている。しかし「自然主義が定着したその後は、どうだか分からない」とも言っている。《長い前途をひかえている我が文壇》は、当然のことながら「自然主義」を経験する必要があると言っているのだから、これは「通過儀礼としての自然主義」でもある。

では、それを通過してしまった後はどうなるのか？　島村抱月はあっさりと《自然派は次の思潮に地を譲っても差支はない。また譲るのが当然の時も来るだろう。》と言っている。島村抱月は理論の文芸評論家だから、「次の思潮が来る」と平気で言ってしまえるが、こんなことを言われたら、実作者の方はたまらないだろう。「今は自然主義が流行だから自然主義をやっているが、それが流行らなくなったら次の主義に乗り換えなければならない——そうでないと文壇で生き残っていけない」ということにもなってしまう。『平凡』に登場する《君ねえ、ナチュラリーズムがねえと、グズリ〳〵を始める人》も、そういう「時流に敏感にならざるをえない人」なのだろう。

主義や思想の世界では、「Aという思想からBという思想に乗り換える」ということがいたって簡単に起こる。そう珍らしいことではない。しかし「小説を書く」ということに於いて、そういうことは簡単に起こらない。小説の文章というのは、書き手の気質、体質、あるいはその成長過程のすべてに根差しているものだから、変えようとしたってそう簡単には変えられない。ある作家が「自然主義」を目指し、自身でその達成が「実現出来た」と思ったら、その作家は一生「自然主義」で「元自然主義」だ。そういうものである。「ある時は自然主義、それが過ぎたら別の主義」という風に書けるのだとしたら、それは練習過程が続いて、「ある時は自然主義風、それが過ぎたら別の主義風」になっているにすぎない。流行のモードに従って自分の書くものを変える作家は、ろくでもない作家か小器用な作家でしかないし、彼等の書いたものは「主義という思潮の達成」なんかにはならないだろう。もちろん「主義という思潮の達成」になんらかの意味があればだが。

「自然主義」が《今までに無かった新しいものを経験する》という、《長い前途》へ向かうプロセスとして存在するのなら、その《経験》を達成した後の書き手の進む先は、一つしかない――「自然主義という手本を離れて独立し、自分なりの作品を書く」である。

島村抱月は、国木田独歩、島崎藤村以降の作者、作品名を挙げて「後期の自然主義」と言っているが、それは「自然主義という手本を離れた彼等なりの作品」か、あるいは「自然主義とは無関係に生まれた彼等なりの作品」でしかないかもしれない。だからこそ、国木田独歩も島崎藤村も「我こそは自然主義なり」とは言わないのだ。

「日本の自然主義」は、いつの間にか「私小説」というものへ変貌する。それを謎と思う人にとっては謎だろうが、「日本の自然主義」と言われていた作品が、実は「自然主義という手本とは距離を置く各作家なりの作品」であったら、その「自分なり」が進んで「自分のことを書く私小説」になったとしても不思議ではない。明治四十年頃の日本に「自然主義の達成」があったと考えると、その自然主義が私小説へ移行してしまうことの不思議は説明しにくくなるが、その頃の日本にあったものは、「評論家がようやく自然主義という確かなモノサシを手に入れた」ということと、「実作者達がようやく主義のような呪縛から解放された」ということの二つで、「自分なりに書く」ということを獲得した実作者達が「自分」の方向へ進んでしまうのは、不思議ではない。

二　理念もいいが、文体も――

明治の近代になって「小説家たらん」と志した日本人達は、大いなる苦闘を強いられることになる。どうしてかと言えば、小説家を志す若者達の前に、西洋製のものを除けば、「小説」というものがまだ一つも存在しなかったからである。

明治十八年（一八八五）二十七歳の坪内逍遥は、『当世書生気質《とうせいしよせいかたぎ》』と共に当時の若者達に大きな影響を与えた小説の理論書『小説神髄』の出版を開始する。その序文によれば、当時は《実に小説全盛の未曽有の時代というべきなり》（『小説神髄』緒言）なのだが、《おおかたは皆翻案家にして作者をもって見るべきものはいまだ一人だもあらざるなり。故に近来《ちかごろ》刊行せる小説稗史《はいし》はこれもかれも馬琴種彦《ばきんたねひこ》の糟粕《そうはく》ならずは一九春水《いつくしゆんすい》の贋物多かり》（同前・原文に句読点はない）だったりもする。つまり、「小説」という言葉だけはあっても、現代にまで続く「小説」というものはまだ存在していないということである。『小説神髄』が当時の若者達を興奮させるのは当然だろう。坪内逍遥の言うことは、「そこに〝小説〟という華麗な花を咲かせ、豊かな実をつけさせる無人の広野がある。誰でもいいから、行って花を咲かせろ」に等しいのだ。世に名を高からしめる新しいゴールが設定されて、小説家志望のゴールドラッシュが始まるみたいなものだ。「小説家を志す若者」はあっという間に誕生してしまうだろう。

坪内逍遥は、その実例がない中で、「小説とはこうしたものだ」と説く。具体例を欠いて説明するのは困るだろうから、『小説神髄』では、反面教師の形で曲亭馬琴の『南総里見八犬伝』が大活躍する。「皆さんの知る最も有名な小説は八犬伝のはずですが、そうなってはいけませんよ」という形で説かれてしまうということは、明治十八年から十九年(『小説神髄』全九冊の完結は翌年)の日本人は、『南総里見八犬伝』をその先行例として、小説のあれこれを考えなければならなかったということである。「実例はないが理論はある。小説家志望者はその理論達成をゴールとして進むしかない」というのが、近代日本の小説の始まり方である。島村抱月が《好い自然派の作品が盛に出で、、特色が十分認められるようになった、其の後にこそ自然派は次の思潮に地を譲っても差支はない。》と、理論の優越を前提にして説くのは、この伝統に則ってのことである。近代日本のあり方からすれば、なんの不思議もない。

理論はあるが実例はない。だから実作者は、すべてにわたって一々を創り出すしかない。それで「二葉亭四迷はまず小説を書くための新しい文体の創出にかかった」ということになるのかもしれないが、これが本当かどうかは分からない。二葉亭四迷は、「文体を創ろう」と思う前に、まず「小説が書きたい」と思ってしまっていたからだ。

前巻『失われた近代を求めてI』〔本選書版第一部〕で言ったことの繰り返しになるが、『余が言文一致の由来』の中で、二葉亭四迷はこう言っている――《もう何年ばかりになるか知らん、余程《よつぽど》前のことだ。何か一つ書いて見たいとは思ったが、元来の文章下手で皆目方角が分らぬ。》

その一文の前には、冗談としか思えないような調子で、《自分が始めて言文一致を書いた由来――も凄まじいが、つまり、文章が書けないから始まったという一伍一什《いちぶしじゅう》の顚末《てんまつ》さ。》（『余が言文一致の由来』）とも言っている。当人の言っていることを「冗談だろう」と否定するのもなんだから、「その通りなんだろう」と理解する。

ロシア語に堪能な二葉亭四迷は、既にロシアの作家を通して「小説」がいかなるものであるのかを承知している。だから《何か一つ書いて見たい》と思うが、彼にはその文章を書く「技術」がない。だから坪内逍遥に尋ねて《君は円朝の落語《はなし》を知っていよう。あの円朝の落語通りに書いて見たら何《ど》うか》（同前）というアドヴァイスを得る。

《何か一つ書いて見たい》と思う二葉亭四迷は、それを「新しい日本語の文体で書かれなければならない」とは、どうやら思わなかったらしい。彼自身の語るところによれば、既に存在している「〝小説〟を名乗りながら、（坪内逍遥の考えでは）〝小説に価しない小説〟を書くための文体」を彼がよくマスターしていなかったために、結果として「いきなり新しい文体を創る」というところへ行ってしまったということになる。

二葉亭四迷が《文章下手》と言うその《文章》は、文章一般のことではない。既に存在していた「旧来の小説を書く文章」で、やがては「文語体」と言われてしまうような文章である。だから、《何か一つ書いて見たい》と思う二葉亭四迷には、「新しい文体を創出する」という選択肢の他に、「旧来の小説文体をマスターする」という道もあったのである。しかし彼は、それを選択しようとはしなかった。坪内逍遥もそのようなアドヴァイスをしていない。いきなり《君は円朝の落語を知っていよう》というとところへ行ってしまう。もしかしたらこれは「意味のある飛躍」かもしれない。その件に関して二葉亭四迷はなにも言っていないが、彼がいきなり「三遊亭円朝の語り口をそのまま文章語にしてしまう」というところへ行ってしまうのには、「旧来の小説文体をマスターするのはいやだ」という思いがあってのことだろう。

私は今までその点については言及していないが、二葉亭四迷が『浮雲』やツルゲーネフの『あひびき』の翻訳を言文一致体で書いたとしても、その時代の主流は「言文一致体ではない文章＝文語体」なのだ。その主流となる人は、尾崎紅葉であり幸田露伴であり、森鷗外であり樋口一葉《ひぐちいちよう》であり、あるいは坪内逍遥自身でさえも、その小説の文体は「言文一致体だかなんだかよく分からない文章」なのである。『浮雲』の第一篇が刊行された九年後の明治二十九年（一八九六）、樋口一葉は二十五歳で死ぬが、彼女はついに言文一致体の人にはならなかった。その死の前年、樋口一葉は『たけくらべ』を発表するが、その同じ年に二十九歳の尾崎紅葉は言文一致体で『青葡萄』を発表し、翌年には同じ新文体の『多情多恨』を発表して絶賛される。だからと言って、尾崎紅葉が言文一致体の人になったわけではない。『多情多恨』の翌年に連載が開始され、六年後の明治三十六年の死によって未完のままに終わる大長篇『金色夜叉』では、その以前の文体へと回帰している。森鷗外が「言文一致体に由来する新しい文体＝口語体」を採用したのは、前述の通り、そこから更に下った明治四十二年（一九〇九）のことである。「言文一致体ではない文章」は、明治の時代に長らく主流として健在だった。だからこそ、言文一致体を我がものとしながらも、尾崎紅葉は旧文体へと回帰する。そして前にも言ったが、この尾崎紅葉の死は、明治期の日本文学の一つの転換を示すものとも考えられるのである。

なぜ尾崎紅葉の死が「日本文学の一つの転換期」となりうるのかと言えば、二葉亭四迷とは違って、尾崎紅葉が《文章下手》ではなかったからである。

二葉亭四迷より三歳年下の尾崎紅葉は、《元来の文章下手》なんかではない。彼は文章の大テクニシャンで、二葉亭四迷が文章のシロートなら、彼は大クロートである。だから、高座に上がる噺家《はなしか》の語り方を研究する必要などない。「やってみるか――」と思えば、言文一致体もさっさとマスター出来るし、それを捨てることも出来る。二葉亭四迷にとって、「言文一致体ではない文章」を採用することは後退だが、尾崎紅葉にとって言文一致体は、「いくつもある日本語文体の一つ」でしかない。ここまでは「ただそれだけの差」だが、しかし言文一致体には、「言文一致体ではない文章＝文語体」に比べて、一つの大きな弱点がある。それは、「言文一致体ではない文章」には、「文章それ自体が〝語ること〟を担当する能力」があるのに対して、言文一致体の文章では、「語るに際して書き手がその姿を現さなければならない」という弱点があることだ。

三　言文一致体が口語体へ伝えたもの

言文一致体は、独白体ではない。独白体は、主人公が自身の物語、あるいは自身の関与した物語を語るもので、言文一致体の一種ではあるけれども、言文一致体自身は独白体ではない。だから『浮雲』は、

「二葉亭四迷が内海文三達の物語を語る」という構造になっている。当たり前のようだが、これが微妙でややこしい。というのは、この言文一致体である小説は、「物語の主人公は内海文三だが、語る主体──文体的な主役は二葉亭四迷」という、二重構造になっているからだ。なおさら当たり前のことを言っているようだが、文語体の小説と比べてみると、このことの複雑さがよく分かる。

随筆ではない、文語文で書かれた小説を読めば分かることだが、そこに語り手がいることは「地の文」の存在で理解されるが、その「地の文」の中に一々「物語を語っている語り手の存在」を発見するだろうかということである。たとえば、『源氏物語』を読んで、「紫式部が語っている」と思うだろうか？　その初めは「紫式部が書いた文章だから、紫式部が語っているのだろうな」と思っても、その内に語り手のことなんかは気にならなくなる。「誰かが語っている」とさえ思わなくなる。「文章それ自体が〝語ること〟を担当する」とは、こういうことである。もちろんこれは、言文一致体以後の口語文でも起こる。そこに「地の文」はあるのだから、明らかに語り手はいる。しかし、その語り手がどんな人物であるのかというような詮索は普通の場合起こらない。普通は起こらないが、起こることもある──起こって、「作者はなにを考えてこんなことを書いてるんだろうな？」と首をひねってしまうこともある。たとえばこんな文章である──。

《小石川の切支丹《きりしたん》坂から極楽水《ごくらくすい》に出る道のだら〳〵坂を下《お》りようとして渠《かれ》は考えた。『これで自分と彼女との関係は一段落を告げた。三十六にもなって、子供も三人あって、あんなことを考えたかと思うと、

馬鹿々々しくなる。（後略）』》

言わずと知れた『蒲団』の冒頭だが、いきなりこう始められると、なにかがおかしい。田山花袋という人は、ただの情景描写であっても自分の感情を公然と露出してしまう傾向のある人で、自己抑制というものとは縁遠いところがあるからこういうことにもなるのだが、ただこれだけの文章でなにがおかしいのかというと、いきなり《渠は》で始まってしまうところである。『蒲団』の主人公が田山花袋自身と重なる人物だということを知る者なら、「いきなり自分のことを《渠は》かよ」と思ってしまうし、「この《渠》は作者自身のことだから別に不思議ではない」とも思う。しかしそれを知らない者は、「このいきなり登場する《渠》とは何者？」と考えてしまうだろう。

この書き出しが、「一人の男が道を歩いていた。小石川の切支丹坂から極楽水に出る道のだら〳〵坂を下りようとして渠は考えた。」であれば、違和感もなにもない。『蒲団』の四カ月前に発表された彼の『少女病《おとめ》』では、そのようにもなっている――《山手《やまのて》線の朝の七時二十分の上り列車が、代々木の電車停留場の崖下を地響させて通る頃、千駄谷の田畝《たんぼ》をてく〳〵と歩いて行く男がある。此男の通らぬことはいかな日にも無いので（後略）》（田山花袋『少女病』）

「ある男」をまず登場させ、それを《此男》と特定して、《此男》を主人公とする物語が始められる。《此男》が田山花袋自身と重なるような人物で「杉田古城」という名を持つことが明らかにされるのは半ば近くになってのことで、それまで語り手は主人公のことを《此男》と言い、「杉田古城」の名を明らかにした後でようやく《かれ（渠）》の話が登場する。つまり、語り手である田山花袋は、「作中人物である自分」との距離を十分に考えているということである。ところが『蒲団』になると、いきなり《渠は》である。《渠は》に至るわずかな段取りを省略することによって、田山花袋は読む者になんらかの「インパクト」を与えたいのだ。

これで、「小石川の切支丹坂から極楽水に出る道のだら〳〵坂を下りようとして竹中時雄は考えた。」として、いきなり主人公名を出してしまえば、唐突は唐突であっても、叙述の仕方としては尋常である。でも、衝撃作『蒲団』を発表する田山花袋は、そんな穏当なことをしたくない。だからいきなり《渠は》になる。「自分の話を書くのに《渠は》とすれば、自分と作中人物の間に距離は生まれて、客観的になれるだろう」と考えて、しかし田山花袋はあまり客観的になりたくない。それが『蒲団』を書く田山花袋の態度で、抑えても抑えきれない――あるいは抑える気がどこかでなくなってしまう田山花袋のありようである。

成熟した文語体や口語体の文章なら、文章そのものが「語るべきこと」を語っていて、「書き手のありよう」が意識されることはない――そうであることを前提にして、作者は文章を書く。『少女病』での田山花袋は、「文章が語るべきことを語る」という公式を踏まえて書いている。しかし『蒲団』になるとそうではない。書き手とは距離を置いて存在するようになっていてしかるべき「作中人物のありよう」に語り手が接近しすぎて、《渠は》と三人称で書かれたものが、いつの間にか作中人物「竹中時雄の独白体」のようなものになってしまう。だからこそ、前巻〔第一部〕の私は、田山花袋の『蒲団』の書きように対して、「ホントにそうなのか？」というツッコミを入れまくることになる。

近代文学というものは、書き手のありようと作中人物のありようがどこかで重なって、そうなって、「第三者」にはならない作者の声が重要なことを語る――そのことによって「近代自我」のありようが浮き彫りになってくるようなものでもある。『蒲団』のあり方はまさにそうしたものだが、そうなってくる仕組はどうやって生まれて来たのだろうか？　私の言うことが「へんなこと」ととられるのは重々承知しているが、私はこの「近代自我」と呼ばれる「作者のあり方」あるいは「作者のポジション」が、やがては「口語体」と呼ばれることになる言文一致体の中から、半ば無意識的に受け継がれたものではないかと思っているのだ。

成熟した文語体や口語体の文章では、文章そのものが「語るべきこと」を語る――そのようになっているからこそ「成熟した」と言えるのだ。言文一致体が登場することによって、それ以前の文章が「文語体」と言われるようになっても、その文語体は「当時の口語体」でもある。重要なのは「文語体か口語体か」という問題ではなく、「文章としての成熟がそこに宿っているかどうか」なのだ。

文語体から口語体への移行途中にある――と言うか、「成熟したその以前の文章」から離れて独立し、やがては「口語体」としてその成熟を獲得して行くことになる言文一致体には、「文章そのものが語るべきことを語る」という能力はまだない。なぜかと言えば、「まず語り手が言う〔喋る〕――それを同じ語り手が文章として整えて行く」という二度手間が言文一致体だからだ。言文一致の「言」は、作者の「言う」なのだ。それが「文」との間で距離があるから、「言文一致」が必要になる。作者が「言う」ということをまず考えて、それが作者の頭の中で文章化される。言文一致体は、「己が思考の翻訳」で、である以上、「思考する者」と「翻訳する者」の二人三脚になる。

これが成熟した文語体や口語体の文章になってしまえば、「作者＝自身の思考の翻訳家」の姿は、文章の中から消えて行く――薄れて気にならなくなっている。しかし、「言う」と「文章として書かれる」の間に書き手という翻訳家を必要とする言文一致体では、まだそうはならない。「私が言う」と「文章が語る」の間でウロウロあるいは呻吟する作者の姿はまだ歴然としている。この辺りは、前巻〔第一部〕の第三章や第六章の五を参照してもらいたいのだが、「言う」と「文章として成立させる」の間で苦闘しなければならない言文一致体の書き手は、この「言う＝文章になっているもの」と向かい合う相手〔読者〕を想定して、「語尾は〝です〟という丁寧の敬語を必要とするのか、あるいはただ〝だ〟のままでいいのか?」ということを考えなければならない。だから《文章を言語に近づけるのもよいが、も少し言語を文章にした方がよい》〔二葉亭四迷『余が言文一致の由来』〕と徳富蘇峰に言われたりもする。しかし二葉亭四迷は、「言」を「文」に近づけるよりも、「文」を「言」に近づける方を選ぶ。そのことによって、『浮雲』の第一篇は「悪態小説」と言ってもいいような、作者の饒舌が氾濫する。

語り手の「言う」が全開状態になったおかげで、『浮雲』では作中人物の動き方が「未《いま》だし」になる。だから、その饒舌が収まった『浮雲』第三篇になると、「まだ十分に動けない」という状態のままの登場人物達が、まるで汐の引いた浜辺に置き去りにされた海生生物のようになって、話が一向に進まなくなる。私は、二葉亭四迷の『平凡』を失敗（中絶）に終わった『浮雲』のリベンジだと思うのだが、であればこそ、『平凡』は《私》の独白体になるのだと思う。「言」と「文」を一致させなければならない――では「語り手」をどう処理するか？　これを考えた時、『平凡』が書き手の姿を歴然とさせる言文一致の独白体になるのは、当然のことだと思う。

四　言文一致体の「完成」

私の話はくだくだしく難解で、「この男はなにを問題にしたがっているのだろうか？」と思われるくらいになっているだろう。話が飛躍しているのか、それとも順当なつながり方をしているのかがよく分からない。「もし話の流れが混乱していたらすみませんね」とは言うが、これでも私は順当な流れに沿って、近代日本文学史の初めの方を検討しようとしているのである。それをしようとして、私は「〝順当〟と思われている流れは本当に順当なのか？」と考え込んでしまうので、話があっちこっちになる。「順当はいいが、これを抜け落ちさせるのは問題だよな」とあれこれを考えるので、話が飛躍しているのか順当につながっているのかが、よく分からなくなってしまう。

近代日本の文学史が、明治十八年（一八八五）に刊行が開始される坪内逍遥の『当世書生気質』と『小説神髄』の二つの本によって始まるというのは、順当な理解だろう。

「小説家」というよりも「えらい文学者」であるような坪内逍遥は、「近代に小説と呼ばれるようなものは、江戸時代の戯作のようなものであってはならないのですよ」と『小説神髄』で説きながら、同時に戯作風のニュアンスが濃厚な小説『当世書生気質』を発表する。そこのところが、新しいのか古いのかよく分からない坪内逍遥だが、彼の登場によって始められる近代日本の文学史は、それゆえにひそかな二つの問題を抱えることになる。

一つは、小説に於いて顕著なことだが、「近代の小説」を始めようとしたって、日本にはその現物がない。だから、理論が先に立って現物を生み出すように働きかけなければならない——そのことが自然であるように思われるから、明治四十一年（一九〇八）に『文芸上の自然主義』を島村抱月が発表し、作家達自身が「私の作は自然主義で、目指すところも自然主義だ」と言ってもいないものを、「自然主義の誕生」と断定してしまうことが可能になる。理論はそれを「自然主義だ」と言うが、当の実作者達はそれを言わない。そのギャップがまずは問題にされないから、私は「ひそやかな問題」と言うのだが、理論が主導するそのことを「正しい」として受け入れてしまうと、そのことによって抜け落ちるものが見えなくなってしまう。

理論家の島村抱月は、まだ成長途上の日本文学のために「自然主義」を発見し、「進め！　進め！」の旗振りをする。そうして日本に「自然主義文学」という幻は実在してしまうが、当の実作者の側からすれば、島村抱月に「自然主義だ」と想定された作品は、いかなるものになるのか？

近代日本の文学史を順当に辿ると、坪内逍遥がいて、二葉亭四迷の言文一致体が登場し、やがて自然主義の時代になって、「自然主義＝私小説が近代日本文学の本流」ということになってしまうが、その自然主義が「自然主義として意図されたもの」ではなかったら、どうなるのか？　あまりそういうことが考えられないから、私は「ひそやかな問題」と言う。

ある意味で、島村抱月と坪内逍遥は同じような間違いを冒している。「新しい小説の出現」を待望して『小説神髄』を書く坪内逍遥の前に、「新しい小説の現物」はない。日本で最初のシェークスピアの権威になった坪内逍遥だから、その論調が「外国のものに比べて日本は――」になってしまうのは仕方がない。『文芸上の自然主義』を書く島村抱月の論調も同様で、近代日本の初めの方の理論家は、外国（西洋）のありようを基本にして、日本の問題点を衝く。それはそれでいいのだが、「日本のあり方」を憂えたり、なんとかしたいと思う彼等は、時として「外国のあり方」ばかりを見て、「日本のあり方」の方を見ないのである。

「西洋のあり方に比べれば、日本にはまだ〝小説〟と呼べるものの現物はない」ということになるが、しかしその日本には、「戯作」と呼ばれる、江戸時代から続いている小説や戯曲の歴史はちゃんとある。だから、『当世書生気質』を書き、シェークスピアの作品をまるで歌舞伎の科白のような文体で翻訳してしまう坪内逍遥の中にだって、江戸時代以来の戯作の血は流れていて、近代文学の起点に立つようなこの人は、江戸時代以来の伝統の継承者でもある。

「それは戯作であって、近代の文学とは関係ない」と言ってしまえば、近代以前にあったその歴史は無いになってしまう。坪内逍遥は、「それは戯作であって、近代の文学とは関係ない」と言う人だが、奇しくも、坪内逍遥によって近代日本文学の起点がスタートする明治十八年は、十九歳の尾崎紅葉が硯友社《けんゆうしゃ》を結成し、ずっと後にマンガ同人を形成する人間達がやるのと同じような手書き原稿の回覧による同人誌『我楽多《がらくた》文庫』を始める年なのである。

硯友社文学と言えば、江戸の戯作のあり方を否定しない、明治日本の一大文学会派である。はっきり言ってしまえば、その中心にいた尾崎紅葉が明治三十六年（一九〇三）に死亡するまで、硯友社系の文学が明治日本の主流《メジャー》だったのである。ところが、順当な日本の近代文学史は、ひたすらに「西洋風の近代を達成する方向」を追い求めるから、明治十八年から明治三十六年までの間「主流」であり続けた硯友社系の文学を「後ろ向き」のようなものに考えて、それが近代文学史の中でどのような役割を果したのかをはっきりさせてくれない。「抜け落ちている」というのはここで、「外国のあり方」を基準にしたがために「日本のあり方」がどこかへ行ってしまっているというのが、二つ目の「ひそやかな問題」なのである。

明治四十一年に島村抱月が「日本にも自然主義文学が登場した」と発見してくれて、そのことによって日本の文学史は幾分分かりやすくなったかもしれないが、西洋のあり方を前提にした「自然主義」と言われるものが、「日本のあり方」としてはなんだったのかということは、まだはっきりしていないのだ。

私は、「坪内逍遥がいて、二葉亭四迷の言文一致体が登場し、やがて自然主義の時代となる」というように、近代日本文学の初めの方を考えない。自然主義の前に「浪漫主義」というものもあったらしいが、それもどうでもいいことだとしか考えられない。二葉亭四迷や森鷗外がからかうのだから、「自然主義の時代」と言われるものがあって「自然主義の作品」もあったらしいのだが、実作者のありようとは無関係な理論の側のネーミングをそのまま引き受けても仕方がないだろうと思う。私が問題にしたいのは、『浮雲』が中絶した後では曖昧になっている「言文一致体のその後」なのである。

明治四十一年の一月に、島村抱月は『文芸上の自然主義』で、「我々はついに日本の自然主義文学を得た」というような、自然主義誕生宣言をする。島村抱月は自然主義に価値を見出し、それを発見したいからそのような見方をするのだが、「それ以外の見方はないのか？」と、私なんかは思う。

明治四十一年の島村抱月の目に留まるのは、前年九月に発表された田山花袋の『蒲団』、その前年の明治三十九年に発表された島崎藤村の『破戒』と二葉亭四迷の『其面影』。もう一つ前年に遡《さかのぼ》って、明治三十八年に刊行された国木田独歩の『独歩集』である。しかし、この時期には自然主義とは違う他の作品も発表されている。島村抱月が拾い上げないものを含めると、明治三十八年からの日本文学はかなりのものになる。

『独歩集』が刊行された明治三十八年には、雑誌『ホトトギス』誌上で夏目漱石の『吾輩は猫である』の連載が始まる。島崎藤村の『破戒』が登場した明治三十九年には、『吾輩は猫である』を書き続ける夏目漱石は、『坊ちゃん』を同じ『ホトトギス』誌に発表し更には『草枕』まで登場する。夏目漱石の本格的かつ大々的なデビューである。夏目漱石の書いたものに人気が集まって、漱石の筆力も旺盛だからそういうことになるが、この年はまた、『浮雲』の中絶から十七年を経過させた二葉亭四迷が自身の言文一致に触れて、『余が翻訳の標準』と『余が言文一致の由来』を公にする年でもある。

私が驚くのは、夏目漱石の『吾輩は猫である』『坊ちゃん』と、島崎藤村の『破戒』が、ほぼ同時と言ってよいような形で出現してしまうことである。島崎藤村を「自然主義の作家」とすれば、夏目漱石は「反自然主義」あるいは「非自然主義」と言われるような存在である。主義の観点からすれば、この二人が同時に並ぶことはないし、また同時に並んでいることに対して「なんらかの意味がある」と言われることもない。しかし、この二人の作家は、ほぼ同時に登場するのである。その点で、明治三十九年は「画期的な年である」と言ってもいいような年なのだ。

どのように画期的なのか？　それは、これまで「未だし」でもあった言文一致体が、ついに本格的な成熟を獲得してしまったという点で、画期的なのである。島崎藤村の『破戒』は、三人称の視点で書かれた言文一致体小説の最初の完成品と言ってもよいようなものである。ここにはぎこちなさがかけらもない。夏目漱石の『吾輩は猫である』や『坊ちゃん』は、言文一致の独白体による最初の成熟の見本で、二葉亭四迷の『平凡』はこの後に続く。ここには江戸時代の戯作以来の流暢さがあって、しかし古臭さがない。古い中から生まれたものが、完全に「現代文」になってしまっているのである。

だから私は、明治三十九年（一九〇六）を「言文一致体の達成あるいは完成が起こった年」と思う。であればこそ二葉亭四迷も、苦い失敗譚を込みにした、言文一致体創造の苦労話をオープンにしたりするのだろう。『余が言文一致の由来』の中で、二葉亭四迷は《どこまでも今の言葉を使って、自然の発達に任せ、やがて花の咲き、実《み》の結ぶのを待つとする。支那文や和文を強いてこね合せようとするのは無駄である、人間の私意《しい》でどうなるもんかという考であったから、さあ馬鹿な苦しみをやった。》と、その当時を振り返っているが、明治三十九年になって、その《花の咲き、実の結ぶ》時はようやく訪れるのだ。

この章の初めで私の言った《島村抱月は、国木田独歩、島崎藤村以降の作者、作品名を挙げて「後期の自然主義」と言っているが、それは「自然主義という手本を離れた彼等なりの作品」か、あるいは「自然主義とは無関係に生まれた彼等なりの作品」が誕生しただけのことかもしれない。》というのはここで、そこに現れるのは《後期自然主義》の作品ではなくして、「完成した言文一致体の作品」であるはずなのだ。

国木田独歩や島崎藤村が果して「自然主義」を手本としていたかどうかは分からない。はっきりしているのは、彼等が「彼等なりの作品」を完成させたことだ。だから同じことが「自然主義」とは無縁のはずの夏目漱石にも言える。明治三十八年から『吾輩は猫である』以下の作品を発表し始める夏目漱石もまた、その時期に「彼なりの作品」を完成させただけなのだ。

だから、私の辿ろうとする近代日本文学史の初めの方は、「坪内逍遥の『小説神髄』──→二葉亭四迷の言文一致体──→自然主義」という風にはならない。「近代文体の誕生」という観点に立って、「坪内逍遥の『小説神髄』──→二葉亭四迷の言文一致体──→長いブランク──→明治三十八、九年になっての言文一致体の完成」というものになる。言文一致体の完成を「近代を達成するための必須」と考えれば、この「近代化のプロセス」は途中に十数年のブランクがある。しかし、近代化推進の側からすれば「ブランク」であるような時期は、それとは別種の「明治になってから生まれたもう一つの文学」の全盛期なのである。

一方にとっては「ブランク」となるような時期が続き、それがある時に終わる。どうして終わったのか分からないが、明治三十八、九年になってしまえば、「新しい流れ」は歴然となる。「なんでそんなことになるのか？　その時期になにがあったのか？」と考えて、私の目に止まるのは、明治三十六年の尾崎紅葉の死である。言文一致体とは距離を置いた「主流」の作家で、当時最大の流行作家であり「文豪」であった尾崎紅葉の死によって、なにかが変わる。尾崎紅葉が当時の文壇を支配していたからではなく、新しい変化が生まれそうな時期に尾崎紅葉が死んで、それが時代の転換期となるように見えた、ということなのだろう。

五　若くて新しい「老成の文学」

尾崎紅葉が死んだ翌年であり、夏目漱石が『吾輩は猫である』を発表する前年である明治三十七年（一九〇四）、田山花袋は《近時の文壇を見るに、紅露逍鷗の諸大家は既に黙して》と言う『露骨なる描写』の一文を発表する。この文章のことは第一章の初めの方で触れたが、これは当時の文壇批判の文章で、この文章が発表される三月ほど前に《紅》である当時最大の流行作家尾崎紅葉が死んでいる。真面目な田山花袋に「尾崎紅葉が死んだ今だから、思いっきり本当のことを言ってやろう」というような気はないだろうが、結果としてこれは、「尾崎紅葉の死による時代の転換」を表すような文章になってしまっている。

明治三十六年の十月末に尾崎紅葉は死んで、だからこそ《諸大家は既に黙して》になるが、『露骨なる描写』が発表された翌年の二月にだって、まだその「影響力」は生きている。田山花袋はそれを断ち切って、「新しい時代」を開きたいと思っていたのである。

《諸大家》と言われる四人、尾崎紅葉、幸田露伴、坪内逍遥、森鷗外の全員が、硯友社系の作家だというわけではもちろんない。しかしこの四人は、明治三十六、七年の段階で、言文一致体や口語体の文章を使う作家ではなかった。《既に黙して》ではあってもその影響力が健在の明治三十七年に文壇の主流であったのは、文語体の文章だったということである。

時として「後ろ向き」と思われることはあるが、だからと言って、硯友社系の作家が言文一致体を嫌ったというわけではない。尾崎紅葉は言文一致体に手を出している。二葉亭四迷の『浮雲』第一篇と同じ年に「もう一つの言文一致体」である『武蔵野』を発表した山田美妙は、幼い頃からの尾崎紅葉の友人で、硯友社を結成した時の同人でもある。しかし、山田美妙のやったものにしろ、二葉亭四迷のやったものにしろ、言文一致体はまだ時代の主流になれなかった。文壇は「文語体使いの大家」の影響力の下にあったのである。

では、なぜ言文一致体の文章は、すぐに時代の主流になれなかったのか。その理由の多くは、書き手のせいではなくて、読み手のせいである。今の我々にとって、文語体の文章は「読みにくい古典」であるが、言文一致体が登場する明治二十年に、文語体は「当たり前の文体」である。別に読みにくくなんかはない。ちなみに、新聞の文体が口語体に変わるのは、二葉亭四迷や山田美妙の言文一致体が登場した明治二十年の三十年以上後の大正の後半になってからである。

長い歴史を持って、字が読める人間になら読める文語体の文章には、読み慣れた者の心を揺さぶる独特のリズムがある。それがあるから、文語体の文章は人に親しまれる。それに引き換え、言文一致体の文章は、新鮮であっても、どこかに違和感がある。新しいのかもしれないが、素人っぽくてぎこちない。それを書く書き手の言い訳めいた顔が妙にチラつく。「どう説明すればいいのか」という段取りに足を取られて、「説明がくだくだしい素人の文章」のようにもなる。既に完成されている文語体の文章は、読む者に陶酔感を与えることが可能だが、出来立てほやほやの言文一致体にはそれがない。夏目漱石の『吾輩は猫である』が発表と同時に大好評で迎えられたのは、その言文一致体の文章が成熟していて、読む者に「読む快感」を与えたからである。内容云々よりまず、『吾輩は猫である』の魅力は、次から次へと繰り出されて止《や》むことのない、夏目漱石の自在なる饒舌にあるはずである。

その成熟は、一朝一夕に達成されるわけではない。だからこそ言文一致体は長いブランクを持つのだが、そのブランクの間に「主流の文学」の方はどうあって、明治三十七年段階ではどうなろうとしていたのか。それを教えてくれるのが、田山花袋の『露骨なる描写』なのである。とりあえずはその引用をしてみよう——。

《近日文壇に技巧と言うことを説く者がある。技巧か、技巧か、自分は既に明治の文壇がいかに尊い犠牲をこの所謂《いわゆる》技巧なるものに払ったかを嘆息するもの丶一人で、この所謂技巧を蹂躙《じゅうりん》するに非ざれば、日本の文学はとても完全なる発展を為すことは出来ぬと思う。

技巧論者は言う、近時の文壇を見るに、紅露逍鷗の諸大家は既に黙して、後進の徒いたずらに末流文壇に跳踉《ちょうろう》し、其の文壇の支離滅裂なる、其の文章の粗雑乱暴なる、到底美術者の鑑賞に値いするものにあらずと。成程それは左様かもしれぬ。紅葉先生時代から比べると、文体の乱暴、文章の粗笨《そほん》（註・粗っぽくてぞんざい）、殆ど驚かる丶ばかりであるかも知れぬ。けれども自分は質問し度《た》い、所謂その技巧の盛んであった時代に果して奔放押《おさ》ゆべからざるごとき思想を発見することが出来たか、何《ど》うか。》（田山花袋『露骨なる描写』）

これによれば《紅露逍鷗の諸大家は既に黙して》は、正確には田山花袋の認識ではない。田山花袋と対立するような《技巧論者》の認識ではあるけれど、田山花袋もまた「諸大家の時代は去った」ということでは同意見である。違うのは、「その時代が去って浅ましい時代がやって来た」と《技巧論者》が嘆くのに対して、田山花袋が嘆かない——下手をすれば快哉《かいさい》を上げたくなっているのを、抑えていることである。

『露骨なる描写』が発表されるのは、田山花袋が『蒲団』を発表する三年前だが、『蒲団』のモデルとなって田山花袋の胸を騒がせることになる女が上京して田山家に下宿するのは、『露骨なる描写』発表とほぼ同時期のことである。『蒲団』や『少女病《おとめ》』の中で、田山花袋自身を思わせるような主人公――竹中古城や杉田古城は《美文的小説を書いて、多少世間に聞えて居ったので》（田山花袋『蒲団』二）ということになっているが、当の田山花袋は二年ほど前から「自然主義」の方へ足を突っ込みかけている。だからこそ、『露骨なる描写』には、過激な方向に走り出そうとする彼の本音がストレートに出ている。

田山花袋自身は《技巧論者》に非難される《末流文壇に跳踉》する《後進の徒》の一人で、その作品は《文体の乱暴、文章の粗笨、殆ど驚かるゝばかり》のロクでもないものである。《技巧論者》の言うことをそのまま受け入れるとこういうことになって、田山花袋は「どうせそれはそうだろうさ」と、この非難を我が身に引き受けている。だがしかし、それは田山花袋が「俺は文章が下手だよ」と言っていることにはならない。だからこそ《技巧》という「キィワードが登場して、「過剰に持ち上げられる《技巧》というものにどれほどの意味があるのか」と、田山花袋は言うのだ。もう少し引用を続ければ、このことははっきりするだろう――。

《翻《ひるが》えってわが文壇を見るに、紅、露、逍、鷗の時代は少なくとも老成文学の時代であった。其《その》証拠には審美の議論も中々盛んであったし、理想小説、観念小説の目も屢々《しばしば》繰返されたし、文章の一字一句も容易に忽諸《こつしょ》に附せられなかった（註：いい加減に扱われなかった）。否、文士は多く文章の妙を以て世に知られ、結構のすぐれたるを以て人に賞美せられた。其の結果として吾人は果して何んな作品を得たかと言うに、多くは白粉《おしろい》沢山の文章、でなければ卑怯小心の描写を以て充たされたる理想小説、でなければ態《わざ》と事件性格を誇大に描いて人をして強いて面白味を覚えしむる鍍《めつき》小説。》(『露骨なる描写』)

既成の文壇が評価する小説のありようが気に入らない田山花袋の気に入らなさは、《白粉沢山の文章》の一言に凝縮されるだろう。

美文が前提になって、文章の形や結構があれこれ言われる。それこそが「まずの大事」で、内容を問題にする前に「文章がなっていない」という形で、作品が撥ねつけられる。それが田山花袋には気に入らないのだ。

「内容よりも文章の形や文体が問題にされる」と田山花袋は怒っているが、文壇がそうなってしまっているのなら、当然そこにあるのは「新しい文学」でも「若い文学」でもない。そこにあるのは、既に出来上がっている「古い文学」で、江戸時代以来の長い伝統を踏まえてある文語文ならば、文章のあれこれを考えて「技巧」を誇示し、そこに「更なる技巧」を重ねて行くことも出来る。今更もう重ねようのないところに技巧を重ねることになっても、「形骸化している！」の声に耳をふさげば技巧そのものは可能で、そういうものは《白粉沢山の文章》になってしまう。しかし、古い伝統を持たず、出来立てホヤホヤの言文一致体だと、まず「技巧を付け加える」ということ自体が難しいのだ。

ところでしかし、私が今言ったことは、「文語文一般の言文一致体に対するメリット」というようなもので、怒れる田山花袋は、「言文一致体には技巧が入りにくいから、既成の文壇にバカにされる――それが腹立たしい」なんてことを言ってはいない。

田山花袋は、簡明にして近代的な言文一致体論者として、技巧に満ちた既成の文章を《白粉沢山の文章》と罵倒しているのではない。『露骨なる描写』を書く三十四歳の田山花袋はもっと若くて、言文一致体なんかではなくて、「自然主義」の方に立脚している。「自然主義の小説」を書きたい田山花袋は、それゆえにこそ作中に「露骨な描写」をしてしまい、それを《技巧論者》に指摘され、「文章としてなっていない」などと言われるのが、堪えられない――それが『露骨なる描写』という一文の背景にある。《白粉沢山の文章》という非難の激しさは、排除された彼の疎外感から出ている。言ってみれば田山花袋は、「素肌の美しさを売り物にする若い女」で、年増の厚化粧を当然の基準とする人間達から「化粧をしていないのが下品だ」と言われていることに怒っているのである。そのように、『露骨なる描写』を書く田山花袋は若いのだ。

ところでしかしである。田山花袋は若く、彼の目の前にあって形骸化した《技巧論者》がはびこる文壇は、十分に老化している。だから、《紅、露、逍、鷗の時代は少なくとも老成文学の時代であった。》と田山花袋は言うのだが、新しい明治の時代に筆を進めて来た「大家」達は、実のところそんなに年を取ってはいない。坪内逍遥は田山花袋より十二歳、森鷗外は九歳年上ではあるけれど、幸田露伴と尾崎紅葉はわずかに四歳だけの年長で、十九歳で硯友社をスタートさせた尾崎紅葉が胃癌で死んだ時、彼はまだ三十七歳の若さだった。そういう彼等が《老成文学の時代》をリードして来たのである。

坪内逍遥の『小説神髄』の二年後である明治二十年（一八八七）に、二十四歳の二葉亭四迷が『浮雲』の第一篇を、二十歳の山田美妙が『武蔵野』を発表して、「言文一致の時代到来」かと思わせたりもする。そして調子に乗ってというわけではないが、翌明治二十一年には、十八歳の田山花袋を興奮させる二葉亭四迷の『あひびき』が登場する。ここまでは「言文一致体が時代をリードしている」かのように見えたりもするが、翌明治二十二年になると、二十三歳の幸田露伴が『露団々《つゆだんだん》』を発表して、二十二歳になった山田美妙に「天才だ！」と言わしめる。その同じ春には、二十三歳の尾崎紅葉が『二人比丘尼《ににんびくに》色懺悔《いろざんげ》』で文壇デビュー。四年前に同人間の回覧で始められた我楽多文庫も、尾崎紅葉のプロデビューと呼応するように終刊となるが、これと入れ替わるようにして、前年にドイツから帰国した二十八歳の森鷗外は訳詩集の『於母影《おもかげ》』を発表して文芸評論誌『しからみ草紙』を創刊させ、翌明治二十三年には小説の処女作である『舞姫』を発表する。《老成文学》をリードする二十代の大家達の揃い踏みデビューでもある。

デビューした彼等が揃って文語体の使い手であったからかどうかは知らないが、この「明治二十二年の衝撃」はあまり注目されていないような気がする。しかし、明治三十七年になって《紅露逍鷗の諸大家は既に黙して》と言われるまでの間続く「若くて新しい老成文学の時代」は、この大日本帝国憲法が発布された明治二十二年に始まるのである。

「若くて新しい老成の文学」というのも矛盾したものだが、明治二十二年から明治三十六、七年までの日本文学の状況を表すのに、これほどふさわしい言葉もない。それを《老成文学》と言い切ったのは田山花袋のヒットだが、ではその十数年続く《老成文学の時代》の間、言文一致体はなにをしていたのだろうか？

なにをしていたのか、私はよく知らない。文語使いの大テクニシャン尾崎紅葉が言文一致体を取り入れたりもしているのだから、言文一致体は「見捨てられて放置されたまんま」ではなかったのだろう。しかし、尾崎紅葉は結局文語体に戻り、若くて新しい老成の文学の時代に登場した最大の新人は、ついに文語体を捨てぬまま二十五歳で世を去った樋口一葉なのだ。《老成文学の時代》に、言文一致体はどれほどのものでもない。そして問題は、言文一致体の方に「我々の書くものは未だしで、まだどれほどのものでもない」という自覚があったかどうかである。

《老成文学》《白粉沢山の文章》と言って、文体、文章のあり方ばかりを問題にする既成の文壇批判をする田山花袋だって、「ただ説明に汲々とするロクな技巧を持たない言文一致体の書き手」として、批判の口を開いているわけではない。「もう言文一致体は完成した文体になっている。だからこそその文体で、更なる先の自然主義を目指している。それなのに、相変わらず技巧ばかりを問題にする文壇は、（私のやる）自然主義の重要性を理解していない」という流れで怒っているのである。

六　「自然主義」をやる田山花袋

田山花袋はその初め、文語体の《美文的小説》の書き手だった。二葉亭四迷の『あひびき』に衝撃を受けても、文語体の小説の方が書きやすく、読者に受け入れられやすくもあるだろうということを、田山花袋は知っていたはずである。それが悪いというのではない。明治の初めに於いては、文語体の文章に手を出す方が、誰にとっても楽で自然なのだ。言文一致体にお手本はないが、伝統ある文語体はお手本だらけだ。だからこそ、「若くて新しい老成の文学」はたやすく生まれるし、田山花袋の『露骨なる描写』にも、《老成文学の時代》に育った人特有の漢語表現が当たり前に登場する。

その田山花袋がまだ《美文的小説》のニュアンスを残しながら言文一致体の小説の方に移行し、やがては「自然主義」の方向へ進む。「自然主義」だから「えげつない」と思われる表現や描写が登場して、それが非難されるものだから、「どうしていけないんだ！」という声を上げる――それが『露骨なる描写』なのだが、しかし、ここで誤解してもらいたくないのは、『露骨なる描写』という一文が、文壇にセンセーションを巻き起こした『蒲団』発表の後に書かれたものではないということである。田山花袋は、「自分の書いたものが〝自然主義〟で、だからこそ露骨な描写が多くて非難されるのだ」と思っているのかもしれないが、実際はそれ以前かもしれない。《美文的小説》の書き手であり、それによってある程度の人気を得ていた田山花袋は、自分の文章にそれなりの自信を持っていただろうが、実際は

《紅露逍鷗の諸大家》と言われるレベルに比べればアマチュアっぽくて、《其の文章の粗雑乱暴なる、到底美術者の鑑賞に値いするものにあらず》でしかなかったのかもしれない。

『露骨なる描写』の一文は、田山花袋的には、「自然主義という新しい文学運動を進めてなにが悪いんだ！」という訴えではあるが、しかしそこには「その自然主義なるものの作品のレベルはいかほど？」という問題も隠されている。『露骨なる描写』の発表以前に『蒲団』という現物があれば、『露骨なる描写』で展開される訴えも「なるほど」とは思われるだろうが、実際はそうではないのだ。

『露骨なる描写』発表の二年前である明治三十五年に、田山花袋は『重右衛門の最後』という「自然主義の小説」を発表している。これを書き上げた本人は、「ついに自然主義をやったぞ！」くらいの気分だろうが、島村抱月的な言い方をすれば、これは「前期自然主義の作物」でしかないようなもので、田山花袋自身の言を借りれば、《態と事件性格を誇大に描いて人をして強いて面白味を覚えしむる鍍小説》でしかない。

信州の山の中の村にいる乱暴で嫌われ者の重右衛門という男が放火を頻発させ、これに手を焼いた村の若者達から溺死させられてしまうというのが、『重右衛門の最後』である。

「自然主義」であるから、この重右衛門という男には「欠陥」がある。重右衛門の祖父となる男は、それなりに裕福で人望のある男だったが、子供がなかった。それで重右衛門の両親となる男女を夫婦養子にする。重右衛門の両親は、祖父母の血を引かない気弱な人間で、祖父母が死んでしまうと、重右衛門はすぐにＤＶ青年になってしまう。人格者の祖父は重右衛門を溺愛したが、その甲斐はなく、重右衛門はロクでもないものになる。「環境はよくても、遺伝的に問題があるものはロクなものにならない」というところが、一応は科学的な自然主義である。おまけに重右衛門は、《腸の一部が睾丸《こうがん》に下りて居る》《大睾丸《おおきんたま》》で、《其先天的不具がかれの一生の上に非常に悲劇の材料と為ったのは事実で、人間と生れて、これほど不《ふ》幸福《しあわせ》なものは有るまい。》（田山花袋『重右衛門の最後』八）ということになっている。すごい決めつけである。

《四十二三》の分別盛りになっている重右衛門は、《稚《ちいさ》い頃から、親も兄弟もなく、野原で育った、丸で獣《けだもの》といくらも変らねえ》（同前六）十七くらいの小娘を女房代わりに連れて来て、敏捷なその娘に放火を繰り返させている。重右衛門は私刑によって死に、死骸はその娘に引き取られるが、その夜に村中を襲うような大火事が起こり娘もまた焼け死んでいた――という話である。

「だからなんだ？」と言われても困るのだが、この作の作者あるいは語り手は、どうしようもないまま孤立して、しまいには殺されてしまう重右衛門を《自然児》ということにして、《自然児は到底この濁った世には容られぬのである。》と悼んでいるのである。

《このあわれむべき自然児の一生も、大いなるものの眼から見れば、皆なその必要を以て生れ、皆なその職分を有して立ち、皆なその必要と職分との為めに尽して居るのだ！　葬る人も無く、獣のように死んで了《しま》っても、それでも重右衛門の一生は徒爾《いたずら》ではない！》（同前十一）という語り手の感慨で結ばれはするが、「一応、自然主義をやってみました」と言う以外のなにものでもなく、「自然主義」にしては妙にウエットである。気のやさしい田山花袋であるから、《葬る人も無く、獣のように死んで了っても》と言いはしてもそのままにはなしがたくて、「それから七年後の話」という追加もある。その村の者が語り手のところへやって来て、《重右衛門とその少女との墓が今は寺に建てられて、村の者がおりおり香花を手向けるという事を自分に話した。》（同前十二）という、穏やかなる鎮魂のハッピーエンドとなる――《諸君、自然は竟《つい》に自然に帰った！》（同前）と。『重右衛門の最後』は、そういう日本的なまとめ方をして終わってしまう「自然主義」なのだが、なんでこんな作品が生まれたかは、その冒頭で語られている。こうだ――。

《五六人集ったある席上で、何《ど》ういう拍子か、ふと、魯西亜《ロシヤ》の小説家イ、エス、ツルゲネーフの作品に話が移って、ルウヂンの末路や、バザロフの性格などに、いろ〳〵興味の多い批評が出た事があったが、其時なにがしという男が、急に席を進めて、「ツルゲネーフで思い出したが、僕は一度猟夫手記の中にでもありそうな人物に田舎で邂逅《でつくわ》して、非常に心を動かした事があった。それは本当に、我々がツルゲネーフの作品に見る魯西亜の農夫そのまゝで、自然の力と自然の姿とをあの位明かに見たことは、僕の貧しい経験には殆ど絶無と言って好い。（中略）」と言って話し出した。》（田山花袋『重右衛門の最後』一・傍点筆者）

そうして『重右衛門の最後』は《なにがしという男》を語り手にして始められるのだが、それをする田山花袋は、「日本でもそれは出来るぜ」という調子で、「自然主義の作物」を一つ仕上げただけなのだ。ある時から、田山花袋は自然主義へと向かいたくなって、その結果として『重右衛門の最後』は登場するのである。

「ある時」というのは、『重右衛門の最後』が発表される一年前の明治三十四年（一九〇一）で、この年田山花袋は『野の花』という小説を発表した。問題は、刊行されたその本に付けられている妙な序文である。『野の花』という小説は、彼の言う《美文的小説》に続く、田山花袋一流の恋愛小説である。淡く、儚く、そして少し汗ばんでいて、文体は当然、言文一致体である。だからなんだと言うわけでもない、田山花袋一流の田山花袋的世界なのだが、妙というのは、その本篇に先立つ序文の中で、田山花袋が『野の花』自体を、《「野の花」は夏草の繁みの中に咲いた色も香も無いつまらぬ花である。》と否定してしまっていることである。

七　様々な思い違い

昭和五年（一九三〇）に六十歳となった田山花袋が世を去った時、終生の友であった島崎藤村は、《私の見るところでは、（田山）君は主義の人であるよりも、もっと詩人であったと思う。》という一文を新聞に寄せている。自分の書いた作品の序文で、「この先に続く作品は価値のないものである」と過激な発言をしてしまうに際して《夏草の繁みの中に咲いた色も香も無いつまらぬ花》という表現をする田山花袋は、まさしく《主義の人であるよりも、もっと詩人》だろう。田山花袋は、過激であろうとしても抒情的になってしまう真面目で純情な人なのだが、その自分自身の作品を否定してしまう序文には、なにが書かれているのか？

《此頃の私の考を言って見ようなら、今の文壇は余りに色気沢山ではあるまいか。》と始められる『野の花』の序文で繰り広げられるものは、『露骨なる描写』と同趣の「文壇批判」である。違うのは、三年後の『露骨なる描写』が「今の文壇は技巧しか問題にしていない」という形で具体的に攻め込んでいるのに対して、『野の花』の序文の方は、《今の文壇は余りに色気沢山ではあるまいか。》をすべてとする、漠とした文壇批判なのである。

《色気沢山》とかあるいは《色気が多い》という言葉は、作者の作品に対する取り組み方が不誠実で、読者へのウケ狙いばかりが目立つというような意味で、《私の考ではこの色気がある中は決して傑作も出ないだろうし、又決して大文学も起るまいと思う。現にその証拠には作者の些細な主観の為めに、自然が犠牲に供せられて居るのは、今の文壇の到る処の現象で、明治の文壇では大きい万能の自然が小さい仮山《かざん》（註：築山）の様なものに盛られて、まことに哀れにいじけたものに為って居るではないか。》（『野の花』序文）という続き方をする。

田山花袋の言わんとするところはなんとなく分かるが、「具体的に彼はなにを言っているのだろうか？」と考えると、よく分からなくなる。彼の用語使いと、その規定の仕方が独特で——というか、一方的な思い込みが強すぎて、なにがなんだか分からなくなってしまう。その典型となるのが、大働きをする《自然》あるいは《大自然》という語である。

自作の『野の花』を《色も香も無いつまらぬ花》として田山花袋が否定し去ってしまうのは、この作品を書き上げた後に、「自分が書きたいものはこんなものではない。〝自然主義〟がやりたいのだ」と思ってしまったからで、だからこそ翌年には『重右衛門の最後』という「自然主義小説」が登場する。それに先立つ『野の花』の序文は、「色気たっぷりでキョロキョロせずに、真面目に自然主義をやるべきだ！」という趣旨の文壇に対する訴えであったりもする。その点からすれば、文中の《自然》は「自然主義」あるいは「自然派」の語が省略されたものと考えられる。がしかし、そう考えると、《大きい万能の自然が小さい仮山の様なものに盛られて》という部分がよく分からなくなる。

文中の《自然》は、「まともな作品の中に現れてしかるべき、客観的現実の全貌」というような意味で、だからこの《自然》は、たやすく《大自然の面影》というような使われ方もする。これは「偉大なる自然主義文学の片鱗」という意味ではなくて、「人生の深み」というような意味なのだ。つまり、翌年になって『重右衛門の最後』という「自然主義の小説」を書くにしても、『野の花』の序文の中で、田山花袋は「自然主義がよくて正しい！　自然主義の方へ進め！」とは言い切っていない。だから、こんな一節も登場する――。

《モーパッサンの「ベル、アミ」や、フローベルの「センチメンタル、エヂケイション」などは自然派の悪弊を思う存分に現わした作で、何方かといえば不健全であるに相違ないが、それでも作者の些細な主観が雑って居ない為めに、何処かに大自然の面影が見えて人生の帰趣が着々として指さゝれる。》（同前）

田山花袋の訴える論調はとても日本人的である。「西洋の自然主義は不健全になってしまうところがあるから、そこはよろしくない」と言い、「しかし、些細な主観を捨てれば悟りが開けて、あってしかるべき真実がそのままの形で見えて来る」になる。だからこそ、《作者の些細な主観の為めに、自然が犠牲に供せられて居る》ということになるのだが、これはもう宗教的な「心構えの問題」に近くて、「どうすれば些細な主観を捨てられるのでしょうか？」と尋ねたいようなものである。田山花袋が既存の文壇とそこから生み出される作品に不満を感じているのは分かるが、「セコい主観を捨てて、大きな心でありのままの現実や真実を直視せよ」では、言われた方としても、どうしたらいいのかが分からなくなってしまう。あまりにも大雑把すぎる心構えは、なにも言っていないに等しいのだ。

『野の花』を発表し、『重右衛門の最後』を発表した田山花袋は、『露骨なる描写』でまた同じような文壇批判を繰り返すが、この時には「なんで技巧のことしか問題にしないんだ！」と具体的な論調になっている。『重右衛門の最後』という「自然主義」を書き上げてしまった田山花袋は、「《技巧論者》としか言いようのない人間達は、内容を問題にせず、その描写を露骨だと言い、品がなく文章技巧もないと批判する」と具体的に理解するからだ。だから『露骨なる描写』の文壇批判は具体的で、田山花袋の言うことに筋は通っているのだけれども、しかしふっと、立ち止まると、『露骨なる描写』も、なんとなくへんなのである。

我々――あるいは私は、「『重右衛門の最後』という〝自然主義の小説〟を書いたから、そのことによって田山花袋の論調は具体的になり、説得力を持つようになっている」と考えるのだが、しかしそうなっている『露骨なる描写』には、既に言ったように、自然主義に対する言及がほとんどない。《技巧論者》と、彼等が非難する《露骨なる描写》を対立させて、「《露骨なる描写》などと言って排撃しないで、少しはこれを受け入れなさいよ」と、既成文壇に対して余裕のある態度を見せながら、しかし田山花袋は「自然主義の勝利」とか「自然主義は正しい」というようなことを言わない。それに気がついた私は、「あれ？」と思うのだが、そういう田山花袋は『野の花』の序文の段階で、「私は自然主義をやる」とも「私のやりたいのは自然主義だ」とも言ってはいないのである。

我々――あるいはこの私は、「日本の自然主義は島村抱月が発見したもので、発見された作品の著者である国木田独歩や島崎藤村には〝私は自然主義文学者だ〟という自覚がない」ということを知っている。しかし、翻って田山花袋はどうなのか？　「『蒲団』を書いた田山花袋は、筋金入りの自然主義文学者で、〝自然主義〟という支えがあったればこそ、『蒲団』という作品を書きえたのではないか」などと思い込んではいないか？　『野の花』の序文を見れば分かる通り、これもまた思い違いなのである。田山花袋が西洋の自然主義に大きな影響を与えられたとしても、彼は単純に「俺も自然主義をやろう！」という方向へ進み出したりはしない。だから《モーパッサンの「ベル、アミ（ベラミ）」や、フローベルの「センチメンタル、エヂケイション（感情教育）」などは自然派の悪弊を思う存分に現わした作で》と言う。更には「自然主義」という言葉を使わず、《自然》《大自然》と言う。

西洋の自然主義に触れて「すごい！」と思い、大きな影響を受けて「俺もやりたい」と思いはしても、田山花袋はさすがに「西洋の自然主義をそのままコピーすればよい」とは思わない。自然主義にインスパイアされた彼は、自分のやりたい創作の方向性を、どう名付けたらよいかが分からないのである。「自然主義の方向ではあるけれど、自然主義ではない」と思っているから、《大自然の面影が見えて》という言い方をして、話は曖昧で日本的な「心構え」というところに落ちてしまう。普通はそれを「中途半端な不徹底」と考えてしまうが、「西洋の自然主義はいいけれど、自分にとってはちょっと違うのだ」と田山花袋が考えていたとすると、話はまた変わって来る。作者が彼自身の考えに従って創作の筆を進めるのは当たり前で、だとしたら、「自然主義」を避けて《自然》の曖昧を求めた田山花袋のあり方は、尊重されるべきだし、「正しいあり方」でもある。

八　「翻訳」について——あるいは、文体だけならもう出来ていた

田山花袋のやった「自然主義の小説」——『重右衛門の最後』は、島村抱月的に言えば「前期自然主義の小説」でしかない。「本物の自然主義文学」というモノサシを当てれば、これは「粗悪なコピー品」にはなるけれど、「自然主義の影響を受けた田山花袋が書いた〝自分なりの試作品〟」と考えれば、「粗

悪」かどうかは別にして、「なるほど」とすんなり受け入れることは出来る――「そういうことをやってみたかったんだな。やってみる必要があると彼は考えていたんだな」と。そして、『重右衛門の最後』のラストにある日本的な結着――《そして重右衛門とその少女との墓が今は寺に建てられて、村の者がおりおり香花を手向けるという》に関しても、「なるほどな」と思う。自然主義に惹かれ、そこに書かれている「悪魔的」というような事柄に吸い込まれはしても、一方では《不健全》を嫌う田山花袋は、「重右衛門を殺した村人が、重右衛門の墓を建ててこれを弔った」という救済を求めてしまうのだ。それが田山花袋なのだから、これを「中途半端だ、間違っている」と言っても仕方がない。彼は「彼なりの作品」を書こうとしただけなのである。

『吾輩は猫である』や『破戒』が発表される明治三十八、九年になれば、一人前の書き手にとって、もう「自然主義であるかどうか」は問題にならない。当時の評論家や文壇関係者はそれを問題にするかもしれないが、そんなことよりも重要なのは、その時期に「自分なりの完成度の高い作品を書ける作家達の新しい作品」が登場することである。やがて『少女病』を発表し『蒲団』へと至る田山花袋も、その新しい時代潮流の中の一人で、『重右衛門の最後』はその試行錯誤の一つだった。

明治の近代になって、多くの人間が「新しい文学」を創り出そうとする。それはもちろん、「近代になったことを理解した多くの人間が新しい文学を創り出そうとした」ではなく、「近代になって〝新しい文学出でよ〟という号令があったから、多くの人間がそれをしようとした」だが、そのための「お手本」となるのは、海の向こうからやって来た西洋の文学である。しかし、外国語を学び、それを原書で読み、衝撃を受けて翻訳を考える人間達は、そこで一つつまずく。その作品は、それを書く外国語とはマッチしているが、これを日本語に移すとなると、作品内容にマッチした日本語は存在しないのだ。言文一致体と言われる新しい文体が生まれなければならない最大の理由はこれだろう。近代文学の試行錯誤はそこから始まるはずだ。

「言文一致体の創出」という点で言えば、二葉亭四迷の二つの作品——『浮雲』と『あひびき』とで、重要なのは『あひびき』の方である。

『浮雲』には「なにを書くか」という内容の問題と、「どう書くか」という文体の問題のハードル二つがあるのに対して、ツルゲーネフの短篇小説の翻訳である『あひびき』には、「どう書くか」というハードル一つしかない。『浮雲』は「なにを書くか」の方で頓挫して未完のままに終わったが、文体というたった一つのハードルをクリアした『あひびき』の方は見事に完成した。「それまでの日本に存在しなかった言文一致体という文体の創出に成功したのは『あひびき』が最初である」と言っていいはずである。言文一致体は、結果として、翻訳から生まれるのである。

漢文という外国語をそのまま第一等の公式文体として位置付けて来た日本には、この外国語を翻訳しようという気があまりなかった。それよりも、「訓読」ということをして日本流に消化し、『今昔物語』や『愚管抄』のような、漢字と漢文を読むための補助的な文字だったカタカナを合わせた訓読文体を作ってしまった。鎌倉時代以降の『平家物語』や『徒然草』に於ける和漢混淆文《わかんこんこうぶん》の完成以前に存在していたこの文体の寿命は長く、明治になって西洋の書物を翻訳するようになった時、そのための基本文体のようなものになった。

坪内逍遥の『小説神髄』が登場する七年前――明治十一年（一八七八）には、後の日本でのジュール・ヴェルヌ人気の基礎を作ったと言われる『八十日間世界一周』が、銀行家の川島忠之助《かわしまちゅうのすけ》によって翻訳され刊行される。どういうものかと言うと、こういうものである――。

《千八百七十二年中ニ龍動ボルリントン公園傍サヴヒルロー街第七番ニ於テ千八百十四年中シエリダンガ物故セシ家ニ同府改進舍ノ社員ニテ自身ハ勉メテ行状ノ人ノ目ニ立タヌ様注意シアリシモ何時トナク奇僻家ノ名聞轟キケルフアイリース フヲツグ氏ト称スル一紳士ゾ住ヒケル》（川島忠之助訳、ジュール・ヴェルヌ『新説八十日間世界一周』第一回）

《龍動》はロンドンで、固有名詞には傍線を付けて地の日本語と区別しているが、文体的にはほとんど『今昔物語』である。

フランス語に堪能だった川島忠之助は、ジュール・ヴェルヌのフランス語原本からこれを訳したが、外国語を日本語として読む「訓読」の長い歴史を持つ日本人にとって、語の意味が分かれば、外国語の文章を読むのはそれほど難しくない。日本語はそうではないが、漢文の語順は欧文のそれと同じで、その翻訳にふさわしい文体だって既にある。しかし、他人の悲しい恋の現場に出会ってしまったロシアの青年のせつない物語に、『今昔物語』風の文体がふさわしいかということになると、話はまた別である。だから、『八十日間世界一周』の十年後の明治二十一年——前年に『浮雲』の第一篇を世に出した二葉亭四迷は、ツルゲーネフの短篇小説を訳すために別の文体を作った。

《秋九月中旬といふころ、一日自分がさる樺《かば》の林の中に座してゐたことが有ツた。今朝から小雨が降りそゝぎ、その晴れ間にはおりく生ま煖《あたた》かな日かげも射して、まことに気まぐれな空ら合ひ。》（二葉亭四迷『あひびき』）

川島忠之助の訳文とはまったく違うが、前巻〔第一部〕でも言ったように、私はこの文章を「未だし」と思う。二葉亭四迷もこれを自覚していて、言文一致体問題が一段落した明治三十九年になってこう言っている——《処で、出来上った結果はどうか、自分の訳文を取って見ると、いや実に読みづらい、佶《きっ》倔聱牙《くつごうが》だ、ぎくしゃくして如何にとも出来栄えが悪い。》（二葉亭四迷『余が翻訳の標準』）

どうしてそういうことになったのかと言うと、翻訳を始めた頃の二葉亭四迷が、原文にある「日本語とは違う音調」を訳文の中へ持ち込むことにこだわったからである——。

《外国文を翻訳する場合に、意味ばかりを考えて、これに重きを置くと原文をこわす虞《おそれ》がある。須《すべか》らく原文の音調を呑み込んで、それを移すようにせねばならぬと、こう自分は信じたので、コンマ、ピリオドの一つをも濫《みだ》りに棄てず、原文にコンマが三つ、ピリオドが一つあれば、訳文にも亦ピリオドが一つ、コンマが三つという風にして、原文の調子を移そうとした。殊に翻訳を為《し》始めた頃は、語数も原文と同じくし、形をも崩すことなく、偏《ひと》えに原文の音調を移すのを目的として、形の上に大変苦労したのだが、さて実際はなかなか思うように行かぬ、中にはどうしても自分の標準に合わすことの出来ぬものもあった。》(同前)

真面目で語学に堪能な人が陥りやすい直訳万能主義に二葉亭四迷も陥っていたのだが、しかしその一方で彼は、《徒《いたず》らにコンマやピリオド、又は其の他の形にばかり拘泥していてはいけない、先ず根本たる詩想をよく呑み込んで、然《しか》る後、詩形を崩さずに翻訳するようにせなければならぬ。》(同前)ということも知っていた。知っていて、どうしてそれが出来ないのかも知っていた。《何故というに、第一自分には日本の文章がよく書けない、日本の文章よりはロシヤの文章の方がよく分るような気がする位で、即ち原文を味《あじわ》い得る力はあるが、これをリプロデュースする力が伴うておらないのだ。》(同前)である。

問題は、外国語(ロシア語)の読解力ではなくて、その外国語の内容を表現する日本語力だということを理解はしていても、二葉亭四迷はまだ誤解している。《第一自分には日本の文章がよく書けない》と言っているが、実際は「外国語の訳文となってしかるべき日本語の基本文体《フォーマット》がまだない」なのだ。だから《外国文を翻訳する場合に、意味ばかりを考えて、これに重きを置くと原文をこわす虞がある。》ということになる。

「意味を移す」だけなら文語体でかまわないが、そうではない日本語文体はまだない。「だから明治の日本人は言文一致体を創り出そうとした」というわけではない。言文一致体の創出があって、それと同時に西洋文学の翻訳があって、それに合致する文体として言文一致体が浮上して来たというだけである。「これをどう訳せばこなれた日本語の文章になるか？」と考えて、翻訳というプロセスの中で言文一致体は成熟したのである。だから『あひびき』の四年後の明治二十五年には、こんな日本語も登場する――。

《七月上旬或る蒸暑《むしあつ》き晩方《ばんがた》の事。S……《なにがし》「ペレウーロク」（横町《よこちょう》）の五階造りの家の、道具附の小坐敷《こざしき》から一少年が突進して、狐疑逡巡《こぎしゅんじゅん》の体でK……《なにがし》橋の方へのッそり出掛けた。首尾《しゅび》よく階子《はしご》の下口《おりくち》で主婦《あるじ》に出会わなかッたが、此家《このや》の主婦《あるじ》は下坐敷《したざしき》に住ッて、台所《だいどこ》が常々《じょうと》戸の開いたま、階子《はしご》に対《むか》て居るので、いつでも少年が出掛《でか》ける時は、余儀なく敵《てき》の竈前《かまどまえ》を通り過ぎ、骨身に染《し》みるほどの恐怖《おそれ》を生じ、意久地《いくじ》なく眉《まゆ》に皺《しわ》を寄せるが常《つね》である、というは宿料《しゅくりょう》の停滞《とどこおり》があるから、それで顔を合わせるのが怖《おそ》ろしいのだ。》（内田魯庵訳、ドストエフスキー『罪と罰』）

これが刊行されたのは、森鷗外が『即興詩人』の翻訳を発表し始めたのと同じ時期である。森鷗外の訳文と比べてみれば、内田魯庵の新しさがよく分かる――。

《羅馬に往きしことある人はピアツツア、バルベリイニを知りたるべし。こは貝殻持てるトリイトンの神の像に造り做したる、美しき噴井《ふんせい》ある、大なる広こうじの名なり。》（森鷗外訳、アンデルセン『即興詩人』）

内田魯庵の訳はロシア語の原本からではない英訳本からの重訳で、そのためかどうかは知らないが、省略が多い。引用した部分だけでも、《少年》とされる主人公ラスコーリニコフは《五階造りの家》に住んでいるが、彼の部屋がその五階建てのどこにあるのかは分からない。彼は五階建ての屋根裏に住んでいて、女中と食事付きの条件で、一階下に住む《主婦》から又借りをしているのだが、そういう具体的な記述がここにはない。その点で「ちゃんとした訳」ではないのだが、しかし内田魯庵がある意図の下にこの訳文を作っているのは確かである。

たとえば、最初の段落にある《五階造りの家》という記述は、本来《首尾よく階子の下口で》の後に来るものである。しかし、内田魯庵はこれを最初に持って来てしまった。明治二十五年の日本に五階建てのアパートなどというものがない以上、《五階造りの家》のありようを詳述しても煩雑になるだけだと思ったからだろう。内田魯庵は「原文の形を忠実に移す」などということを考えてはいない。「この作品を訳すべき意味はなんだ?」と考えて、それが日本語の文章として成立するようにアレンジを加えている。「原文の形」にこだわった二葉亭四迷とは違って、内田魯庵は原文に使役されていないのだ。『あひびき』から四年がたった内田魯庵の『罪と罰』では、もう十分に日本語がこなれている。翻訳をする日本人に《原文を味い得る力》は備って、原文を《リプロヂュース》するための日本語も形になって来た。日本語は、翻訳文体の方から「新しいなにかを説明する日本語」としての力を蓄えた――これがやがては口語体として定着する言文一致体の成熟なのだと、私は思う。

内田魯庵の『罪と罰』は、一部では評判がよかった。北村透谷《きたむらとうこく》などは「次がどうなるのか知りたい」と言っていたが、あまり売れ行きがよくなかったので、未完のままに終わってしまった。早い話、明治二十五年の日本にドストエフスキーを翻訳出来る日本語はあって、しかし日本人達にとってドストエフスキーは早過ぎたということだろう。

言文一致体からスタートした近代日本文学は、長いブランクにぶつかり、その間は文語体をベースにした「若くて新しい老成の文学」が主流になる。言文一致体がその間なにをしていたのかと言えば、「文体を完成させるために時間を費していた」というわけではない。「若くて新しい老成の文学」が主流の明治二十年代半ばには、ほぼその文体が完成しているからだ。そこから時間がたって、『破戒』や『坊ちゃん』が登場して「言文一致体の達成」が起こる明治三十九年までは、「この文体でなにを書くか?」という「中身に関する模索」の時期なのだ。

田山花袋は、その模索の時期をストレートに体現してくれている。

九　田山花袋の道筋

田山花袋は真面目な作家で、自分なりの、そして文壇をあっと言わせるような新しい作品を書きたいと思っている。そのために多くの本も読み勉強をしている。「これからの自分の進むべき方向はこうだ」と、文学理論を述べたりもする。『野の花』の序文や『露骨なる描写』はそうしたもので、真面目な田山花袋は当時有数の理論派の一人である。しかし、評論家ではなく実作者の田山花袋の理論は、「日本の近代文学を引っ張るため」ではなく、「自分のための新しい方向を開くため」にある。それはそれで悪いことではないと思うが、目的が「自分のため」である田山花袋の評論は、独特で分かりにくい。「自然主義に行きたいから、せっかく書いた自作なのに〝価値がない〟と否定してしまうのだな」とか、「自然主義をやった後だから、〝まともなことが分からない人間達が技巧、技巧と言ってやがる〟という怒り方をしているんだな」というのは、こっちの推量であって、田山花袋の書いたものにそうした経緯がはっきりと記されているわけではない。島村抱月の書いた『文芸上の自然主義』と比べれば一目瞭然だが、田山花袋のものは「作家の書いた個人的なメモ」のようなものである。

だから、《自然》の語が野放しに使われて、「自然主義」の語は登場しない。田山花袋にとって《自然》の語の意味するところは自明なのだが、田山花袋以外の人間にとっては分かりにくい。うっかりすれば「だから田山花袋はだめなんだ」ということにもなってしまうが、前に言った《西洋のあり方を前提にした「自然主義」と言われるものが、「日本のあり方」としてはなんだったのかということは、一向にはっきりしない。》というのがここなのである。田山花袋は、西洋で「自然主義」と言われるものが、日本の地ではどうなるのかを、考えているのである。考えて、その答ははっきりしない。考えるだけではどうにもならない。「実際にやってみる」がなければ、「謎」の向こうには進めないのだ。

田山花袋は、日本の地で西洋の自然主義がそのままに成り立つとは思っていない。だから、『野の花』の序文で《自然》という言葉を使って、「自然主義」を言わない。『露骨なる描写』で、「技巧論者は、ただ露骨な描写をいやがっているばかりだ」と言って、「それを言う私は自然主義の文学者だ」なんてことを言わない。それはそのまま、《西洋のあり方を前提にした「自然主義」と言われるものが、「日本のあり方」としてはなんなのか》という、田山花袋の問題意識を表したものだと、考えるべきだろう。

自然主義に影響を受けた田山花袋は、そのまんま「日本の自然主義」というコピー商品を作る方向には進まず、それとは微妙な距離を置いた「自分なりの作品を書こう」という方向へ進んだ。あえて「不出来なコピー製品」を作ることによって、「手本」となるものを自分の方に引き寄せたのである。田山花袋の『蒲団』は、その方向の先にある作品で、文学的価値から言えば、「日本に自然主義文学を確立する」より、「まだ口語文体によるろくな作品があまりない日本で、自分なりの独自性を持った作品を書く」ということの方が重要だろう。

「自分なりの作品」を書きたいと思う田山花袋が、「自然主義」も含めた種々の考え方に振り回され、その迷路の中で奮闘しているのは、評価されていい。ただしかし、理論だけでいい作品が生まれるわけではない。『露骨なる描写』の中で田山花袋は《技巧論者》をさんざんに罵っているけれども、もしかしたらそれは「自分は自然主義の方向に進んで、自分なりの作品を書いた」という自信の表れではないかもしれない。《技巧》という言葉、あるいは《描写》という言葉に田山花袋が反応するのは、かつては《美文的小説》の書き手でもあった田山花袋が、根本のところで技巧の才がなく、描写が下手だからであるからかもしれない。田山花袋はそこに目をつぶっているが、尾崎紅葉が死んだ翌年でしかない明治三十七年に、成熟し完成した言文一致体の小説はまだ登場していないのだ。

『露骨なる描写』の田山花袋は、まだ旧文体の呪縛に引きずられている。旧文体に引きずられることによって「小説が下手」になっているのだが、それを克服する方法は、もちろん「文体を新しくする」などということではない。従来的な文体に引きずられている「自分」にメスを入れることで、その田山花袋によって、日本の自然主義は「我が内なる放置されたままの自然」を発見する、独特なものになって行くのである。

「お手本のないところから創造を始める」というのは大変なことで、その試行錯誤のプロセスそのものが、「創造の歴史」と言うべきものである。近代日本の文学史を、主義や理論で解明しても仕方がない。それは、主義でもなく理論でもなく、ある時期に書き手達が「自分」というものを発見してしまったことから始まるようなものなのだ。

第三章　「秘密」を抱える男達

一　田山花袋の恋愛小説

改めて田山花袋である。彼が登場すると、私の筆はどうしても皮肉っぽく辛辣なものになってしまうが、私は別に田山花袋をバカにしているわけではない。私はおそらく、人が思う以上に田山花袋を重要な人物だと思っていて、『蒲団』に至るまでの彼の歩みは、そのまま日本近代文学史の苦闘を伝えるものだと思っている。そして残念なことに、私は田山花袋の重要さを、「彼のしたこと」ではなくて「しようとしたこと」――つまりその試行錯誤の方にあると思うから、彼の作品に対しては、どうしても点が辛くなってしまうのである。

田山花袋はまず、彼自身言うところの《美文的小説》の作家だった。だからこそ彼は『露骨なる描写』の一文を書かなければならない。ここで指弾されるのはまず、《美文的小説》の書き手だった彼自身なのだ。

「竹中古城」のペンネームを持つ『蒲団』の主人公は、《竹中古城と謂《い》えば、美文的小説を書いて、多少世間に聞えて居《お》ったので、地方から来る崇拝者渇仰《かつごう》者の手簡《てがみ》はこれ迄にも随分多かった。》（田山花袋『蒲団』二）である。同じ「古城」をペンネームとする『少女《おとめ》病』の主人公杉田古城も《若い時分、盛《さかん》に所謂《いわゆる》少女小説を書いて、一時は随分青年を魅せしめたものだが、観察も思想もないあくがれ小説がそういつまで人に飽きられずに居ることが出来よう。》（田山花袋『少女病』三）と書かれるような存在である。いずれの主人公もある時期までの田山花袋のありようと重なるようなものだが、彼の書く《美文的小説》あるいは《少女小説》のパターンは、彼が三十一歳になった明治三十四年（一九〇一）まで決まっている。そんな断定が出来るのは、前章で言ったように、その年に書き上げて出版される『野の花』の前に置かれた序文の中で、《色も香も無いつまらぬ花》と、『野の花』のありようを自身で否定してしまっているからである。『野の花』を書き了《お》えた彼は「自然主義」の方へ行ってしまうから、彼の《少女小説》あるいは《美文的小説》も終わってしまうが、問題はその小説の内容である。

一人の若者がいる。彼は知的で、田山花袋自身のありようとは反して（おそらくは）端正な美貌の持ち主で、生活能力はあまりないが、周囲の人間達からは好意的に受け入れられている――主人公はそうした青年で、その彼が美しさに富んだ土地で、若くて美しい女に恋をする。設定上は「美しい」だらけだが、この主人公の青年は恋した相手の女にはほとんどなにも言えず、その土地を去ってしまう。そして、去ったずっと後になって、彼が恋していた相手の女もまた、彼のことを愛していたことを知る。だからなんだと言うと、それだけの話である。

それだけの話がなぜ意味を持つのかというと、彼がその女をひたすらに、激しく純粋に、一方的に愛するからである。「ただひたすらに激しく一方的に愛しました」ということになると、それがたとえ「純粋」と言われるようなものであっても、結局は「空しい片思い」にしかならない。しかし、「実は相手の方も、人知れず同じような思いを寄せていました」ということになると、「ひたすらに一方的な片思い」が、「報われた純粋な愛」に変わってしまう。今時「無償の愛」だの「純粋な恋」だのと言っても、「結局は一人よがりの危ない恋愛感情でしょう」と言われかねないところもあるが、これで「やはり相手も同じように思っていました」になれば、「それは一人よがりの妄想ではない。たとえ〝一人よがりの妄想〟と言われたにしても、なんらかの実質はあったのだ」ということになる。こういう昔の人の恋愛感情を説明すると、まどろっこしくてややこしいことにしかなりかねないが、早い話、そういう小説を書く田山花袋は「恋に恋する男」で、それを小説の中で「実りはしなかったが思うだけの甲斐はあった」ということにしたかったのである。だからその時期を振り返って、《観察も思想もないあくがれ小説》と『少女病』で言うのである。

相変わらずのひどい書きようではあるが、今の人は「恋を得たいと思って得られない男」がその昔にはいくらでもいて、それが小説の題材になりえていたということを忘れているから、「ただの片思いに〝純粋〟とかなんとかいう勝手な理屈がつくのはなんなんだ?」と思ってしまって、その当人の「切実さ」にピンとこなくなっているのである。

ぐだぐだと訳の分からない説明を続けていても仕方がないので、その具体例を挙げてみよう。テキストとなるのは、明治二十九年（一八九六）に二十六歳の田山花袋が書いた短篇小説『わすれ水』である。この恋愛小説の主人公は、こんな青年である――。

《何故《なにゆゑ》に我は今少し財産ある家に生れては来《きた》らざりしか、何故に今までのうちに今少し立派なる名誉といふものを取らざりしか。せめて名誉だにあらば、財産はなくとも、われはかの少女《をとめ》をおのが妻になすことを得べかりしものを。今はその財産も名誉も、一つとして備りたる所なきわが身をいかにかすべきと、思ひつめては俄《にはか》に悲しく、玉の如き涙はほろ〳〵とその両頰《りやうけう》をつたひて落ちぬ。されど恋といふものは、決してさる貴賤の区別によりて起るものにあらず。恋とはと、孤城落日の中《うち》に恰《あたか》も遠き援兵の旗《き》幟《し》を見たる如く、急ぎて其方へおのが思想を走らせ去れり。恋とはさるものにあらず、さる汚《けが》れたるものにあらず否々《いな〳〵》この心だにあらば、この清き恋したる心だにあらば、我はかの少女を恋ふるに於て、何の疚《やま》しきところかあらむ。金銭とは何ぞ、資格とは何ぞ、是《これ》皆この現世を組立つるための儚《はか》なき器械たるに過ぎざるにはあらずや。それにしてもわれはいかにもして、この燃ゆるが如き心を、かの少女《をとめ》に打明けたきものなるがと、暫したためらひて、されどわれは到底《たうてい》うち明くること能《あた》はざるべし、かの憂《うれひ》の何者たるをも知らぬ無邪気なる顔を見れば、われは唯《たゞ》美しき女神の像《すがた》に対したる時の如く、一種の尊さを覚ゆるものを、かく汚れたるわが心を語り出でゝ、玉の如く円満なるこの恋を打破りて仕舞《しま》ふに忍ぶべき、忍ばざるべからず忍ばざるべからずと、またも心中《しんちう》に絶叫したり。それにしても此頃は逢ふ度毎《たびごと》、いつも礼を施さぬ事はなきやうになりたるが、そは果して他の人に対すると同じき心にて、われにも礼を施せるか、或はわが思ふ如く、かれもいたくわれを思ふて居るにはあらざるか。》（田山花袋『わすれ水』三）

二　かなわぬ恋に泣く男

いささか長過ぎる引用ではあるが、一読して思われることは、「昔の男にとって、恋愛をするというのはとんでもなく大変なことなんだ。恋愛には〝資格〟というものが必要だった時代もあったのだ」ということである。本巻〔第二部〕に引用した明治期の作品は、読みやすさを考えてその多くを現代仮名遣いに改めてあるが、この漢文的要素の強い文語体の作品には歴史的仮名遣いの方がふさわしいと思い、あえてそのままにした。この作品が発表されたのは、二葉亭四迷が『浮雲』の第一篇を、山田美妙が『武蔵野』をそれぞれに発表した明治二十年（一八八七）の九年後。田山花袋の体質もあってか、この文語体は「後一歩で口語体になってしまうような文語体」であり、「本当だったら口語体になっていてもいいものが、敢えて大仰《おおぎょう》な文語体で書かれている」と言いたいような趣《おもむき》がある。『蒲団』の十一年前ではあっても、田山花袋の激しい情熱は健在で、見事に爆発してしまっているのだ。

この主人公は《さる田舎》の中学に赴任した作者と同年代の青年教師で、自分のことを《おのれは東京にてさへ思ふまゝなる生活を送ることも出来ず、遥々《はるぐ》とこの田舎に落魄《らくはく》して来りたる一書生の身、殊《こと》にこの行末とても不幸多く薄命多き詩人となるべきわが身なれば、》（同前）と思っている。

恋の相手となる女は、土地の資産家である旧士族の十七歳になった娘で、容貌から性格から非の打ち所が一つもない（とされる）。この物静かな娘が土地の主婦の主宰する裁縫教室に通って来て、たまたまそこに立ち寄った主人公に一目惚れをされた結果、引用部のような「嵐」を惹き起こしてしまう。ちなみに、この煩悶状態にある主人公は、相手の彼女とまだ一言も言葉を交わしてはいない。

初めは、道で出会っても会釈をすることさえ出来なかった。それをしてもいいのかどうかさえも分からなかった。しかし、いつの間にか顔見知りになって、出会うと軽く頭を下げ合うことだけはするようになった。だからこそ、《かれもいたくわれを思ふて居るにはあらざるか》という大煩悶状態も生まれてしまう。昔の人は大変なのだ。

ちなみに、この引用部だけを見ると、『わすれ水』は独白体の小説のようにも思えるが、これは《なにがし学校を卒業したる木《き》崎鐘一《ざきしやういち》は、》（同前一）で始められる、れっきとした三人称語りの小説なのである。それが「彼は」で始められても、「木崎鐘一は」で始められても、書き進んで熱が入るに従って「彼は我なり」になってしまうのが、「情熱の田山花袋」である。

「彼＝我」になってしまう情熱の田山花袋が訴える「この恋が実らぬ理由」は、とりあえず、「貧富の差」である。

「彼女は富裕階級の子、我は貧しい」と、その現実を理解してしまえば、「彼＝我」がたやすく彼女に声を掛けられない理由も分かるし、「この恋が実るはずはない」という結論へ一足飛びに向かって、どうにもならない絶望に陥るのも、まァ、分かる。そして、主人公はその絶望の泥沼で「でもそんなことはないはずだ！」と、彼女に恋する自分自身の思いを肯定し始める――《恋とはさるものにあらず、さる汚れたるものにあらず》と。《孤城落日の中に恰も遠き援兵の旗幟を見たる如く》というのが、さすがに大仰な文語体の妙味で、落城間近の城の中にいる気になった主人公が見つける援軍の旗印が、恋そのものを肯定する《おのが思想》という展開もすごい。

「今時、誰がこんな激しい勢いで自分の一方的な恋愛感情を力説するのか？」ということになったら、「いないでしょう」ということになってしまうかもしれないが、それは間違いだと思う。恋というものに出会って、内心うろたえ騒ぐしかなくなってしまう人間は、今でも当たり前にいるはずである。現代での悲劇というのは、そういう人間が自分の内面を言葉にしようとすれば、どこからともなく「笑っちゃうね」というような声が聞こえて来そうな状況があることである。だから、恋に懊悩する思いは「沈黙」へと押しやられる。「恋する自分の正当性を求めて、堂々たる論陣を我が身に張る――それをしなければ、恋をしがたい人間は恋に近寄ることさえも出来ない」ということが忘れられたために、「ストーカー」とか「つきまとい」というような「沈黙の恋」が生まれてしまったのかもしれない。

昔の人間は、恋をすると悩む。その人間はおおむね「彼」だが、彼を悩ませるような障害がいくらでもあるから、悩まざるをえない彼は、その困難を突破する《思想》を求める。「私の恋は、なんだかいけないものなのだ」という悩み方をしてしまった場合には、《恋とはさるものにあらず、さる汚れたるものにあらず》という、浪漫主義や恋愛至上主義の援軍がやって来る。「貧しい自分」を思って行き止まれば、《金銭とは何ぞ、資格とは何ぞ、是皆この現世を組立つるための僂なき器械たるに過ぎざるにはあらずや。》がやって来る。これはもう「社会主義への目覚め」である。私は、この主人公の恋が実らぬ——それゆえにこそ悶々とする理由を「とりあえずは貧富の差」と言ったが、「自分の恋は実らないのだ」と思い込んでしまった人間にとっては、その理由なんかなんでもいいのである。

「ああ、自分はだめだ。自分には恋する資格なんかないんだ」と思い込んでしまえば、そう思い込んだ人間は、思いつくままに「自分の欠陥」を掻き集める。それは、「貧富の差」でもあるし、「満足出来ない自分の容姿」でもあるし、「自分の小心さ」でもある。なんであれ、「自分はこの恋の当事者になる資格がない」と思い込んでしまえば、それまでである。ないのは「恋愛の当事者になる資格」ではなくて、ただ「恋愛をする能力」なのかもしれないのに——。この『わすれ水』の主人公だって、「自分には彼女に恋する資格がない」と思って、しかしその自分には「恋をする能力」がないということを失念して、思いつく限りのマイナス要素を掻き集めて泣いているだけなのである。

ところでしかし、この主人公の述懐の中に登場する《資格》の話はいささか唐突で、私の言う「恋する資格」とは違うもののような気がする。《金銭とは何ぞ、資格とは何ぞ》と列記されて、この主人公がなんらかの《資格》を求めているらしいことは分かるが、それがどんな《資格》なのかはよく分からないのだ。かなわぬ恋に泣く彼が《金銭》と一対になるような形で求めるものがあるとしたら、それは《資格》というようなものではなくて、この引用部の初めにある《名誉》だろう。しかし彼は《資格》

を求めている――そしてこの《資格》はおそらく、『わすれ水』本篇とは関係のないものなのだ。

　主人公の木崎鐘一は、しかるべき学校を出て「中学教師になる資格」を持っている。だからこそ彼は「中学教師の木崎鐘一」なのだが、彼を主人公にして『わすれ水』を書く二十六歳の田山花袋は、中学教師になれるだけの学歴を持ち合わせていなかった。作中の木崎鐘一に、とりあえず埋めなければならない「資格の欠除」はない。しかし、「得られぬ恋を求めて泣く若い中学教師」を書く田山花袋には、その中学教師になる《資格》がなかったのだ。つまりは、「得られぬ恋を求める叫びの声」を書き続けて、ついに田山花袋は彼我の境を越えて、《資格とは何ぞ》と叫んでしまったのである――そのように私は思う。それほど田山花袋は、この恋愛小説を書くに際して――というか、この恋愛小説を書きながら、本気になってしまったのである。

「情熱の田山花袋」はやっぱりすごくて、このように自作にのめり込める作家もそうそうはいなかろうとは思うが、特別なのは彼のそののめり込み方で、田山花袋が書くような「得られぬ恋に悶々とする男」というのは、別に珍しいものではないのだ。これで、その恋の相手が「山の手の洋館に住む令嬢」で、彼女が時折ピアノを弾いているところを見かけて恋に落ちてしまう地方出身の配達青年が恋の当事者だったりすると、この『わすれ水』に書かれたような青年の悶々は、昭和の三十年代一杯までは通用するものになる。もちろんその文体は、もう少し穏やかな日常的なものにもなって、その所属するところは「せつない青春恋愛小説」というようなものにもなるだろう。「恋を抱えた青年の苦しさ」というのは、別に珍しいものでも特別なものでもない。しかし、この恋愛小説である『わすれ水』は、《美文的小説》で《観察も思想もないあくがれ小説》なのである。

先の引用部だけを見れば、『わすれ水』という小説は「講談調の激烈アジテーション恋愛小説」のようにも思えてしまうが、その激しさと「美文」が平気で同居しているところが、田山花袋なのである。

先の引用部の後には、こういう文章も続いているのである——。

三　美文的小説

ようやく彼女と逢うたび、会釈して頭を下げ合うような関係になった木崎鐘一は、「彼女は自分に対して特別な思いを持って会釈をしてくれているのではないか」と思うようになる。そして——。

《かう思ひかけて、その疑《うたがひ》を決しがたく、今まで逢ひたる時の素振《そぶり》、顔色などを残りなくおのが心に画《ゑが》き出さんとせしが、ふと二日前《ぜん》の朝、わが家近き境のほとりにて、思ひもかけずかの少女《をとめ》に逢ひたることを思い出しぬ。その朝は常よりも濃き霞《かすみ》一面に堤上の柳を罩《こ》めて、面白き前山《ぜんざん》の頭尖《とうせん》のみ宛然《えんぜん》画の如くその上に顕れ、水の流るゝ音、野碓《のうす》のひゞく音、前岸の花の影、後林《こうりん》の鶯の声など、座《そゞ》ろに春の暁の景色の面白きに、我ながらつい浮されて、それとなく門《かど》を出で、堤を西に二町ほど辿《たど》れば、やがて川の少しく彎曲《わんきよく》したる所に出でぬ。此処《このところ》は花最も多く、柳最も青く、水は盛《さかん》に前山の大石《たいせき》に砕《くだ》けて、激怒憤《げきどふん》越《あつ》するさま、いと面白く見え渡れり。おのれは常に此処《こゝ》を此上なく好みたる身の、そのまゝに川原《かはゝら》に下《くだ》り、奇麗なる大石に腰をかけ、暫《しばら》くは茫然《ぼうぜん》とあたりの風景に見惚《みと》れてありしが、霞の少しく薄らぎたる間より、ゆくりなく少女《をとめ》の紅《くれなゐ》なる衣の裾のちら〳〵と風に翻《ひるがへ》りて動くを見とめぬ。近所の娘などの散歩に来りしかと、初めは心にも止めざりしが、何となくその物越《ものこし》の似たるやうに思はれたれば、立ち止りて、その傍《かた》へと近づきたる折しもあれ、振返りたるは、そのなつかしき少女なり。己れはいたく驚き且《か》つあわてたれど、猶《なほ》いつもの如く礼をなせしに、少女もまたいと羞かし気《げ》に会釈《ゑしやく》して、歩《ほ》を上流の方へ進め、遂に爛漫《らんまん》たる花蔭に姿を隠しぬ。》（同前三）

この延々と続く情景描写が、田山花袋的美文の真骨頂と言うべきものである。大きな銀屏風に描かれた明治期の日本画のようで、早朝の気に霞む川岸の様子は水墨表現のようなものだ。大きな岩があり、川水は逆巻き、岸辺には柳の大樹が葉を茂らせている。その画面の横に視線を移せば淡彩の桜の花が登場し、それがそのまま爛漫の花盛りとなって、振袖を着た若い娘の真っ赤な蹴出《けだ》しが目を射るように着物の裾から覗いているのが見える。渺茫《びょうぼう》と霞む水墨画は、そこに至って極彩色の風俗画となるのだ。不思議というのは、この少し前まで《恋とはさるものにあらず、さる汚れたるものにあらず》と一人で絶叫していた主人公が、早朝の川岸に《少女の紅なる衣の裾のちら〳〵と風に翻りて動くを見》になって、冷静に《近所の娘などの散歩に来りしかと、初めは心にも止めざりしが》になっていることである。あれだけ強く娘のことを思い続けていたら、たとえそこに別人がやって来たとしても、「彼女か！」と瞬間思い込んでしまうのが普通だと思うが、純にして《燃ゆるが如き心》を抱いている主人公は、当の彼女が現れても平静で《近所の娘などの散歩に来りしか》ですませてしまうのである。

つまらない揚げ足取りをしていると思われるかもしれないが、田山花袋にとって、これはこれで大きな意味のあることなのだと、私は思う。つまり田山花袋は、美しい少女が登場するシーンを、美しい絵の中に収めておきたいのだ。少女が登場した瞬間、主人公の心が波立ってしまえば、せっかく精魂を込めて書き続けて来た美しい情景描写が乱れてしまう。水墨画のような美しい情景は、《遂に爛漫たる花蔭に姿を隠しぬ。》という極彩色の情景に至ってようやく完成するのだから、そこに至るまで、この情景を描写する筆は乱れてはならない。だからこそ、登場した少女の美しさが一通り描写された後になって、ようやく《已れはいたく驚き且つあわてたれど》になる。あわてはしたけれどもしかし、《いつもの如く礼をなせし》という冷静でその動揺は止められる——そうでなければ《遂に爛漫たる花蔭に姿を隠しぬ》という絵は完成しないのだ。

もちろんそれをして、少女の姿が花の向こうに消えてしまうと、またしても《あはれかの少女は、何故にこの暁に、態々《わざわざ》川を渡りて、我が家近く逍遥《さまよ》へるにか。若《も》しや我とおなじき心を持ちて、苦しみて居たるにはあらざるか。》(同前)という徒労に等しい自問自答が始まるのだが、絵のように美しい少女、あるいは「美しい絵の中に存在する美しい少女」を見てしまった後では、そのぐるぐるめぐりの煩悶も、前よりはずっとおとなしくなる。「私が彼女を思っているように、彼女も私を思っていてくれるんだったらいいんだがな……、いいんだがな!」という相変わらずのことをつぶやきながら、「いや、そうじゃない。彼女はただ、この美しい景色を見に来ただけなんだ」と、納得してしまうのである——。

《否々《いな〳〵》さにはあらじ、さにはあらじ、只この暁のあまりに長閑《のどか》なるに、我知らず家を出で丶来りたるに相違なし。川を渡りてわが家の前を過ぎしは、その面白き川原《かはゝら》の風景を見むためなるに相違なし。いかでかかの無邪気なる心の底に、さる苦悩のひそみて居《を》ることのあるべき。かの少女《をとめ》は只玉の如く玲瓏《れいらう》たる心を持ちて居れるに相違なきものを。》（同前）

「あっさりとあきらめた」と言うには、いささかくどすぎるようなあきらめ方ではあるが、とにかくも彼はあきらめる。なぜそんなにも簡単に、あきらめにくい思いがあっさりと収束してしまうのかと言えば、それは彼が「美しい彼女の姿」を、実際に見てしまったからだ。

「木崎鐘一」であるような田山花袋の欲望は、美しい少女の姿を見て抑えがたく燃え上がるような質のものではない。彼の願望は「恋をしたい」という方向ではなくて、「自分を恍惚とさせてくれるような恋の対象を拝みたい」という質のものなのだ。つまりその収束は、「煩悩の塊のような男が高貴なる観音菩薩のお姿を見て、洗い清められたような心地になる」というのと同じなのだ。だから、激しく悶えた末に美しい景色と美しい少女の姿へと至るこの一節は、次のように結ばれる——。

《我ながらあまりなる空想を逞《たく》ましうせしものかなと思ひ返せば、眼前には紫雲靉靆《しうんあいたい》として棚引《たなび》き渡り、金環《きんくわん》幾個《いくつ》となく顕れ出で丶、中に端座《たんざ》せるその少女《をとめ》の美《うるは》しさ。あはれこの世のものにはあらじ。》（同

前）

後年の『少女病』にはこんな一節がある——《編集長がまた皮肉な厭《いや》な男で、人を冷かすことを何とも思わぬ。骨折って美文でも書くと、杉田君、またおのろけが出ましたねと突込む。何ぞと謂うと、少女を持出して笑われる。（中略）即ちかれ（註：杉田古城）の快楽《たのしみ》と言うのは電車の中の美しい姿と、美文新体詩を作ることで、社に居る間は、用事さえ無いと、原稿紙を延べて、一生懸命に美しい文を書いて居る。少女に関する感想の多いのは無論のことだ。》（『少女病』五）

「得られぬ恋に対する激しい思い」を書いて、《美文的小説》を書く田山花袋の目的は、そこにはない。「得られぬ恋に対する激しい思い」は、「美しい少女のいる情景」あるいは「美しい少女のいる美しい情景」を書くための動機に過ぎなくて、《美文的小説》を書く田山花袋の目的は、「己れの思いを奔《ほとばし》らせてくれる美しい情景を描くこと」へすり変わってもいる。だからこそ、こういうとんでもない一文だって、『わすれ水』には登場するのである——。

《風は桜の梢を渡りて、花の散ること雪の如し。花片《はなびら》は飛んで邸中に落ち、泥濘《でいねい》に落ち、おのれの傘《からかさ》の上にみだれ落ちぬ。ことに一帯《たい》の黒塀に粘着したるぬれたる白き花片《はなびら》の美しさ！》（『わすれ水』四）

己れの書く情景描写の美しさに呑まれてしまった田山花袋は、遂にその地の文章の最後に《！》の感嘆符をつけてしまう。繰り返すが、これは独白体の小説ではない。《なにがし学校を卒業したる木崎鐘一は、》で始められる三人称語りの小説が、いつの間にか「彼＝我」にもなり、そして遂には、語り手である田山花袋自身の陶然たる表情のクローズアップにさえ至ってしまう。作中のどこにでも田山花袋が存在してしまう「汎田山花袋主義」とでも言いたいような文体の誕生である。

なんでまた、田山花袋はこんなことをしてしまうのか？　それが田山花袋の「情熱」の激しさに由来していることは間違いないが、その「情熱」は、一体どういう質の「情熱」なんだろう？

情熱を激しく煮え滾《たぎ》らせるためには、なんらかの抑圧が必要になる。それがなければ、地の文の最後に作者自身の叫び声が登場するような事態は起こらない。しかも奇妙なことに、この叫び声は「彼女を思う激しさ」ではない。「彼女の存在を感じさせてくれる美しい情景に対する感嘆の叫び」なのだ。「美しい！」と叫ぶのはいいが、それでどうなるのかと言えばどうともならない。美しい情景を描く田山花袋は、彼自身の筆になる情景の美しさに呑まれて感嘆の叫びを発してしまうが、そうなってしまうのは、彼の情熱が「恋を得たい！」ではなくて、「美しい恋のある情景の前にひざまずきたい」になってしまっているからだ。

「田山花袋の恋愛小説にはあるパターンがある」とは既に言ったが、田山花袋の恋愛小説は、ほとんど田山花袋自身と思われるような作中人物が、ひたすら激しく純粋かつ一方的に、一人の女を愛している――そのことが書かれるようなものである。これは、後の『蒲団』に於いても共通している。

田山花袋は「恋をしたい」と思っていて、それを実現させることが出来ない。「美しい恋の情景」を夢見ていて、それが夢のまま完結していて「恋のある現実」へ至り着くことが出来ない。その苛立たしさが、情景に対して「美しい！」と叫ばせる激しさを生むのだ。その「激しさ」を抱えて、『わすれ水』という《美文的小説》は、どういうまとまり方をするのか？　結構むずかしい話にもなりそうなのだが、こういう展開をする——。

四　『わすれ水』——そのシュールな展開

主人公木崎鐘一の父は早く死んで、官吏となった長兄が一家を支えていた。その兄が病気だという手紙が東京の母から来て、「万一のこと」を思う鐘一は、美しい恋の地を離れて東京へ戻る決心をする。家長制度の生きている昔だから、長兄が死んでしまえば、彼が母を養って一家を支えなければならない。「そんなことにならなければよいが」と思いながら東京へ戻る鐘一は、愛しい少女のことが当然忘れられない。「もしかしたら、このまま彼女とは一生離れ離れになってしまうのかもしれない」と思う鐘一は、まだ一言も言葉を交わしていない彼女に「告白をしよう」と決意をする。春の雨の中を狂おしく駆け出して、黒塀に囲まれた彼女の家の前へと至るのだが、しかしそこまでで、相手に思いを告げるどころか、彼女の家の門を叩くことさえも出来ない。雨の中で、塀の中から聞こえて来る、恋しい少女の弾く琴の音を聞いて、《鐘一は遂に帰途《きと》に就きぬ。》（同前四）ということになる。《凰は桜の梢を渡りて》から《白き花片の美しさ！》へ至るのは、この部分の情景描写である。その「状況」を考えれば、情景描写に《!》の感嘆符がついてしまうのも、無理からぬところかもしれない。

鐘一は、相手の少女——名は「礼子」という——に胸の内の思いを打ち明けられぬまま東京に戻り、長兄は果して病死してしまうので、すべてはそれまでである。中学教師だった鐘一はいつの間にか文筆業者となり、妻を迎えて母や弟を養うが、時がたって弟が一家を構え、老いた母も世を去ると、「自分は本当の詩人として生きて行こう」と考えるようになる。しかし、いささか気の強い鐘一の妻は、《その夫の意久地《いくぢ》なくして、到底身を立て、家を起す望みなしと思ひしか、頻《しき》りに離縁を乞ひて止《や》まず。》(同前五)ということになって、東京へ戻ってから二十年、離婚して家屋敷まで売り払ってしまった鐘一は旅に出たくなり、かつての思い出の地へとやって来る。以前に言った《殊にこの行末とても不幸多く薄命多き詩人となるべきわが身なれば》というのは、本当だったのである。

しかし、これくらいの展開で驚いていてはいけない。「漂白の旅に出る詩人」を気取った鐘一は、思い出の村へ徒歩でやって来る。行程は「徒歩十日」である。最早一種のファンタジーに近い。思い出の村は、昔とまったく変わってはいない。ただ不思議なのは、《道々顔を知りたる人に逢ふ事も少なからねど、蓑《みの》を着け笠をかぶりたるこのあはれなる一旅客を、昔の中学校の教師とは誰も思付く人あらぬなるべし。一人として言葉をかくるものもなきに、いくらかは心を安《やす》んじつゝ、》(同前六)という自意識の過剰さである。

鐘一は、蓑笠を着けて、まるで『奥の細道』の旅に出る芭蕉のような恰好をしている——それは一種のコスプレのようなものかとも思うが、実はそうではなくて、「人目を避ける」という機能を有している。その村を去ったのが、一、二年前ならともかく、二十年前である。二十五、六歳だった青年は、五十から数えた方がいいような中年――明治の昔ならはや「初老」で、面変わりだってしているだろうし、一時期村にいた中学教師をそんなに誰もが覚えているのかどうかは分からない。しかし鐘一の方では、二十年振りに通りすがりで見る村人の顔を一々認識しているらしい。これもおかしいのだが、なにがどうおかしいのかというと、鐘一には、礼子という女に恋をしていたことを人に知られたくはないという思いがあるのだ。つまりは、かつての恋の思い出を求めてその村へやって来たことを、人には知られたくないということが根底にある。

「恋の思いを相手に伝えられず村を去った鐘一」は、実は、「自分が抱えた恋の思いそのものを人に知られたくはない男」なのだ。風景描写が美文になり、それが熱を帯びて来ると《!》の感嘆符付きになってしまう抑圧の正体はこれである。だから「二十年前の我が恋の跡」を歩いて回る鐘一は、知られたくない顔を笠で隠している。

「なにも変わっていない」と思える村をあちこちと歩いた鐘一は、当然のようにかつての礼子が住んでいた家の方へとやって来る。雨に濡れた桜の花片が散る中で琴の音を聞いてそこに感嘆符をくっつけた、黒塀のある屋敷の方である。ところが、大きかったその家はない。辺りの様子も変わって、桜の林だったところは建売り住宅街のようになっている。「これはいかなること!」と思う鐘一は、《傍《かたへ》なる人に問はむとしたれど、素生《すじやう》を見破らるゝ恐れあれば、滅多《めつた》に口を聞く事をなさず、そのまゝ少しく人家の開けたる処にゆき、折しも畑に耕せる老農の更にわれに一面識なきをよく見定めて、》(同前六・傍点筆者)

礼子なる女の家の事情を尋ねる。なんとなく、吉良邸の様子を探る浅野の浪人という趣、なきにしもあらずである。

礼子の父親は十年ほど前に死んで、後継ぎの息子は山師に騙されて財産を失ってしまう。礼子は、父の生前養子に取った男と結婚をしていたが、《根が書生上《しよせいあが》りの生意気ものなれば、大旦那の居《を》らるゝ内こそ神妙にもして居たれ、没《な》くなられると、間もなく、芸者狂いを始め出し、随分少なからぬ財産を使ひ捨て、その揚句《あげく》に、此頃はまた若く美しき妾を、態々《わざわざ》東京より呼びよせて、奥方は丸で其方除《そつちの》けにされて居る》（同前）という素敵なことになっている。

こうなって来ると、「この設定とこの文体で、田山花袋はなにをしようとしているのか？」と思われた『わすれ水』の展開も、なんとなく見えて来たような気がする。「有為転変《ういてんぺん》の時の流れの非情を知った主人公は、諸行無常の理《ことわり》を胸に宿して、そのまま漂白の旅に出る」——というような。もちろん、情熱の田山花袋はそんな安易な展開を許してはくれないが。

その後の礼子の不幸な境遇を知った鐘一は、とぼとぼと歩いて、結局は二十年前に美文の舞台となった川の岸辺にやって来る。対岸にはかつて住んでいた家がそのままになっていて、涙滂沱《ぼうだ》の鐘一は時が過ぎるのも忘れて感慨に耽っている。二十年前の美文は満開の花盛りの春だが、今回は寂しくも美しい秋の夕暮れである。《美文的小説》の『わすれ水』は、二十年の時を隔てた春と秋の対比を心がけてもいるのだが、さすがの私も、もうその引用はしない。

茫然として物思いに耽っていた鐘一は、日暮れがそこまで迫っていることに気づき、対岸へ渡るために《渡頭《わたしば》》の方へやって来る。船が来て、乗り込んだ船が出ようとすると、《木崎様にてはおはさずや》（同前）と声をかける《みにくからぬ中年の婦人》（同前）が船中にいる。これが「その後の礼子」で、ここから御都合主義の嵐が吹きまくることになる。

二十年振りに会った「かつて一言も言葉を交わしたことのない女」に声をかけられて、船中の鐘一は相変わらずなにも言えない。船は向こう岸に着いて、下り立った二人はやはり何も言えないままでいる。鐘一は、《あはれかの美しかりし人も、いまはこのやうになりたるかと思ひかけて、ぞつとして自《みづか》ら頭《かしら》を背《そむ》けて仕舞《しま》ひぬ。》（同前七）ということになる。話はなんとなくホラーじみて、《二人は尚《なほ》無言にて、十間《けん》程堤を右の方《かた》へと進み行きしが、女は急に振り返りて、今宵は妾《わらは》の家に来りてやどり給へ、妾の家はこれより遠くもあらねばといふ。》（同前）事態になる。ますますホラーだから、《いよ〳〵意外なる言の葉に、鐘一はあやしむ事一方《ひとかた》ならず、急には返答もなしかねて、》（同前）ということにもなる。

二十年振りに出会った男にいきなり「家に来て泊まりませんか?」と言った女は、さすがに自分のはしたなさを思って、《恥知らぬ女子《をなご》、さして親しくもあらざりし君に……と言いかけて、俄《にはか》に思返したるやうに、否《いな》親しくあらざりし君にはあらじ。君の事をおのれは幾度《いくたび》思ひしか知れぬものをとて、意味あり気《げ》に顔をそむけぬ。》（同前）ということになる。

意味あり気な女は、《君は知り給はじ、知り給はぬに相違なし。》（同前）と言って、《されど今宵はおのれの家にやどり給へ、やどりたまへ。家には心置くべき人もあらぬにと、またいふ。》（同前）夫と別居している昔のアラフォー女で、《いたくやつれ、いたく青ざめたる》（同前）と描写される女に意味ありげな顔をされて、「家には邪魔になる人間もいませんよ」と言われて、「この先どうなるんだろう？泉《いずみ》鏡花《きょうか》ならどう書くんだろう？」などと余分なことを考えてしまうが、これはホラー小説ではなくて、「相手のことをひたすら激しく純粋に思い続けていた青年が、ずっと後になって、その相手も自分を同じように思っていたということを知る、恋愛小説」なのだ。だから、《幾度《いくたび》君を思ひしか知れぬものをと言ふ言葉を聞きし時、鐘一はわが身のいましも千尋《ちひろ》の底につき落されしもの、やうに思はれて、我知らず戦慄したり。幾度《いくたび》君を思ひしか知れぬものを。さてはこの人もしやわれと同じき苦しき心を持てゐたまひしにはあらざるか》（同前）ということになる。

もう四十を過ぎて五十に向かおうとする結婚歴のある男にしては、あまりにも鈍すぎることが問題だが。もちろん『わすれ水』という小説は、そんなことを問題にはしない。

女は男に「家に来い」と執拗に誘い、男も女の後に付いて行く。家に着くまで、女はなにも言わない。男もなにも言わない。家に着くと女は、《君をこ、に誘《いざな》ひたる心を、いかでか語らずして止《や》むべき。あはれと思ひ給へ、妾《わらは》はこの燃ゆるが如き心を以《もっ》て、幾度君を思ひしか知れぬ身なれば。》（同前）と言う。

女の話は「この胸の思いを口にしたい」というだけなのだが、粘着質の田山花袋が美文の筆をふるうと、どうしても上田秋成か泉鏡花的な世界に見えてしまう——《婆娑《ばさ》としてみだる、竹影をふみ、柴垣の影に隠見《いんけん》する灯火《ともしび》を見、鐘一は遂にその昔の恋人のかくれ家へと伴はれぬ。》（同前）とか。

女が男を家に誘ったのは、自分が胸の内を語るところを人に聞かれたくないかららしい。だから彼女の家には、身の回りの世話をする耳の遠い老婆しかいない。果して女なるものがそのような考えだけで男を家に誘うかどうかは分からないが、「自分が抱えた恋の思いを人に知られたくない男」を主人公にする田山花袋的世界にあっては、「ただ話をするためだけに暗くなってから男を家に招き寄せる女」は真実であるらしい。

女がそうだから、男の鐘一もまた、「実は――」と胸の内を語り始める。うっかりこれを私流のいい加減な言葉で伝えると趣旨が違ってしまうだろうと思うからやめておくが、田山花袋の重い筆で延々と書かれると、「その夜、二人は互いの胸の内を明かすだけで、何事もありませんでした」になってしまうのだ。

《されど今宵はと、やがて涙を歔欷《すゝり》あげ、絶々《たへ〴〵》にお礼はまたいふ。今宵は何といふうれしき夜《よ》ぞ。君にこの心を語り得しだに、已《すで》に限りなくうれしと思ひしに、君のその心をさへ聞くを得たるは、いかばかりうれしき事に候べき。妾は君にこの心を語り得ずに、一生を終るにはあらずやと、幾度悲しみしか知れぬ身なればと、また泣く。鐘一もあふれ出づる涙を支《さゝ》ふること能はざりき。》(同前)と来て、ここにそのまま《あくる朝は大霧《たいむ》天地をこめて、山も川も野も林も、大方《おほかた》は茫々《ばう〳〵》としてその中《うち》に没却しつくされたるが、》(同前)と続けられてしまうと、その夜の間に泣く以外のことを鐘一と礼子がしたとは考えづらい。いい年をした男と女で、結婚もしているから性体験もあって、二十年も思いつめていた二人が再会して、「あなたも私のことを思っていて下さったのですか!」ということになれば、泣くだけではすまなかろうとも思うが、この二人はどうもそうではないのである。

明けて霧の朝、一夜の宿を借りた鐘一は、別れを惜しむ礼子に送られて、その村を去って行く。別に、二人が結ばれることを妨げるようなものはないと思うのだが、ただ泣くばかりで一夜を過ごした二人は朝になって別れてしまう。別に鐘一に急ぎの用事があるわけもない。だとすると、「二十年間、私はあなたのことを思い続けていました」「私もです」という告白は、なんのためにされたんだろうかと、現代人の私は思ってしまうが、田山花袋はそう考えない。そう考えないのは、この小説が「相手のことをひたすら激しく純粋に思い続けていた青年が、ずっと後になって、その相手も自分と同じように思っていたということを知る、恋愛小説」だからだ。田山花袋のこの頃のテーマは、「恋をしたい、恋を得たい」ではなく、「自分の胸に宿る恋への思いを正当化したい」なのだ。

明治二十九年、『わすれ水』を書いた二十六歳の田山花袋は、まだ独身だった。田山花袋が友人の妹と結婚したのは二十九歳の時で、真面目な彼は遊廓通いなどということはせず、結婚のその時まで童貞だった。『わすれ水』を、恋に憧れて悶々とする二十六歳の童貞の男が書いたものと理解すれば、謎は解けてしまう。二十六歳で性体験なしの真面目な男だったら、一晩中泣き続けるだけですんでしまうかもしれない。

明治二十九年に発表された『わすれ水』を、田山花袋と同年の浪漫主義で日本主義でニーチェ主義の評論家となった高山樗牛《たかやまちょぎゅう》は、絶賛している——《『わすれ水』は小説と云わんよりはむしろ無律の抒情詩なり。美《うる》わしき自然の中に包まれたる美わしき自然の子が、其《その》生命もて織り成せるきぬの美わしさよ。

われらと共に花袋子が是篇に向て満幅《まんぷく》の同情を表するもの果して何人ぞや。》（高山樗牛『田山花袋の「わすれ水」』）

これを読み終わった高山樗牛は、顔中涙だらけで、しばらくは顔を上げられなかったそうだ。「高山樗牛も童貞だったのかもしれない」などという憎まれ口を叩いてみたくもなる。

五　「言えない」という主題

高山樗牛に関してはどうでもいいようなものだが、この「文学史に残らない駄作」であるような『わすれ水』を取り上げ、延々と語って、この私はなにを言いたいのか？　なにを問題にしたいのか？　問題にしたいことはいろいろあるのだが、まずは、この『わすれ水』という作品が「言えない」という主題を中心に置いていることである。

「恋の思い」を口にすることが出来ない。言えないからつらい。言えたら「ああ、よかった」になって、「そして結ばれた」にはならず、「もう目的を達したからさようなら」になってしまう。礼子に送られて家を出た鐘一は、礼子と別れてどうするのか？　歩いて村を離れ、遠くから一帯が見下ろされるような場所に来て、礼子の住む家の辺りを見る。「あそこにいる彼女は、私のことを永遠に思っていてくれるのだ」と思うと、やはり涙は滂沱である。《その涙を揮《ふる》ひて、鐘一は遂に悲しくも山を下《くだ》れり。秋風蕭条《しゆうふうせうでう》として、その菅笠《すげがさ》の行方《ゆくへ》のあはれさ。》（『わすれ水』七）で、この作品は終わる。「秋風の中、寂しい菅笠が独りポツンと去って行く」という絵にされてしまうとなんとも言いようがないが、分からないのは、この鐘一の涙である。

二十年振りに、女が自分のことを愛してくれていたことが分かった。そして、つらかった二十年前のことを思えば涙が出る――ここまでは分かるが、相思相愛が判明した後で、なぜ男はまた別れなければならないのか？　その理由はない。説明もない。別れて行く男が遠くから女の家を見下ろして、「あそこに私のことを愛してくれている女性の家が」と思って涙滂沱となるのなら、別れなきゃいいじゃないかである。こういう設定が意味を持つのは、「かつての愛する女に再会はしたが、実はその女はかなり以前に死んでいて、死の間際に鐘一への熱い思いを口にしていた」という、「生死を超えての愛」系のホラーかファンタジー小説になる時だけである。

ホラーでもファンタジーでもなく、普通の恋愛小説で、男が泣きながら別れて行く――あるいは、別れてなおも泣くというのはどういうことなのか？

主人公が去って行く理由は一つしかない。「ああ、私の青春の日のつらい思いは無駄ではなかった。しかし、その青春の日はもう終わってしまった」である。明からさまには言わないが、鐘一と彼を書く田山花袋は、中年女になってしまった礼子には関心がないのである。二十年たって中年女になった礼子が登場して来るのは、「昔の鐘一の思いは、一人よがりのものではなかった」ということを証明するためだけなのだ。だから、鐘一を見つけた礼子は積極的になるが、鐘一の方はそれほどでもない。どうやら何事もなく一夜は終わって、鐘一は泣きながら去って行く。この涙はどうあっても、「私の青春は終わってしまった」の涙である。二十六歳の田山花袋は、原稿用紙の中で、「私の青春はそうして終わったのだ」と思って泣いている。『わすれ水』は、そういう「仮想の涙」を登場させるための青春小説で、だからこそ『少女病』で言う《観察も思想もないあくがれ小説》なのである。

二十六歳の田山花袋にとって、「恋の思いを口に出来ないつらい時期」であるはずである。「恋の思いを口に出来ない」「青春の時期」とはまず、「恋の思いを口に出来ない」というのは、『わすれ水』に書かれるような、「好きな人はいるのだが、その思いを口に出来ない」という場合だけではない。主人公の鐘一も、あるいはまた相手の礼子も、自分の思いが他人に知られるのを怖れているのだから、「相手はいないが恋をしたい。すごく激しく恋をしたい」という思いさえも、当人的には禁忌に近い思いなのである。だから《恋とはさるものにあらず、さる汚れたるものにあらず》云々の力説がある。

「恋する人に思いを伝えられない。そのままになって彼女とは別れたが、しかしその彼女も実は自分のことを思っていてくれた――それが後になって分かった」という設定は、『わすれ水』の五年後に発表された――序文で《夏草の繁みの中に咲いた色も香も無いつまらぬ花である。》と自分から進んで否定してしまう作品『野の花』でも変わらずにある。

『わすれ水』とは違い、三十一歳になった田山花袋の書く『野の花』は口語体である。主人公は二十三歳の学生で、東京の大学に通っているが、故郷の地に住む娘に恋をしている。そして、またしてもこの娘は近所の家に裁縫を習いに来ていて、主人公の定雄に見初められる。定雄は、染子という意中の娘になにも告げられず、別れた後になって、「彼女も実はあなたを——」と娘の女友達から知らされる。場所は千葉県で、利根川の流れている辺りだから、またしても「川岸」が重要な舞台にもなる。そこまで『わすれ水』と同じなのだが、さすが結婚して三十一歳になった田山花袋だから、ほんの少し違うところもある。それは、主人公の定雄が、染子に裁縫を教えている《おば様》とか《賢母様》と言われる独身女に、「染子への思い」を伝えて、彼女からは《貴郎《あなた》さえその心なら、妾は幾重にも世話は為《す》るから》(『野の花』二)という言質を得ていることである。

少し成長した田山花袋の筆になる定雄は、『わすれ水』の鐘一より若干積極的になっていて、帰省するとすぐに《おば様》を訪ねて、「自分の苦しい思いを染子に伝えてもらおう」と決心する。ところがその《おば様》を訪ねると、《私は明日から、半月程外に行って来なくってはならないので》(同前四)と意外なことを伝えられる。頼みの《おば様》が不在になって、定雄はやっぱり「自分の思いを伝えられない男」になる。そしてその上に、『野の花』ではもう一つの新しい要素も登場する。定雄に思いを寄せていること明らかな、隣家の娘である。

この娘は、それとなく定雄に接近する。恋わずらいにもなる。定雄の両親は死んでいるが、家長の兄はいて、この兄をはじめとして周囲の人間は、定雄と隣家の娘の結婚に好意的になっている。染子には思いを伝えられず、好きでもない隣家の娘には結婚を迫られて困った定雄はどうするのかというと、ちょうど日光に行っている友人からの手紙に「いい所だから君も来いよ」と書いてあるのを見て、日光へ行ってしまう。そうして隣家の娘との結婚話をはぐらかしてしまうのである。もちろん、田山花袋の筆だから、そうあっさりと話は進まずに、主人公の定雄は延々と苦悶する。苦悶の挙句旅に出て、それですべてがチャラになったみたいで、《半月程外へ行って》いた《おば様》も、定雄が旅立った翌日には戻って来て、定雄が書き送った手紙を読んで、「私に任せて、時が来るのをお待ちなさい」というような返事をくれる。「別にどうということないじゃないか」と思いはするが、《その翌年おば様は死ぬ、染子も肺病を病《わずら》って死んで了《しま》う》(同前十四)というまたしてもの御都合主義的展開で、定雄の思いは染子に伝えられず、死んだ染子の女友達から「彼女はあなたのことを激しく思っていました」ということを伝えられる。

三十一歳で既婚者になっていた田山花袋だからこそ「結婚相手としての隣家の娘」も登場するが、それはつまり、「結婚しても恋に恋する田山花袋のありようは変わらなかった」ということでもある。それを言うなら、『野の花』の六年後、三十七歳になった田山花袋が発表する『蒲団』まで、そのことは変わらぬままでもある。よく考えてみれば、『蒲団』も自分の思いを伝えられず、「彼女は俺を愛しているはずだ」と思い込んだ男のつらい胸の内を綴った恋愛小説なのだ。『蒲団』の主人公は、相変わらず自分の胸の内を相手の女に言えぬままでいるが、「激しい恋の思いを抱えて悶々とするばかりの自分の浅ましさ」だけははっきりとここに書かれている。『蒲団』の主人公には、「実は去って行った女の方も彼を愛していたのでした」という、御都合主義的なオチはない。救われないまま「私は浅ましさの中で悶え泣く」ということだけは表明した――表明しえたから、この一作によって田山花袋は変わる。『蒲団』もまた、「言えない」を主題とする小説ではあるのである。

『蒲団』に至るまでの田山花袋の恋愛小説の中心には、「言えない」という主題がある。そしてこの「言えない」は、ただそのままに投げ出してしまうと、なにか不都合があるようなものらしい。別の言い方をすれば、「言えない」の下にはなにか「秘密」が隠されているような気もする。だから、読む者の目がその「秘密」の方向に向かわないように、「彼は自分の恋の思いを口にすることが出来ませんでしたが、実は彼の思いの相手も彼のことを思っていたのが分かったので、〝言えたか、言えなかったか〟はどうでもいいのです」というようなエンディングへと向かう——私にはなんだか、そのように思われる。「言えない」のはなぜか？「言えない」の下に、なにか「秘密」のようなものは隠されているのかと言えば、隠されている。だから、恋の思いと共に強い禁忌の念があって、「言えないままの浅ましさ」を表明してしまった『蒲団』は、その点で立派な告白小説になる。

では、「言えない」というのは、田山花袋個人の特質なんだろうか？　実は、『野の花』の主人公・定雄のモデルは、田山花袋の友人であった民俗学者の柳田国男《やなぎたくにお》だという説がある。嘘か本当かは知らないが、柳田国男や高山樗牛が、この「言えない」の周辺にはいる。どうも「言えない」は、田山花袋個人の属性ではないらしい。もしかしたら、この「言えない」という表現が、日本の「自然主義」を誕生させる大きなきっかけになっていたと、言えないわけでもない。というのは、島崎藤村が書いた『破戒』の主人公・瀬川丑松もまた「言えない男」で、『破戒』を貫く主題は「言えない」だからである。

（下巻につづく）

橋本 治（はしもと・おさむ）
1948 年東京都生まれ。東京大学文学部国文科卒業後、1977 年『桃尻娘』で小説現代新人賞佳作を受賞しデビュー。1996 年『宗教なんかこわくない!』で新潮学芸賞、2002 年『「三島由紀夫」とはなにものだったのか』で小林秀雄賞、2005 年『蝶のゆくえ』で柴田錬三郎賞、2008 年『双調平家物語』で毎日出版文化賞、2018 年『草薙の剣』で野間文芸賞を受賞。近著に『父権制の崩壊 あるいは指導者はもう来ない』『思いつきで世界は進む』がある。2019 年 1 月に逝去。

朝日選書 985

失われた近代を求めて 上

2019 年 6 月 25 日 第 1 刷発行

著者 橋本 治

発行者 三宮博信

発行所 朝日新聞出版
〒 104-8011 東京都中央区築地 5-3-2
電話 03-5541-8832（編集）
03-5540-7793（販売）

印刷所 大日本印刷株式会社

© 2010, 2013, 2014 Miyoko Hashimoto
Published in Japan by Asahi Shimbun Publications Inc.
ISBN978-4-02-263085-8
定価はカバーに表示してあります。

落丁・乱丁の場合は弊社業務部（電話 03-5540-7800）へご連絡ください。
送料弊社負担にてお取り替えいたします。

例外小説論
「事件」としての小説
佐々木敦
分断と均衡を脱し、ジャンルを疾駆する新たな文芸批評

アメリカの排日運動と日米関係
「排日移民法」はなぜ成立したか
簑原俊洋
どう始まり、拡大、悪化したかを膨大な史資料から解く

日本の女性議員
どうすれば増えるのか
三浦まり編著
歴史を辿り、様々なデータから女性の政治参画を考察

ハプスブルク帝国、最後の皇太子
激動の20世紀欧州を生き抜いたオットー大公の生涯
エーリッヒ・ファイグル／関口宏道監訳／北村佳子訳
豊富な史料と本人へのインタビューで描きだす

asahi sensho

ニュートリノ　小さな大発見
ノーベル物理学賞への階段
梶田隆章＋朝日新聞科学医療部
超純水5万トンの巨大水槽で解いた素粒子の謎！

丸谷才一を読む
湯川豊
小説と批評を軸にした、はじめての本格的評論

嫌韓問題の解き方
ステレオタイプを排して韓国を考える
小倉紀蔵　大西裕　樋口直人
ヘイトスピーチや「嫌韓」論調はなぜ起きたのか

発達障害とはなにか
誤解をとく
古荘純一
小児精神科の専門医が、正しい理解を訴える

飛鳥むかしむかし
飛鳥誕生編
奈良文化財研究所編／早川和子絵
なぜここに「日本国」は誕生したのか

飛鳥むかしむかし
国づくり編
奈良文化財研究所編／早川和子絵
「日本国」はどのように形づくられたのか

政策会議と討論なき国会
官邸主導体制の成立と後退する熟議
野中尚人　青木遥
権力集中のシステムが浮かび上がる

幕末明治　新聞ことはじめ
ジャーナリズムをつくった人びと
奥武則
維新の激動のなか、９人の新聞人の挑戦と挫折を描く

asahi sensho

古代日本の情報戦略
近江俊秀
駅路の上を驚異のスピードで情報が行き交っていた

落語に花咲く仏教
宗教と芸能は共振する
釈徹宗
仏教と落語の深いつながりを古代から現代まで読み解く

ルポ　希望の人びと
ここまできた認知症の当事者発信
生井久美子
認知症の常識を変える。当事者団体誕生に至る10年

中東とISの地政学
イスラーム、アメリカ、ロシアから読む21世紀
山内昌之編著
終わらぬテロ、米欧露の動向……世界地殻変動に迫る

枕草子のたくらみ
「春はあけぼの」に秘められた思い

山本淳子

なぜ藤原道長を恐れさせ、紫式部を苛立たせたのか

ネガティブ・ケイパビリティ　答えの出ない事態に耐える力

帚木蓬生《ははきぎほうせい》

教育・医療・介護の現場でも注目の「負の力」を分析

日本人は大災害をどう乗り越えたのか
遺跡に刻まれた復興の歴史

文化庁編

たび重なる大災害からどう立ち上がってきたのか

江戸時代　恋愛事情
若衆の恋、町娘の恋

板坂則子

江戸期小説、浮世絵、春画・春本から読み解く江戸の恋

asahi sensho

歯痛の文化史
古代エジプトからハリウッドまで

ジェイムズ・ウィンブラント／忠平美幸訳

恐怖と嫌悪で語られる、笑える歯痛の世界史

くらしの昭和史
昭和のくらし博物館から

小泉和子

衣食住さまざまな角度から見た激動の昭和史

高田長老の法隆寺いま昔

高田良信／構成・小滝ちひろ

「人間、一生勉強や」。当代一の学僧の全生涯

身体知性
医師が見つけた身体と感情の深いつながり

佐藤友亮

武道家で医師の著者による、面白い「からだ」の話

改訂完全版　アウシュヴィッツは終わらない
これが人間か
プリーモ・レーヴィ／竹山博英訳
強制収容所の生還者が極限状態を描いた名著の改訂版

佐藤栄作
最長不倒政権への道
服部龍二
新公開の資料などをもとに全生涯と自民党政治を描く

米国アウトサイダー大統領
世界を揺さぶる「異端」の政治家たち
山本章子
アイゼンハワーやトランプなど6人からアメリカを読む

96歳　元海軍兵の「遺言」
瀧本邦慶／聞き手・下地毅
一兵士が地獄を生き残るには、三度も奇跡が必要だった

asahi sensho

文豪の朗読
朝日新聞社編
文豪のべ50名の自作朗読を現代の作家が手ほどきする

こどもを育む環境　蝕む環境
仙田満
環境建築家が半世紀考え抜いた最高の「成育環境」とは

海賊の文化史
海野弘
博覧強記の著者による、中世から現代までの海賊全史

アメリカの原爆神話と情報操作
「広島」を歪めたNYタイムズ記者とハーヴァード学長
井上泰浩
政府・軍・大学・新聞は、どう事実をねじ曲げたのか

昭和陸軍の研究　上・下
保阪正康
関係者の証言と膨大な資料から実像を描いた渾身の力作

阿修羅像のひみつ
興福寺中金堂落慶記念
興福寺監修／多川俊映　今津節生　楠井隆志
山崎隆之　矢野健一郎　杉山淳司　小滝ちひろ
X線CTスキャンの画像解析でわかった、驚きの真実

平成史への証言
政治はなぜ劣化したか
田中秀征／聞き手・吉田貴文
政権の中枢にいた著者が、改革と政局の表裏を明かす

新宿「性なる街」の歴史地理
三橋順子
遊廓、赤線、青線の忘れられた物語を掘り起こす

asahi sensho

天皇陵古墳を歩く
今尾文昭
学会による立ち入り観察で何がわかってきたのか

花と緑が語るハプスブルク家の意外な歴史
関田淳子
植物を通して見る名門王家の歴史絵巻。カラー図版多数

ともに悲嘆を生きる　グリーフケアの歴史と文化
島薗進
災害・事故・別離での「ひとり」に耐える力の源とは

境界の日本史
地域性の違いはどう生まれたか
森先一貴　近江俊秀
文化の多様性の起源を追究し日本史をみつめなおす

（以下続刊）